FOLIO PLUS

H. G. Wells

# La guerre des mondes

*Traduit de l'anglais
par Henry D. Davray*

*Dossier réalisé
par Jean-François Dubois*

Mercure de France

*La traduction française a paru au Mercure de France dès 1900.*

© *Literary Executors of the Estate of H. G. Wells,*
*pour le texte original publié sous le titre*
WAR OF WORLDS.

© *Mercure de France, 1950, pour la traduction française.*
© *Éditions Gallimard, 1998, pour le dossier.*

> « *But who shall dwell in these Worlds,
> if they be inhabited ?... Are we or they
> Lords of the World ?... And, how are all
> things made for man*[1] *?* »
>
> Kepler, cité par Robert Burton,
> dans *The Anatomy
> of Melancholy* (1621).

\* Les notes, établies par Jean-François Dubois, figurent p. 299-303.

LIVRE PREMIER

# L'ARRIVÉE DES MARTIENS

# I

# À *la veille de la guerre*

Personne n'aurait cru, dans les dernières années du XIXe siècle, que les choses humaines fussent observées, de la façon la plus pénétrante et la plus attentive, par des intelligences supérieures aux intelligences humaines et cependant mortelles comme elles ; que, tandis que les hommes s'absorbaient dans leurs occupations, ils étaient examinés et étudiés d'aussi près peut-être qu'un savant peut étudier avec un microscope les créatures transitoires qui pullulent et se multiplient dans une goutte d'eau. Avec une suffisance infinie, les hommes allaient de-ci de-là par le monde, vaquant à leurs petites affaires, dans la sereine sécurité de leur empire sur la matière. Il est possible que, sous le microscope, les infusoires fassent de même. Personne ne donnait une pensée aux mondes plus anciens de l'espace comme sources de danger pour l'existence terrestre, ni ne songeait seulement à eux pour écarter l'idée de vie à leur surface comme impossible ou improbable. Il est curieux de se rappeler maintenant les habitudes mentales de ces jours lointains. Tout au plus les habitants de la Terre s'imaginaient-ils qu'il pouvait y avoir sur la planète Mars des êtres probablement inférieurs à eux, et disposés à faire bon accueil à une expédition missionnaire. Cependant, par-delà le gouffre de l'espace, des esprits qui sont à nos esprits ce que les nôtres sont à ceux des bêtes qui périssent, des intellects vastes, calmes et impitoyables, considéraient cette terre avec des yeux envieux, dressaient lentement et sûrement leurs plans pour la conquête de notre monde. Et dans les premières années du xx<sup>e</sup> siècle vint la grande désillusion.

La planète Mars, est-il besoin de le rappeler au lecteur, tourne autour du soleil à une distance moyenne de deux cent vingt-cinq millions de kilomètres, et la lumière et la chaleur qu'elle reçoit du soleil sont tout juste la moitié de ce que reçoit notre sphère. Si l'hypothèse des nébuleuses[2] a quelque vérité, la planète Mars doit être plus vieille que la nôtre, et longtemps avant que cette terre se soit solidifiée, la vie à sa surface dut commencer son cours. Le fait que son volume est à peine le septième de celui de la Terre doit avoir accéléré son refroidissement jusqu'à la température où la vie peut naître. Elle a de l'air, de l'eau et tout ce qui est nécessaire aux existences animées.

Pourtant l'homme est si vain et si aveuglé par sa vanité que, jusqu'à la fin même du xix<sup>e</sup> siècle, aucun écrivain n'exprima l'idée que là-bas la vie intelligente, s'il en était une, avait pu se développer bien au-delà des proportions humaines. Peu

## À la veille de la guerre

de gens même savaient que, puisque Mars est plus vieille que notre Terre, avec à peine un quart de sa superficie et une plus grande distance du soleil, il s'ensuit naturellement que cette planète est non seulement plus éloignée du commencement de la vie, mais aussi plus près de sa fin.

Le refroidissement séculaire qui doit quelque jour atteindre notre planète est déjà fort avancé chez notre voisine. Ses conditions physiques sont encore largement un mystère ; mais dès maintenant nous savons que, même dans sa région équatoriale, la température de midi atteint à peine celle de nos plus froids hivers. Son atmosphère est plus atténuée que la nôtre, ses océans se sont resserrés jusqu'à ne plus couvrir qu'un tiers de sa surface et, suivant le cours de ses lentes saisons, de vastes amas de glace et de neige s'amoncellent et fondent à chacun de ses pôles, inondant périodiquement ses zones tempérées. Ce suprême état d'épuisement, qui est encore pour nous incroyablement lointain, est devenu pour les habitants de Mars un problème vital. La pression immédiate de la nécessité a stimulé leurs intelligences, développé leurs facultés et endurci leurs cœurs. Regardant à travers l'espace au moyen d'instruments et avec des intelligences tels que nous pouvons à peine les rêver, ils voient à sa plus proche distance, à cinquante-cinq millions de kilomètres d'eux vers le soleil, un matinal astre d'espoir, notre propre planète, plus chaude, aux végétations vertes et aux eaux grises, avec une atmosphère nuageuse éloquente de fertilité, et, à travers les déchirures de ses nuages, des aperçus de vastes contrées populeuses et de mers étroites sillonnées de navires.

Nous, les hommes, créatures qui habitons cette terre, nous devons être, pour eux du moins, aussi étrangers et misérables que le sont pour nous les singes et les lémuriens. Déjà, la partie intellectuelle de l'humanité admet que la vie est une incessante lutte pour l'existence et il semble que ce soit aussi la croyance des esprits dans Mars. Leur monde est très avancé vers son refroidissement, et ce monde-ci est encore encombré de vie, mais encombré seulement de ce qu'ils considèrent, eux, comme des animaux inférieurs. En vérité, leur seul moyen d'échapper à la destruction qui, génération après génération, se glisse lentement vers eux, est de s'emparer, pour y pouvoir vivre, d'un astre plus rapproché du soleil.

Avant de les juger trop sévèrement, il faut nous remettre en mémoire quelles entières et barbares destructions furent accomplies par notre propre race, non seulement sur des espèces animales, comme le bison et le dodo, mais sur les races humaines inférieures. Les Tasmaniens, en dépit de leur conformation humaine, furent en l'espace de cinquante ans entièrement balayés du monde dans une guerre d'extermination engagée par les immigrants européens. Sommes-nous de tels apôtres de miséricorde que nous puissions nous plaindre de ce que les Martiens aient fait la guerre dans ce même esprit ?

Les Martiens semblent avoir calculé leur descente avec une sûre et étonnante subtilité — leur science mathématique étant évidemment bien supérieure à la nôtre — et avoir mené leurs préparatifs à bonne fin avec une presque parfaite unanimité. Si nos instruments l'avaient permis, on aurait pu, longtemps avant la fin du XIXe siècle, apercevoir des signes des prochaines perturbations. Des hommes comme Schiaparelli observèrent la planète rouge — il est curieux, soit dit en passant, que, pendant d'innombrables siècles, Mars ait été l'étoile de la guerre —, mais ne surent pas interpréter les fluctuations apparentes des phénomènes qu'ils enregistraient si exactement. Pendant tout ce temps les Martiens se préparaient.

À l'opposition[3] de 1894, une grande lueur fut aperçue, sur la partie éclairée du disque, d'abord par l'observatoire de Lick, puis par Perrotin de Nice et d'autres observateurs. Je ne suis pas loin de penser que ce phénomène inaccoutumé ait eu pour cause la fonte de l'immense canon, trou énorme creusé dans leur planète, au moyen duquel ils nous envoyèrent leurs projectiles. Des signes particuliers, qu'on ne sut expliquer, furent observés lors des deux oppositions suivantes, près de l'endroit où la lueur s'était produite.

Il y a six ans maintenant que le cataclysme s'est abattu sur nous. Comme la planète Mars approchait de l'opposition, Lavelle, de Java, fit palpiter tout à coup les fils transmetteurs[4] des communications astronomiques, avec l'extraordinaire nouvelle d'une immense explosion de gaz incandescent dans la planète observée. Le fait s'était produit vers minuit et le spectroscope, auquel il eut immédiatement recours, indiqua une masse de gaz enflammés, principalement de l'hydrogène, s'avançant avec une vélocité énorme vers la Terre. Ce jet de feu devint invisible un quart d'heure après minuit environ. Il le compara à une colossale bouffée de flamme, soudainement et violemment jaillie de la planète « comme les gaz enflammés se précipitent hors de la gueule d'un canon ».

La phrase se trouvait être singulièrement appropriée. Cependant, rien de relatif à ce fait ne parut dans les journaux du lendemain, sauf une brève note dans le *Daily Telegraph*, et le monde demeura dans l'ignorance d'un des plus graves dangers qui aient jamais menacé la race humaine. J'aurais très bien pu ne rien savoir de cette éruption si je n'avais, à Ottershaw, rencontré Ogilvy, l'astronome bien connu. Cette nouvelle l'avait jeté dans une extrême agitation, et, dans l'excès de son émotion, il m'invita à venir cette nuit-là observer avec lui la planète rouge.

Malgré tous les événements qui se sont produits depuis lors, je me rappelle encore très distinctement cette veille : l'observatoire obscur et silencieux, la lanterne, jetant une faible lueur sur le plancher dans un coin, le déclenchement régulier du mécanisme du télescope, la fente mince du dôme, et sa profondeur oblongue que rayait la poussière des étoiles. Ogilvy s'agitait en tous sens, invisible, mais perceptible aux bruits qu'il faisait. En regardant dans le télescope, on voyait un cercle de bleu profond et la petite planète ronde voguant dans le champ visuel. Elle semblait tellement petite, si brillante, tranquille et menue, faiblement marquée de bandes transversales et sa circonférence légèrement aplatie. Mais qu'elle paraissait petite ! une tête d'épingle brillant d'un éclat si vif ! On aurait dit qu'elle tremblotait un peu, mais c'étaient en réalité les vibrations qu'imprimait au télescope le mouvement d'horlogerie qui gardait la planète en vue.

Pendant que je l'observais, le petit astre semblait devenir tour à tour plus grand et plus petit, avancer et reculer, mais c'était simplement que mes yeux se fatiguaient. Il était à soixante millions de kilomètres dans l'espace. Peu de gens peuvent concevoir l'immensité du vide dans lequel nage la poussière de l'univers matériel.

Près de l'astre, dans le champ visuel du télescope, il y avait trois petits points de lumière, trois étoiles télescopiques infiniment lointaines et tout autour étaient les insondables ténèbres du vide. Tout le monde connaît l'effet que produit cette obscurité par une glaciale nuit d'étoiles. Dans un télescope elle semble encore plus profonde. Et invisible pour moi, parce qu'elle était si petite et si éloignée, avançant plus rapidement et constamment à travers l'inimaginable distance, plus proche de minute en minute de tant de milliers de kilomètres, venait la Chose qu'ils nous envoyaient et qui devait apporter tant de luttes, de calamités et de morts sur la Terre. Je n'y songeais certes pas pendant que j'observais ainsi — personne au monde ne songeait à ce projectile fatal.

Cette même nuit, il y eut encore un autre jaillissement de gaz à la surface de la lointaine planète. Je le vis au moment même où le chronomètre marquait minuit : un éclair rougeâtre sur les bords, une très légère projection des contours ; j'en fis part alors à Ogilvy, qui prit ma place. La nuit était très chaude et j'avais soif. J'allai, avançant gauchement les jambes et tâtant mon chemin dans les ténèbres, vers la petite table sur laquelle se trouvait un siphon[5], tandis qu'Ogilvy poussait des exclamations en observant la traînée de gaz enflammés qui venait vers nous.

Vingt-quatre heures après le premier, à une ou deux secondes près, un autre projectile invisible, lancé de la planète Mars, se mettait cette nuit-là en route vers nous. Je me rappelle m'être assis sur la table, avec des taches vertes et cramoisies dansant devant les yeux. Je souhaitais un peu de lumière, pour fumer avec plus de tranquillité, soupçonnant peu la signification de la lueur que j'avais vue pendant une minute et tout ce qu'elle amènerait bientôt pour moi. Ogilvy resta en observation jusqu'à une heure, puis il cessa ; nous prîmes la lanterne pour retourner chez lui. Au-dessous de nous, dans les ténèbres, étaient les maisons d'Ottershaw et de Chertsey dans lesquelles des centaines de gens dormaient en paix.

Toute la nuit, il spécula longuement sur les conditions de la planète Mars, et railla l'idée vulgaire d'après laquelle elle aurait des habitants qui nous feraient des signaux. Son explication était que des météorites tombaient en pluie abondante sur la planète, ou qu'une immense explosion volcanique se produisait. Il m'indiquait combien il était peu vraisemblable que l'évolution organique ait pris la même direction dans les deux planètes adjacentes.

Il y a une chance sur un million qu'existe sur la planète Mars quelque chose présentant des traits communs avec notre humanité.

Des centaines d'observateurs virent la flamme cette nuit-là, et la nuit d'après, vers minuit, et de nouveau encore la nuit d'après et ainsi de suite pendant dix nuits, une flamme chaque nuit. Pourquoi les explosions cessèrent après la dixième, personne sur Terre n'a jamais tenté de l'expliquer. Peut-être les gaz dégagés causèrent-ils de graves incommodités aux Martiens. D'épais nuages de fumée ou de poussière, visibles de la Terre à travers de puissants télescopes, comme de petites taches grises flottantes, se répandirent dans la limpidité de l'atmosphère de la planète et en obscurcirent les traits les plus familiers.

Enfin, les journaux quotidiens s'éveillèrent à ces perturbations et des chroniques de vulgarisation parurent ici, là et partout, concernant les volcans de la planète Mars. Le périodique sériocomique *Punch* fit, je me le rappelle, un heureux usage de la chose dans une caricature politique. Entièrement insoupçonnés, ces projectiles que les Martiens nous envoyaient arrivaient vers la Terre à une vitesse de nombreux kilomètres à la seconde, à travers le gouffre vide de l'espace, heure par heure et jour par jour, de plus en plus proches. Il me semble maintenant presque incroyablement surprenant qu'avec ce prompt destin suspendu sur eux, les hommes aient pu s'absorber dans leurs mesquins intérêts comme ils le firent. Je me souviens avec quelle ardeur le triomphant Markham s'occupa d'obtenir une nouvelle photographie de la planète pour le journal illustré qu'il dirigeait à cette époque. La plupart des gens, en ces derniers temps, s'imaginent difficilement l'abondance et l'esprit entreprenant de nos journaux du XIXe siècle. Pour ma part, j'étais fort préoccupé d'apprendre à monter à bicyclette, et absorbé aussi par une série d'articles discutant les probables développements des idées morales à mesure que la civilisation progressera.

Un soir (le premier projectile se trouvait alors à peine à quinze millions de kilomètres de nous), je sortis faire un tour avec ma femme. La nuit était claire ; j'expliquais à ma compagne les signes du zodiaque et lui indiquai Mars, point brillant montant vers le zénith et vers lequel tant de télescopes étaient tournés. Il faisait chaud et une bande d'excursionnistes revenant de Chertsey et d'Isleworth passa en chantant et en jouant des instruments. Les fenêtres hautes des maisons s'éclairaient quand les gens allaient se coucher. De la station, venait dans la distance le bruit des trains changeant de ligne, grondement retentissant que la distance adoucissait presque en une mélodie.

Ma femme me fit remarquer l'éclat des feux rouges, verts et jaunes des signaux se détachant dans le cadre immense du ciel. Le monde était dans une sécurité et une tranquillité parfaites.

## II

## *Le météore*

Puis vint la nuit où tomba le premier météore. On le vit, dans le petit matin, passer au-dessus de Winchester, ligne de flamme allant vers l'est, très haut dans l'atmosphère. Des centaines de gens qui l'aperçurent durent le prendre pour une étoile filante ordinaire. Albin le décrivit comme laissant derrière lui une traînée grisâtre qui brillait pendant quelques secondes. Denning, notre plus grande autorité sur les météorites, établit que la hauteur de sa première apparition était de cent quarante à cent soixante kilomètres. Il lui sembla tomber sur la terre à environ cent cinquante kilomètres vers l'est.

À cette heure-là, j'étais chez moi, écrivant, assis devant mon bureau, et bien que mes fenêtres s'ouvrissent sur Ottershaw et que les jalousies[6] aient été levées — car j'aimais à cette époque regarder le ciel nocturne — je ne vis rien du phénomène. Cependant, la plus étrange de toutes les choses qui, des espaces infinis, vinrent sur la Terre, dut tomber pendant que j'étais assis là, visible si j'avais seulement levé les yeux au moment où elle passait. Quelques-uns de ceux qui la virent dans son vol rapide rapportèrent qu'elle produisait une sorte de sifflement. Pour moi, je n'en entendis rien. Un grand nombre de gens dans le Berkshire, le Surrey et le Middlesex durent apercevoir son passage et tout au plus pensèrent à quelque météore. Personne ne paraît s'être préoccupé de rechercher, cette nuit-là, la masse tombée.

Mais le matin de très bonne heure, le pauvre Ogilvy, qui avait vu le phénomène, persuadé qu'une météorite se trouvait quelque part sur la lande entre Horsell, Ottershaw et Woking, se mit en route avec l'idée de la trouver. Il la trouva en effet, peu après l'aurore et non loin des carrières de sable. Un trou énorme avait été creusé par l'impulsion du projectile, et le sable et le gravier avaient été violemment rejetés dans toutes les directions, sur les genêts et les bruyères, formant des monticules visibles à deux kilomètres de là. Les bruyères étaient en feu du côté de l'est et une mince fumée bleue montait dans l'aurore indécise.

La Chose elle-même gisait, presque entièrement enterrée dans le sable parmi les fragments épars des sapins que, dans sa chute, elle avait réduits en miettes. La partie découverte avait l'aspect d'un cylindre énorme, recouvert d'une croûte, et ses contours étaient adoucis par une épaisse incrustation écailleuse et de couleur foncée. Son diamètre était de vingt-cinq à trente mètres. Ogilvy s'approcha de cette masse, surpris de ses dimensions et encore plus de sa forme, car la plupart des météorites sont plus ou moins complètement arrondies. Cependant elle était encore assez échauffée par sa chute à travers l'air pour interdire une inspection trop minutieuse. Il attribua au refroidissement inégal de sa surface des bruits assez forts qui semblaient venir de l'intérieur du cylindre, car, à ce moment, il ne lui était pas encore venu à l'idée que cette masse pût être creuse.

Il restait debout au bord du trou que le projectile s'était creusé, considérant son étrange aspect, déconcerté, surtout par sa forme et sa couleur inaccoutumées, percevant vaguement, même alors, quelque évidence d'intention dans cette venue. La matinée était extrêmement tranquille et le soleil, qui surgissait au-dessus des bois de pins du côté de Weybridge, était déjà très chaud. Il ne se souvint pas d'avoir entendu les oiseaux ce matin-là ; il n'y avait certainement aucune brise, et les seuls bruits étaient les faibles craquements de la masse cylindrique. Il était seul sur la lande.

Tout à coup, il eut un tressaillement en remarquant que des scories grises, des incrustations cendrées qui recouvraient la météorite se détachaient du bord circulaire supérieur et tombaient par parcelles sur le sable. Un grand morceau se détacha soudain avec un bruit dur qui lui fit monter le cœur à la gorge.

Pendant un moment, il ne put comprendre ce que cela signifiait et, bien que la chaleur fût excessive, il descendit dans le trou, tout près de la masse, pour voir la Chose plus attentivement. Il crut encore que le refroidissement pouvait servir d'explication, mais ce qui dérangea cette idée fut le fait que les parcelles se détachaient seulement de l'extrémité du cylindre.

Alors il s'aperçut que très lentement le sommet circulaire tournait sur sa masse. C'était un mouvement imperceptible, et il ne le découvrit que parce qu'il remarqua qu'une tache noire, qui cinq minutes auparavant était tout près de lui, se trouvait maintenant de l'autre côté de la circonférence. Même à ce moment, il se rendit à peine compte de ce que cela indiquait jusqu'à ce qu'il eût entendu un grincement sourd et vu la marque noire avancer brusquement d'un pouce ou deux. Alors, comme un éclair, la vérité se fit jour dans son esprit. Le cylindre était artificiel — creux — avec un sommet qui se dévissait ! Quelque chose dans le cylindre dévissait le sommet !

— Ciel ! s'écria Ogilvy, il y a un homme, des hommes là-dedans ! à demi rôtis, qui cherchent à s'échapper !

D'un seul coup, après un soudain bond de son esprit, il relia la Chose à l'explosion qu'il avait observée à la surface de Mars.

La pensée de ces créatures enfermées lui fut si épouvantable qu'il oublia la chaleur et s'avança vers le cylindre pour aider au dévissage. Mais heureusement la terne radiation l'arrêta avant qu'il ne se fût brûlé les mains sur le métal encore incandescent. Il demeura irrésolu pendant un instant, puis il se tourna, escalada le talus et se mit à courir follement vers Woking. Il devait être à peu près six heures du matin. Il rencontra un charretier et essaya de lui faire comprendre ce qui était arrivé ; mais le récit qu'il fit et son aspect étaient si bizarres — il avait laissé tomber son chapeau dans le trou — que l'homme tout bonnement continua sa route. Il ne fut pas plus heureux avec le garçon qui ouvrait l'auberge du pont de Horsell. Celui-ci pensa que c'était quelque fou échappé et tenta sans succès de l'enfermer dans la salle des buveurs. Cela le calma quelque peu et quand il vit Henderson, le journaliste de Londres, dans son jardin, il l'appela par-dessus la clôture et put enfin se faire comprendre.

— Henderson ! cria-t-il, avez-vous vu le météore, cette nuit ?

— Eh bien ? demanda Henderson.

— Il est là-bas, sur la lande, maintenant.

— Diable ! fit Henderson, un météore qui est tombé. Bonne affaire.

— Mais c'est bien plus qu'une météorite. C'est un cylindre — un cylindre artificiel, mon cher ! Et il y a quelque chose à l'intérieur.

Henderson se redressa, la bêche à la main.

— Comment ? fit-il.

Il était sourd d'une oreille.

Ogilvy lui raconta tout ce qu'il avait vu. Henderson resta une minute ou deux avant de bien comprendre. Puis il planta sa bêche, saisit vivement sa jaquette et sortit sur la route. Les deux hommes retournèrent immédiatement ensemble sur la lande, et trouvèrent le cylindre toujours dans la même position. Mais maintenant les bruits intérieurs avaient cessé, et un mince cercle de métal brillant était visible entre le sommet et le corps du cylindre. L'air, soit en pénétrant, soit en s'échappant par le rebord, faisait un imperceptible sifflement.

Ils écoutèrent, frappèrent avec un bâton contre la paroi écaillée, et, ne recevant aucune réponse, ils en conclurent tous deux que l'homme ou les hommes à l'intérieur devaient être sans connaissance ou morts.

Naturellement il leur était absolument impossible de faire quoi que ce soit. Ils crièrent des consolations et des promesses et retournèrent à la ville quérir de l'aide. On peut se les imaginer, couverts de sable, surexcités et désordonnés, montant en courant la petite rue sous le soleil brillant, à l'heure où les marchands ouvraient leurs boutiques et les habitants les fenêtres de leurs chambres. Henderson se dirigea immédiatement vers la station afin de télégraphier la nouvelle à Londres. Les articles des journaux avaient préparé les esprits à admettre cette idée.

Vers huit heures, un certain nombre de gamins et d'oisifs s'étaient déjà mis en route vers la lande pour voir « les hommes morts tombés de Mars ». C'était la forme que l'histoire avait prise. J'en entendis parler d'abord par le gamin qui m'apportait mes journaux, vers neuf heures moins un quart. Je fus naturellement fort étonné et, sans perdre une minute, je me dirigeai, par le pont d'Ottershaw, vers les carrières de sable.

## III

## *Sur la lande*[7]

Je trouvai une vingtaine de personnes environ rassemblées autour du trou immense dans lequel s'était enfoncé le cylindre. J'ai déjà décrit l'aspect de cette masse colossale enfouie dans le sol. Le gazon et le sable alentour semblaient avoir été bouleversés par une soudaine explosion. Nul doute que sa chute n'ait produit une grande flamme subite. Henderson et Ogilvy n'étaient pas là. Je crois qu'ils s'étaient rendu compte qu'il n'y avait rien à faire pour le présent et qu'ils étaient partis déjeuner.

Quatre ou cinq gamins assis au bord du trou, les jambes pendantes, s'amusaient — jusqu'à ce que je les eusse arrêtés — à jeter des pierres contre la masse géante. Après que je leur eus fait des remontrances, ils se mirent à jouer à *chat*[8] au milieu du groupe de curieux.

Parmi ceux-ci étaient un couple de cyclistes, un ouvrier jardinier que j'employais parfois, une fillette portant un bébé dans ses bras, Gregg le boucher et son garçon, plus deux ou trois commissionnaires occasionnels qui traînaient habituellement aux alentours de la station du chemin de fer. On parlait très peu. Les gens du commun peuple n'avaient alors en Angleterre que des idées fort vagues sur les phénomènes astronomiques. La plupart d'entre eux contemplaient tranquillement l'énorme sommet plat du cylindre qui était encore tel qu'Ogilvy et Henderson l'avaient laissé. Le populaire, qui s'attendait à un tas de corps carbonisés, était, je crois, fort désappointé de trouver cette masse inanimée. Quelques-uns s'en allèrent et d'autres arrivèrent pendant que j'étais là. Je descendis dans le trou et je crus sentir un faible mouvement sous mes pieds. Le sommet avait certainement cessé de tourner.

Ce fut seulement lorsque j'en approchai de près que l'étrangeté de cet objet me devint évidente. À première vue, ce n'était réellement pas plus émouvant qu'une voiture renversée ou un arbre abattu par le vent en travers de la route. Pas même autant, à vrai dire. Cela ressemblait à un gazomètre rouillé, à demi enfoncé dans le sol, plus qu'à autre chose au monde. Il fallait une certaine éducation scientifique pour se rendre compte que les écailles grises qui le recouvraient n'étaient pas une oxydation ordinaire, que le métal d'un blanc jaunâtre qui brillait dans la fissure entre le couvercle et le cylindre n'était pas d'une teinte familière. *Extra-terrestre* n'avait aucune signification pour la plupart des spectateurs.

Il fut à ce moment absolument clair dans mon esprit que la Chose était venue de la planète

Mars ; mais je jugeais improbable qu'elle contînt une créature vivante quelconque. Je pensais que le dévissage était automatique. Malgré Ogilvy, je croyais à des habitants dans Mars. Mon esprit vagabonda à sa fantaisie autour des possibilités d'un manuscrit enfermé à l'intérieur et des difficultés que soulèverait sa traduction, ou bien de monnaies, de modèles ou de représentations diverses qu'il contiendrait et ainsi de suite. Cependant l'objet était un peu trop gros pour que cette idée pût me rassurer. J'étais impatient de le voir ouvert. Vers onze heures, comme rien ne paraissait se produire, je m'en retournai, plein de ces préoccupations, chez moi, à Maybury. Mais j'éprouvai de la difficulté à reprendre mes investigations abstraites.

Dans l'après-midi, l'aspect de la lande avait grandement changé. Les premières éditions des journaux du soir avaient étonné Londres avec d'énormes manchettes : *Un message venu de Mars — Surprenante nouvelle —* et bien d'autres. De plus, le télégramme d'Ogilvy au bureau central météorologique avait bouleversé tous les observatoires du Royaume-Uni.

Il y avait sur la route, près des carrières de sable, une demi-douzaine au moins de voitures de louage[9] de la station de Woking, un cabriolet[9] venu de Chobham et un landau[9] majestueux. Non loin se trouvaient d'innombrables bicyclettes. De plus, un grand nombre de gens, en dépit de la chaleur, étaient venus à pied de Woking et de Chertsey, de sorte qu'il y avait là maintenant une foule considérable, dans laquelle se voyaient plusieurs jolies dames en robes claires.

La chaleur était suffocante ; il n'y avait aucun nuage au ciel ni la moindre brise, et la seule ombre aux alentours était celle que projetaient quelques sapins épars. On avait éteint l'incendie des bruyères, mais aussi loin que s'étendait la vue vers Ottershaw, la lande unie était noire et couverte de cendres d'où s'échappaient encore des traînées verticales de fumée. Un marchand de rafraîchissements entreprenant avait envoyé son fils avec une brouettée de fruits et de bouteilles de bière.

En m'avançant jusqu'au bord du trou, je le trouvai occupé par un groupe d'une demi-douzaine de gens — Henderson, Ogilvy, et un homme de haute taille et très blond que je sus après être Stent, de l'Observatoire Royal, dirigeant des ouvriers munis de pelles et de pioches. Stent donnait des ordres d'une voix claire et aiguë. Il était debout sur le cylindre qui devait être maintenant considérablement refroidi. Sa figure était rouge et transpirait abondamment ; quelque chose semblait l'avoir irrité.

Une grande partie du cylindre avait été dégagée, bien que sa partie inférieure fût encore enfoncée dans le sol. Aussitôt qu'Ogilvy m'aperçut dans la foule, il me fit signe de descendre et me demanda si je voulais aller trouver Lord Hilton, le propriétaire.

La foule qui augmentait sans cesse, et spécialement les gamins, dit-il, devenait un sérieux embarras pour leurs fouilles. Il voulait donc qu'on installât un léger barrage et qu'on les aidât à maintenir les gens à une distance convenable. Il me dit aussi que de faibles mouvements s'entendaient de temps à autre à l'intérieur, mais que les ouvriers avaient dû renoncer à dévisser le sommet parce qu'il n'offrait aucune prise. Les parois paraissaient être d'une épaisseur énorme, et il était possible que les sons affaiblis qui parvenaient au-dehors fussent les signes d'un bruyant tumulte à l'intérieur.

J'étais très content de lui rendre le service qu'il me demandait et de devenir ainsi un des spectateurs privilégiés en deçà de la clôture. Je ne rencontrai pas Lord Hilton chez lui, mais j'appris qu'on l'attendait par le train de six heures ; comme il était alors cinq heures un quart, je rentrai chez moi prendre le thé et me rendis ensuite à la gare.

IV

## *Le cylindre se dévisse*

Quand je revins à la lande, le soleil se couchait. Des groupes épars se hâtaient, venant de Woking, et une ou deux personnes s'en retournaient. La foule autour du trou avait augmenté, et se détachait noire sur le jaune pâle du ciel — deux cents personnes environ. Des voix s'élevèrent et il sembla se produire une sorte de lutte à l'entour du trou. D'étranges idées me vinrent à l'esprit. Comme j'approchais, j'entendis la voix de Stent qui s'écriait :

— En arrière ! En arrière !

Un gamin arrivait en courant vers moi :

— Ça remue, me dit-il en passant, ça se dévisse tout seul. C'est du louche, tout ça, merci, je me sauve.

Je continuai ma route. Il y avait bien là, j'imagine, deux ou trois cents personnes se pressant et se coudoyant, les quelques femmes n'étant en aucune façon les moins actives.

— Il est tombé dans le trou ! cria quelqu'un.

— En arrière ! crièrent des voix.

La foule s'agita quelque peu, et en jouant des coudes je me frayai un chemin entre les rangs pressés. Tout ce monde semblait grandement surexcité. J'entendis un bourdonnement particulier qui venait du trou.

— Dites donc, me cria Ogilvy, aidez-nous à maintenir ces idiots à distance. On ne sait pas ce qu'il peut y avoir dans cette diable de Chose.

Je vis un jeune homme, que je reconnus pour un garçon de boutique de Woking, qui essayait de regrimper hors du trou dans lequel la foule l'avait poussé.

Le sommet du cylindre continuait à se dévisser de l'intérieur. Déjà cinquante centimètres de vis brillante paraissaient; quelqu'un vint trébucher contre moi et je faillis bien être précipité contre le cylindre. Je me retournai, et à ce moment le dévissage dut être au bout, car le couvercle tomba sur les graviers avec un choc retentissant. J'opposai solidement mon coude à la personne qui se trouvait derrière moi et tournai mes regards vers la Chose. Pendant un moment cette cavité circulaire sembla parfaitement noire. J'avais le soleil dans les yeux.

Je crois que tout le monde s'attendait à voir surgir un homme — possiblement quelque être un peu différent des hommes terrestres, mais, en ses parties essentielles, un homme. Je sais que c'était mon cas. Mais, regardant attentivement, je vis bientôt quelque chose remuer dans l'ombre — des mouvements incertains et houleux, l'un par-dessus l'autre — puis deux disques lumineux comme des yeux. Enfin, une chose qui ressemblait à un petit serpent gris, de la grosseur environ d'une canne ordinaire, se déroula hors d'une masse repliée et se tortilla dans l'air de mon côté — puis ce fut le tour d'une autre.

Un frisson soudain me passa par tout le corps. Une femme derrière moi poussa un cri aigu. Je me tournai à moitié, sans quitter des yeux le cylindre hors duquel d'autres tentacules surgissaient maintenant, et je commençai à coups de coudes à me frayer un chemin en arrière du bord. Je vis l'étonnement faire place à l'horreur sur les faces des gens qui m'entouraient. J'entendis de tous côtés des exclamations confuses et il y eut un mouvement général de recul. Le jeune boutiquier se hissait à grands efforts sur le bord du trou, et tout à coup je me trouvai seul, tandis que de l'autre côté les gens s'enfuyaient, et Stent parmi eux. Je reportai les yeux vers le cylindre et une irrésistible terreur s'empara de moi. Je demeurai ainsi pétrifié et les yeux fixes.

Une grosse masse grisâtre et ronde, de la grosseur à peu près d'un ours, s'élevait lentement et péniblement hors du cylindre. Au moment où elle parut en pleine lumière, elle eut des reflets de cuir mouillé. Deux grands yeux sombres me regardaient fixement. L'ensemble de la masse était rond et possédait pour ainsi dire une face : il y avait sous les yeux une bouche, dont les bords sans lèvres tremblotaient, s'agitaient et laissaient échapper une sorte de salive. Le corps palpitait et haletait convulsivement. Un appendice tentaculaire long et mou agrippa le bord du cylindre et un autre se balança dans l'air.

Ceux qui n'ont jamais vu de Martiens vivants peuvent difficilement s'imaginer l'horreur étrange de leur aspect, leur bouche singulière en forme de V et la lèvre supérieure pointue, le manque de front, l'absence de menton au-dessous de la lèvre inférieure en coin, le remuement incessant de cette bouche, le groupe gorgonesque[10] des tentacules, la respiration tumultueuse des poumons dans une atmosphère différente, leurs mouvements lourds et pénibles, à cause de l'énergie plus grande de la pesanteur sur la terre et par-dessus tout l'extraordinaire intensité de leurs yeux énormes — tout cela me produisit un effet qui tenait de la nausée. Il y avait quelque chose de fongueux dans la peau brune huileuse, quelque chose d'inexprimablement terrible dans la maladroite assurance de leurs lents mouvements. Même à cette première rencontre, je fus saisi de dégoût et d'épouvante.

Soudain le monstre disparut. Il avait chancelé sur le bord du cylindre et dégringolé dans le trou avec un bruit semblable à celui que produirait une grosse masse de cuir. Je l'entendis pousser un singulier cri rauque et immédiatement après une autre de ces créatures apparut vaguement dans l'ombre épaisse de l'ouverture.

Alors mon accès de terreur cessa. Je me détournai et dans une course folle m'élançai vers le premier groupe d'arbres, à environ cent mètres de là. Mais je courais obliquement et en trébuchant, car je ne pouvais détourner mes regards de ces choses.

Parmi quelques jeunes sapins et des buissons de genêts, je m'arrêtai haletant, anxieux de ce qui allait se produire. La lande, autour du trou, était couverte de gens épars, comme moi à demi fascinés de terreur, épiant ces créatures, ou plutôt l'amas de gravier bordant le trou dans lequel elles étaient. Alors, avec une horreur nouvelle, je vis un objet rond et noir s'agiter au bord du talus. C'était la tête du boutiquier qui était tombé dans la fosse, et cette tête semblait un petit point noir contre les flammes du ciel occidental. Il parvint à sortir une épaule et un genou, mais il parut retomber de nouveau et sa tête seule resta visible. Soudain il disparut et je m'imaginai qu'un faible cri venait jusqu'à moi. Une impulsion irraisonnée m'ordonna d'aller à son aide, sans que je pusse surmonter mes craintes.

Tout devint alors invisible, caché dans la fosse profonde et par le tas de sable que la chute du cylindre avait amoncelé. Quiconque serait venu par la route de Chobham ou de Woking eût été fort étonné de voir une centaine de gens environ en un grand cercle irrégulier dissimulés dans des fossés, derrière des buissons, des barrières, des haies, ne se parlant que par cris brefs et rapides, et les yeux fixés obstinément sur quelques tas de sable. La brouette de provisions, épave baroque, était restée sur le talus, noire contre le ciel en feu, et dans le chemin creux était une rangée de véhicules abandonnés, dont les chevaux frappaient de leurs sabots le sol ou achevaient la pitance d'avoine de leurs musettes.

## V

## *Le Rayon Ardent*

Après le coup d'œil que j'avais pu jeter sur les Martiens émergeant du cylindre dans lequel ils étaient venus de leur planète sur la Terre, une sorte de fascination paralysa mes actes. Je demeurai là, enfoncé jusqu'aux genoux dans la bruyère, les yeux fixés sur le monticule qui les cachait. En moi la crainte et la curiosité se livraient bataille.

Je n'osais pas retourner directement vers le trou, mais j'avais l'ardent désir de voir ce qui s'y passait. Je m'avançai donc, décrivant une grande courbe, cherchant les points avantageux, observant continuellement les tas de sable qui dérobaient aux regards ces visiteurs inattendus de notre planète. Un instant un fouet de minces lanières noires passa rapidement devant le soleil couchant et disparut aussitôt ; après, une légère tige éleva, l'une après l'autre, ses articulations, au sommet desquelles un disque circulaire se mit à tourner avec un mouvement irrégulier. Que se passait-il donc dans ce trou ?

La plupart des spectateurs avaient fini par se

rassembler en deux groupes — l'un, une petite troupe du côté de Woking, l'autre, une bande de gens dans la direction de Chobham ; évidemment le même conflit mental les agitait. Autour de moi quelques personnes se trouvaient disséminées. Je passai près d'un de mes voisins dont je ne connaissais pas le nom — et il m'arrêta. Mais ce n'était guère le moment d'engager une conversation bien nette.

— Quelles vilaines brutes ! dit-il. Bon Dieu ! quelles vilaines brutes !

Il répéta cela à plusieurs reprises.

— Avez-vous vu quelqu'un tomber dans le trou ? demandai-je.

Mais il ne me répondit pas ; nous restâmes silencieux et attentifs pendant un long moment, côte à côte, éprouvant, j'imagine, un certain réconfort à notre mutuelle compagnie. Alors, je changeai de place, m'installant sur un renflement de terrain qui me donnait l'avantage d'un mètre ou deux d'élévation, et quand je cherchai des yeux mon compagnon, je l'aperçus qui retournait à Woking.

Le couchant devint crépuscule avant que rien d'autre ne se fût produit. La foule au loin, sur la gauche de Woking, semblait s'accroître et j'entendais maintenant son bruit confus. La petite bande de gens vers Chobham se dispersa, mais aucun indice de mouvement ne venait du cylindre.

Ce fut cette circonstance, plus qu'autre chose, qui rendit aux gens du courage ; je suppose que les curieux qui arrivaient constamment de

Woking contribuèrent aussi à relever la confiance. En tous les cas, comme l'ombre tombait, un mouvement lent et intermittent commença sur la lande, un mouvement qui se précisa à mesure que la tranquillité du soir restait ininterrompue autour du cylindre. De verticales formes noires, par deux ou trois, s'avançaient, s'arrêtaient, observaient, avançaient de nouveau, s'étendant de cette façon en un mince croissant irrégulier qui semblait vouloir cerner le trou en rapprochant ses pointes de mon côté, je commençai aussi à me diriger vers la fosse.

Alors j'aperçus quelques cochers et autres conducteurs d'attelages qui menaient hardiment leurs véhicules à travers les carrières ; et j'entendis le bruit des sabots et le grincement des roues. Je vis un gamin emmener la brouette de provisions. Puis, à moins de trente mètres du trou, je remarquai, venant du côté de Horsell, une petite troupe d'hommes et celui qui marchait en tête agitait un drapeau blanc.

C'était la députation. On avait hâtivement tenu conseil, et puisque les Martiens étaient, en dépit de leurs formes repoussantes, des créatures intelligentes, on avait résolu de leur montrer, en s'approchant d'eux avec des signaux, que nous aussi nous étions intelligents.

Le drapeau battait au vent, et la troupe s'avança à droite d'abord puis elle tourna à gauche. J'étais trop loin pour reconnaître personne, mais j'appris par la suite qu'Ogilvy, Stent et Henderson avaient tenté avec d'autres cet essai de communication.

Dans leur marche, ils avaient rétréci pour ainsi dire la circonférence maintenant à peu près ininterrompue de gens, et un certain nombre de vagues formes noires les suivaient à un intervalle discret.

Tout à coup il y eut un soudain jet de lumière, et une fumée grisâtre et lumineuse sortit du trou en trois bouffées distinctes, qui, l'une après l'autre, montèrent se perdre dans l'air tranquille.

Cette fumée — il serait peut-être plus exact de dire cette flamme — était si brillante que le ciel, d'un bleu profond au-dessus de nos têtes, et que la lande, sombre et brumeuse avec ses bouquets de pins du côté de Chertsey, parurent s'obscurcir brusquement quand ces bouffées s'élevèrent, et rester plus sombres après leur disparition. Au même moment, une sorte de bruit pareil à un sifflement devint perceptible.

De l'autre côté de la fosse la petite troupe de gens que précédait le drapeau blanc s'était arrêtée à la vue du phénomène, poignée de petites formes verticales et sombres sur le sol noirâtre. Quand la fumée verte monta, leurs faces s'éclairèrent d'un vert pâle et s'effacèrent à nouveau dès qu'elle se fut évanouie.

Alors, lentement, le sifflement devint un bourdonnement, un interminable bruit retentissant et monotone. Lentement, un objet de forme bossue s'éleva hors du trou et une sorte de rayon lumineux s'élança en tremblotant.

Aussitôt des jets de réelle flamme, des lueurs brillantes sautant de l'un à l'autre, jaillirent du groupe d'hommes dispersés. On eût dit que quelque invisible jet se heurtait contre eux et que du choc naissait une flamme blanche. Il semblait que chacun d'eux fût soudain et momentanément changé en flamme.

À la clarté de leur propre destruction, je les vis chanceler et s'affaisser et ceux qui les suivaient s'enfuirent en courant.

Je demeurai stupéfait, ne comprenant pas encore que c'était la mort qui sautait d'un homme à un autre dans cette petite troupe éloignée. J'avais seulement l'impression que c'était quelque chose d'étrange, un jet de lumière sans bruit presque et qui faisait s'affaisser, inanimés, tous ceux qu'il atteignait, et de même, quand l'invisible trait ardent passait sur eux, les pins flambaient et tous les buissons de genêts secs s'enflammaient avec un bruit sourd. Dans le lointain, vers Knaphill, j'apercevais les lueurs soudaines d'arbres, de haies et de chalets de bois qui prenaient feu.

Rapidement et régulièrement, cette mort flamboyante, cette invisible, inévitable épée de flammes[11], décrivait sa courbe. Je m'aperçus qu'elle venait vers moi aux buissons enflammés qu'elle touchait, et j'étais trop effrayé et stupéfié pour bouger. J'entendis les crépitements du feu dans les carrières et le soudain hennissement de douleur d'un cheval qui fut immobilisé aussitôt. Il semblait qu'un doigt invisible et pourtant intensément brûlant était étendu à travers la bruyère entre les Martiens et moi, et tout au long d'une ligne courbe, au-delà des carrières, le sol sombre fumait et craquait. Quelque chose tomba avec fracas, au loin sur la gauche, où la route qui va à la gare de Woking entre sur la lande. Presque aussitôt le sifflement et le bourdonnement cessèrent et l'objet noir en forme de dôme s'enfonça lentement dans le trou où il disparut.

Tout ceci s'était produit avec une telle rapidité que je restais là immobile, abasourdi et ébloui par les jets de lumière. Si cette mort avait décrit un cercle entier, j'aurais été certainement tué par surprise. Mais elle s'arrêta et m'épargna, laissant tomber sur moi la nuit soudainement sombre et hostile.

La lande ondulée semblait maintenant obscurcie jusqu'aux pires ténèbres ; excepté aux endroits où les routes qui la parcouraient s'étendaient grises et pâles sous le ciel bleu foncé de la nuit. Tout était noir et désert. Au-dessus de ma tête, une à une les étoiles s'assemblaient et à l'ouest le ciel brillait encore, pâle et presque verdâtre. Les cimes des pins et les toits de Horsell se découpaient nets et noirs contre l'arrière-clarté occidentale.

Les Martiens et leur matériel étaient complètement invisibles, excepté la tige mince sur laquelle leur miroir s'agitait incessamment en un mouvement irrégulier. Des taillis de buissons et d'arbres isolés fumaient et brûlaient encore, ici et là, et les maisons, du côté de la gare de Woking, envoyaient des spirales de flammes dans la tranquillité de l'air nocturne.

À part cela et ma terrible stupéfaction, rien

d'autre n'était changé. Le petit groupe de taches noires qui suivaient le drapeau blanc avait été simplement supprimé de l'existence et le calme du soir, me semblait-il, avait à peine été troublé.

Je m'aperçus que j'étais là, sur cette lande obscure, sans aide, sans secours et seul. Soudain, comme quelque chose qui tombe sur vous à l'improviste, la peur me prit.

Avec un effort je me retournai et m'élançai, en une course trébuchante, à travers la bruyère.

La peur que j'avais n'était pas une crainte rationnelle — mais une terreur panique, non seulement des Martiens, mais de l'obscurité et du silence qui m'entouraient. Elle produisit sur moi un si extraordinaire effet d'abattement qu'en courant je pleurais silencieusement comme un enfant. Maintenant que j'avais tourné le dos, je n'osais plus regarder en arrière.

Je me souviens d'avoir eu la singulière impression que l'on se jouait de moi et qu'au moment où j'atteindrais la limite du danger, cette mort mystérieuse — aussi soudaine que l'éclair — allait surgir du cylindre et me frapper.

## VI

## *Le Rayon Ardent sur la route de Chobham*

La façon dont les Martiens peuvent si rapidement et silencieusement donner la mort est encore un sujet d'étonnement. Certains pensent qu'ils parviennent, d'une manière quelconque, à produire une chaleur intense dans une chambre de non-conductivité pratiquement absolue. Cette chaleur intense, ils la projettent dans un rayon parallèle, contre tels objets qu'ils veulent, au moyen d'un miroir parabolique d'une composition inconnue — à peu près comme le miroir parabolique d'un phare projette un rayon de lumière. Mais personne n'a pu prouver ces détails d'une façon irréfutable. De quelque façon qu'il soit produit, il est certain qu'un rayon de chaleur est l'essence de la chose — une chaleur invisible au lieu d'une lumière visible. Tout ce qui est combustible s'enflamme à son contact, le plomb coule comme de l'eau, le fer s'amollit, le verre craque et fond, et l'eau se change immédiatement en vapeur.

Cette nuit-là, sous les étoiles, près de quarante

personnes gisaient autour du trou, carbonisées, défigurées, méconnaissables, et jusqu'au matin la lande, de Horsell jusqu'à Maybury, resta déserte et en feu.

La nouvelle du massacre parvint probablement en même temps à Chobham, à Woking et à Ottershaw. À Woking, les boutiques étaient fermées quand le tragique événement se produisit et un grand nombre de gens, boutiquiers et autres, attirés par les histoires qu'ils avaient entendu raconter, avaient traversé le pont de Horsell et s'avançaient sur la route entre les haies qui viennent aboutir à la lande. Vous pouvez vous imaginer les jeunes gens et les jeunes filles, après les travaux de la journée, prenant occasion de cette nouveauté comme de toute autre, pour faire une promenade ensemble et fleureter[12] à loisir. Vous pouvez vous figurer le bourdonnement des voix au long de la route, dans le crépuscule.

Jusqu'alors sans doute, peu de gens dans Woking même savaient que le cylindre était ouvert, bien que le pauvre Henderson eût envoyé un messager porter à bicyclette, au bureau de poste, un télégramme spécial pour un journal du soir.

Les curieux débouchaient par deux et trois, sur la lande, et ils trouvaient de petits groupes de gens causant avec animation, en observant le miroir tournant, au-dessus des carrières de sable, et la même excitation gagnait rapidement les nouveaux venus.

Vers huit heures et demie, quand la députation

fut détruite, il pouvait y avoir environ trois cents personnes à cet endroit, sans compter ceux qui avaient quitté la route pour s'approcher plus près des Martiens. Il y avait aussi trois agents de police, dont l'un était à cheval, faisant de leur mieux, d'après les instructions de Stent, pour maintenir la foule et l'empêcher d'approcher du cylindre, non sans soulever quelques protestations de la part de ces personnes excitables et irréfléchies, pour lesquelles un rassemblement est toujours une occasion de tapage et de brutalités.

Stent et Ogilvy, redoutant les possibilités d'une collision, avaient télégraphié de Horsell aux forces militaires aussitôt que les Martiens avaient paru, demandant l'aide d'une compagnie de soldats pour protéger, contre toute tentative de violence, les étranges créatures ; c'est après cela qu'ils avaient fait leurs si malheureuses avances. Les descriptions de leur mort telle que la vit la foule s'accordent de très près avec mes propres impressions : les trois bouffées de fumée verte, le sourd ronflement et les jets de flammes.

Bien plus que moi, cette foule de gens l'échappa belle. Le seul fait qu'un monceau de sable couvert de bruyère intercepta la partie inférieure du rayon les sauva. Si l'élévation du miroir parabolique avait été de quelques mètres plus haute, aucun d'eux n'aurait survécu pour raconter l'événement. Ils virent les jets de lumière, les hommes tomber et une main, invisible pour ainsi dire, allumer les buissons en s'avançant vers eux dans l'ombre qui gagnait. Alors, avec un sifflement qui s'éleva par-dessus le ronflement venant du trou, le rayon oscilla juste au-dessus de leurs têtes, enflammant les cimes des hêtres qui bordaient la route, faisant éclater les briques, fracassant les carreaux, enflammant les boiseries des fenêtres et faisant s'écrouler en miettes le pignon d'une maison située au coin de la route.

Dans le crépitement, le sifflement et l'éclat aveuglant des arbres en feu, la foule frappée de terreur sembla hésiter pendant quelques instants. Des étincelles et des brindilles commencèrent à tomber sur la route, avec des feuilles, comme des bouffées de flammes. Les chapeaux et les habits prenaient feu. Puis de la lande vint un appel.

Il y eut des cris et des clameurs et tout à coup l'agent de police à cheval arriva, galopant vers la foule confuse, la main sur la tête et hurlant de douleur.

— Ils viennent ! cria une femme, et immédiatement chacun tourna les talons, et, poussant ceux qui se trouvaient derrière, tâcha de regagner au plus vite la route de Woking.

Tous s'enfuirent aussi confusément qu'un troupeau de moutons. À l'endroit où la route était plus étroite et plus obscure entre les talus, la foule s'écrasa et une lutte désespérée s'ensuivit. Tous n'échappèrent pas : trois personnes — deux femmes et un petit garçon — furent renversées, piétinées, et laissées pour mortes dans la terreur et les ténèbres.

## VII

## *Comment je rentrai chez moi*

Pour ma part, je ne me rappelle rien de ma fuite, sinon des heurts violents contre des arbres et des culbutes dans la bruyère. Tout autour de moi s'accroissait la terreur invisible des Martiens. Cette impitoyable épée ardente semblait tournoyer partout, brandie au-dessus de ma tête avant de s'abattre et de me frapper à mort. J'arrivai sur la route entre le carrefour et Horsell et je courus jusqu'au chemin de traverse.

À la fin, il me fut impossible d'avancer ; épuisé par la violence de mes émotions et l'élan de ma course, je chancelai et m'affaissai inanimé sur le bord du chemin. C'était au coin du pont qui traverse le canal près de l'usine à gaz.

Je dus rester ainsi quelque temps. Puis je m'assis, étrangement perplexe. Pendant un bon moment je ne pus clairement me rappeler comment j'étais venu là. Ma terreur s'était détachée de moi comme un manteau. J'avais perdu mon chapeau et mon faux col était déboutonné. Quelques instants plus tôt, il n'y avait eu pour moi que trois choses réelles : l'immensité de la nuit, de l'espace et de la nature — ma propre faiblesse et mon angoisse — l'approche certaine de la mort. Maintenant, il me semblait que quelque chose s'était retourné, que le point de vue avait changé brusquement. Il n'y avait eu, d'un état d'esprit à l'autre, aucune transition sensible. J'étais immédiatement redevenu le moi de chaque jour, l'ordinaire et convenable citoyen. La lande silencieuse, le motif de ma fuite, les flammes qui s'élevaient étaient comme un rêve. Je me demandais si toutes ces choses étaient vraiment arrivées. Je n'y pouvais croire.

Je me levai et gravis d'un pas mal assuré la pente raide du pont. Mon esprit était envahi par une morne stupéfaction. Mes muscles et mes nerfs semblaient privés de toute force. Je devais tituber comme un homme ivre. Une tête apparut au-dessus du parapet et un ouvrier portant un panier s'avança. Auprès de lui courait un petit garçon. En passant près de moi il me souhaita le bonsoir. J'eus l'intention de lui causer, sans le faire. Je répondis à son salut par un vague marmottement et traversai le pont.

Sur le viaduc de Maybury, un train, tumulte mouvant de fumée blanche aux reflets de flammes, continuait son vaste élan vers le sud, longue chenille de fenêtres brillantes : fracas, tapage, tintamarre, et il était déjà loin. Un groupe indistinct de gens causait près d'une barrière de la jolie avenue de chalets qu'on appelait *Oriental Terrace*. Tout cela était si réel et si familier Et ce que je laissais derrière moi était si affolant, si fantastique ! De telles choses, me disais-je, étaient impossibles.

Peut-être suis-je un homme d'humeur exceptionnelle. Je ne sais jusqu'à quel point mes expériences sont celles du commun des mortels. Parfois, je souffre d'une fort étrange sensation de détachement de moi-même et du monde qui m'entoure. Il me semble observer tout cela de l'extérieur, de quelque endroit inconcevablement éloigné, hors du temps, hors de l'espace, hors de la vie et de la tragédie de toutes choses. Ce sentiment me possédait fortement cette nuit-là. C'était un autre aspect de mon rêve.

Mais mon inquiétude provenait de l'absurdité déconcertante de sécurité, et de la mort rapide qui voltigeait là-bas, à peine à trois kilomètres. Il me vint des bruits de travaux à l'usine à gaz et les lampes électriques étaient toutes allumées. Je m'arrêtai devant le groupe de gens.

— Quelles nouvelles de la lande ? demandai-je.

Il y avait contre la barrière deux hommes et une femme.

— Quoi ? dit un des hommes en se retournant.

— Quelles nouvelles de la lande ? répétai-je.

— Est-ce que vous n'en revenez pas ? demandèrent les hommes.

— On dirait que tous ceux qui y vont en reviennent fous, dit la femme en se penchant par-dessus la barrière. Qu'est-ce qu'il peut bien y avoir ?

— Vous ne savez donc rien des hommes de

Mars ? demandai-je ; des créatures tombées de la planète Mars ?

— Oh! si, bien assez ! Merci ! dit la femme, et ils éclatèrent de rire tous les trois.

J'étais ridicule et vexé. Sans y réussir, j'essayai de leur raconter ce que j'avais vu. Ils rirent de plus belle à mes phrases sans suite.

— Vous en saurez bientôt davantage ! leur dis-je en me remettant en route.

J'avais l'air si hagard qu'en m'apercevant du seuil ma femme tressaillit. J'entrai dans la salle à manger ; je m'assis, bus un verre de vin, et aussitôt que je pus suffisamment rassembler mes esprits, je lui racontai les événements dont j'avais été témoin. Le dîner, un dîner froid, était déjà servi et resta sur la table sans que nous y touchions pendant que je narrais mon histoire.

— Il y a une chose rassurante, dis-je pour pallier les craintes que j'avais fait naître, ce sont les créatures les plus maladroites que j'aie jamais vues grouiller. Elles peuvent s'agiter dans le trou et tuer les gens qui s'approcheront, pourtant elles ne pourront jamais sortir de là... Mais quelles horribles choses !

— Calme-toi, mon ami, dit ma femme en fronçant les sourcils et en posant sa main sur la mienne.

— Ce pauvre Ogilvy ! dis-je. Penser qu'il est resté mort, là-bas !

Ma femme, du moins, ne trouva pas mon récit incroyable. Quand je vis combien sa figure était mortellement pâle, je me tus brusquement.

— Ils peuvent venir ici, répétait-elle sans cesse. J'insistai pour qu'elle bût un peu de vin et j'essayai de la rassurer.

— Mais ils peuvent à peine remuer, dis-je.

Je lui redonnai, ainsi qu'à moi-même, un peu de courage en lui répétant tout ce qu'Ogilvy m'avait dit de l'impossibilité pour les Martiens de s'établir sur la Terre. En particulier, j'insistai sur la difficulté gravitationnelle. À la surface de la Terre, la pesanteur est trois fois ce qu'elle est à la surface de Mars. Donc, un Martien, quand même sa force musculaire resterait la même, pèserait ici trois fois plus que sur Mars et par conséquent son corps lui serait comme une enveloppe de plomb. Ce fut là réellement l'opinion générale. Le lendemain matin, le *Times* et le *Daily Telegraph*, entre autres, attachèrent une grande importance à ce point, sans plus que moi prendre garde à deux influences modificatrices pourtant évidentes.

L'atmosphère de la Terre, nous le savons maintenant, contient beaucoup plus d'oxygène ou beaucoup moins d'argon — peu importe la façon dont on l'explique — que celle de Mars. L'influence fortifiante de l'oxygène sur les Martiens fit indiscutablement beaucoup pour contrebalancer l'accroissement du poids de leur corps. En second lieu, nous ignorions tous ce fait que la puissance mécanique que possédaient les Martiens était parfaitement capable, au besoin, de compenser la diminution d'activité musculaire.

Mais je ne réfléchis pas à ces choses alors ; aussi mon raisonnement concluait-il entièrement contre les chances des envahisseurs ; le vin et la nourriture, la confiance de l'appétit satisfait et la nécessité de rassurer ma femme me rendirent, par degrés insensibles, mon courage et me firent croire à ma sécurité.

— Ils ont fait là une chose stupide, assurai-je, le verre à la main. Ils sont dangereux, parce que sans aucun doute la peur les affole. Peut-être ne s'attendaient-ils pas à trouver des êtres vivants — et certainement pas des êtres intelligents. Si les choses en viennent au pire, un obus dans le trou, et nous en serons débarrassés.

L'intense surexcitation des événements avait sans aucun doute laissé mes facultés perceptives en état d'éréthisme. Maintenant encore, je me rappelle avec une extraordinaire vivacité ce dîner. La figure douce et anxieuse de ma femme tournée vers moi, sous l'abat-jour rose, la nappe blanche avec l'argenterie et la verrerie — car, en ces jours-là, même les écrivains philosophiques se permettaient maints petits luxes —, le vin pourpre dans mon verre, tous ces détails sont photographiquement distincts. Au dessert, je m'attardai, combinant le goût des noix à une cigarette, regrettant l'imprudence d'Ogilvy et déplorant la peu clairvoyante pusillanimité des Martiens.

Ainsi quelque respectable dodo de l'île Maurice aurait pu, de son nid, envisager de cette façon les circonstances et, commentant l'arrivée d'un navire en quête de nourriture animale, aurait dit :

nous les mettrons à mort à coups de bec, demain, ma chère !

Sans le savoir, c'était le dernier dîner civilisé que je devais faire pendant d'étranges et terribles jours.

## VIII

## *Vendredi soir*

De toutes les choses surprenantes et merveilleuses qui arrivèrent ce vendredi-là, la plus étrange à mon esprit fut la combinaison des habitudes ordinaires et banales de notre ordre social avec les premiers débuts de la série d'événements qui devaient jeter à bas ce même ordre social. Si, le vendredi soir, prenant un compas, vous eussiez décrit un cercle d'un rayon de cinq milles autour des carrières de Woking, il est douteux que vous eussiez pu trouver, en dehors de cet espace, un seul être humain — à moins que ce ne fût quelque parent de Stent, ou des trois ou quatre cyclistes et des gens venus de Londres dont les cadavres étaient demeurés sur la lande — qui eût été en rien affecté dans ses émotions et ses habitudes par les nouveaux venus. Beaucoup de gens, certes, avaient entendu parler du cylindre, en avaient même causé à leurs moments de loisir, mais cela n'avait certainement pas produit la sensation qu'aurait soulevée un ultimatum à l'Allemagne.

À Londres, ce soir-là, le télégramme du malheureux Henderson, décrivant le dévissage graduel du projectile, fut reçu comme un canard[13] et le journal du soir auquel il avait été adressé — ayant, sans obtenir de réponse, télégraphié pour une confirmation de la nouvelle — décida de ne pas lancer d'édition spéciale.

Même dans ce cercle fictif de cinq milles, la majorité des gens restait indifférente. J'ai déjà décrit la conduite de ceux, hommes et femmes, auxquels je m'étais adressé. Dans tout le district, les gens dînaient et soupaient, les ouvriers jardinaient après les travaux du jour ; on couchait les enfants ; les jeunes gens erraient amoureusement par les chemins et les savants compulsaient leurs livres.

Peut-être y avait-il dans les rues du village un murmure inaccoutumé ; un sujet de causerie nouveau et absorbant, dans les tavernes ; ici et là un messager, ou même un témoin des derniers incidents, occasionnait quelque agitation, des cris et des allées et venues. Mais presque partout sans exception, la routine quotidienne : travailler, manger, boire et dormir, continuait ainsi que depuis d'innombrables années — comme si nulle planète Mars n'eût existé dans les cieux. Même à Woking, à Horsell et à Chobham, tel était le cas.

À la gare de Woking, jusqu'à une heure tardive, les trains s'arrêtaient et repartaient, d'autres se garaient sur les voies d'évitement, les voyageurs descendaient ou attendaient et toutes choses suivaient leur cours ordinaire. Un gamin de la ville, empiétant sur le monopole des bibliothèques de chemins de fer, vendait sur les quais des journaux renfermant les nouvelles de l'après-midi. Le vacarme des trucks[14], le sifflet aigu des locomotives, se mêlaient à ses cris de : *l'arrivée des habitants de Mars*. Des groupes agités envahirent la station vers neuf heures, racontant d'incroyables nouvelles, et ne causèrent pas plus de trouble que des ivrognes n'auraient pu faire. Les gens en route vers Londres cherchaient, à travers les fenêtres des wagons, à apercevoir quelque chose dans les ténèbres du dehors et voyaient seulement de rares étincelles scintiller et s'élever en dansant dans la direction de Horsell, puis disparaître, une lueur rougeâtre et une mince traînée de fumée se promener contre l'écran du ciel, et ils en concluaient que rien n'arrivait de plus sérieux que quelque incendie dans des bruyères. Ce n'était que sur les confins de la lande qu'on pouvait voir réellement quelque désordre. Là, sur la lisière du côté de Woking, une douzaine de villas étaient en flammes. Des lumières restèrent allumées dans toutes les maisons des trois villages proches de la lande et les gens y veillèrent jusqu'à l'aurore.

Une foule curieuse s'attardait, incessamment renouvelée, à la fois sur le pont de Chobham et sur celui de Horsell. Une ou deux âmes aventureuses — ainsi qu'on s'en aperçut après — s'avancèrent à la faveur des ténèbres et se faufilèrent jusqu'auprès des Martiens. Mais elles ne revinrent pas, car de temps en temps un rayon de lumière, semblable aux feux électriques d'un vaisseau de guerre, balayait la lande, et le rayon brûlant le suivait immédiatement. À part cela, l'immense étendue demeura silencieuse et désolée, et les corps carbonisés y restèrent épars toute la nuit sous les étoiles et tout le jour suivant. Un bruit de métal qu'on martèle venait du cylindre et fut entendu par beaucoup de gens.

Tel était l'état des choses ce vendredi soir. Au centre, enfoncé dans la peau de notre vieille planète comme une écharde empoisonnée, était ce cylindre. Mais le poison avait à peine commencé son œuvre. Autour de lui s'étendait la lande silencieuse, mal éteinte par places, avec quelques objets sombres, à peine visibles, gisant en attitudes contorsionnées ici et là. De distance en distance un arbre ou un buisson brûlait encore. Plus loin, c'était comme une frontière d'activité au-delà de laquelle les flammes n'étaient pas encore parvenues. Dans le reste du monde, le cours de la vie allait son train comme depuis d'immémoriales années. La fièvre de la lutte, qui allait bientôt venir obstruer les veines et les artères, user les nerfs et détruire les cerveaux, était latente encore.

Tout au long de la nuit, les Martiens s'agitèrent et martelèrent, infatigables et sans sommeil, à l'œuvre sur les machines qu'ils apprêtaient, et de temps en temps une bouffée de fumée grisâtre tourbillonnait vers le ciel étoilé.

Vers onze heures une compagnie d'infanterie traversa Horsell et se déploya en cordon à la lisière de la lande. Plus tard une seconde compagnie vint par Chobham occuper le côté nord. Plusieurs officiers des baraquements[15] voisins étaient venus dans la journée examiner les lieux et l'un d'entre eux, disait-on, le major Eden, manquait. Le colonel du régiment s'avança jusqu'au pont de Chobham vers minuit et questionna minutieusement la foule. Les autorités militaires se rendaient certainement compte du sérieux de l'affaire. À la même heure, ainsi que l'indiquèrent les journaux du lendemain, un escadron de hussards, deux Maxims[16] et environ quatre cents hommes du régiment de Cardigan quittaient le camp d'Aldershot.

Quelques secondes après minuit, la foule qui encombrait la route de Chertsey à Woking vit une étoile tomber du ciel dans un bois de sapins vers le nord-ouest. Une lumière verdâtre et des lueurs soudaines comme les éclairs des nuits d'été accompagnaient le météore. C'était un second cylindre.

## IX

## *La lutte commence*

La journée du samedi est restée dans ma mémoire comme un jour de répit. Ce fut aussi un jour de lassitude, lourd et étouffant, avec, m'a-t-on dit, de rapides fluctuations du baromètre. J'avais peu dormi, encore que ma femme eût réussi à le faire, et je me levai de bonne heure. Avant le déjeuner, je descendis dans le jardin et j'écoutai : mais rien d'autre que le chant d'une alouette ne venait de la lande.

Le laitier passa comme d'habitude. J'entendis le bruit de son chariot et j'allai jusqu'à la barrière pour avoir de lui les dernières nouvelles. Il me dit que pendant la nuit les Martiens avaient été cernés par des troupes et qu'on attendait des canons. Alors, comme une note familière et rassurante, j'entendis un train qui traversait Woking.

— On tâchera de ne pas les tuer, dit le laitier, si on peut l'éviter sans trop de difficultés.

J'aperçus mon voisin qui jardinait et je devisai un instant avec lui, avant de rentrer pour déjeuner. C'était une matinée des plus ordinaires. Mon voisin émit l'opinion que les troupes pourraient, ce jour-là, détruire ou capturer les Martiens.

— Quel malheur qu'ils se rendent si peu approchables, dit-il. Il est curieux de savoir comment on vit sur une autre planète : on pourrait en apprendre quelque chose.

Il vint jusqu'à la haie et m'offrit une poignée de fraises, car il était aussi généreux que fier des produits de son jardin. En même temps, il me parla de l'incendie des bois de pins, au-delà des prairies de Byfleet.

— On prétend, dit-il, qu'il est tombé par là une autre de ces satanées choses — le numéro deux. Mais il y en a assez d'une, à coup sûr. Cette affaire-là va coûter une jolie somme aux compagnies d'assurances, avant que tout soit remis en place.

En disant cela, il riait avec un air de parfaite bonne humeur.

— Les bois brûlent encore, me dit-il en indiquant un nuage de fumée. Ça couvera longtemps sous les pieds à cause de l'épaisseur des herbes et des aiguilles de pins.

Puis avec gravité il ajouta diverses réflexions au sujet du « pauvre Ogilvy ».

Après déjeuner, au lieu de me mettre au travail, je décidai de descendre jusqu'à la lande. Sous le pont du chemin de fer, je trouvai un groupe de soldats — du génie, je crois — avec de petites toques rondes, des jaquettes rouges, sales et déboutonnées, laissant voir leurs chemises bleues, des pantalons de couleur foncée et des bottes montant jusqu'au mollet. Ils me dirent que personne ne devait franchir le canal, et, sur la route au-delà du pont, j'aperçus un des hommes du régiment de Cardigan placé là en sentinelle. Pendant un instant, je causai avec ces soldats. Je leur racontai ce que j'avais vu des Martiens le soir précédent. Aucun d'eux ne les avait vus jusqu'à présent et ils n'avaient à ce sujet que des idées très vagues, en sorte qu'ils m'accablèrent de questions. Ils ne savaient pas, me dirent-ils, le but de ces mouvements de troupes ; ils avaient cru d'abord qu'une mutinerie avait éclaté au campement des Horse Guards. Le simple sapeur du génie est, en général, mieux informé que le troupier ordinaire et ils se mirent à discuter, avec une certaine intelligence, des conditions particulières de la lutte possible. Je leur fis une description du Rayon Ardent et ils commencèrent à argumenter entre eux à ce sujet.

— Se glisser aussi près que possible en restant à l'abri, et se jeter sur eux, voilà ce qu'il faut faire, dit l'un.

— Tais-toi donc, répondit un autre. Qu'est-ce que tu feras avec ton abri contre leur diable de Rayon Ardent ? Tu iras te faire cuire ! Ce qu'il y a à faire, c'est de s'approcher autant que le terrain le permettra et là creuser une tranchée.

— Un beau moyen, les tranchées ! Il ne parle tout le temps que de creuser des tranchées, celui-là. C'est pas un homme, c'est un lapin.

— Alors, ils n'ont pas de cou ? me demanda

brusquement un troisième, petit homme brun et silencieux, qui fumait sa pipe.

Je répétai ma description.

— Des pieuvres, tout simplement, dit-il. On dit que ça pêche les hommes — maintenant on va se battre avec des poissons.

— Il n'y a pas de crime à massacrer les bêtes comme ça, remarqua le premier qui avait parlé.

— Pourquoi ne pas bombarder tout de suite ces sales animaux et en finir d'un seul coup ? dit le petit brun. On ne peut pas savoir ce qu'ils sont capables de faire.

— Où sont tes obus ? demanda le premier. Il n'y a pas de temps à perdre. Il faut charger dessus et tout de suite, c'est mon avis.

Ils continuèrent à discuter la chose sur ce ton. Après un certain temps, je les quittai et me dirigeai vers la gare pour y chercher autant de journaux du matin que j'en pourrais trouver.

Mais je ne fatiguerai pas le lecteur par une description plus détaillée de cette longue matinée et de l'après-midi plus long encore. Je ne pus parvenir à jeter le moindre coup d'œil sur la lande, car même les clochers des églises de Horsell et de Chobham étaient aux mains des autorités militaires. Les soldats auxquels je m'adressai ne savaient rien ; les officiers étaient aussi mystérieux que préoccupés. Je trouvai les gens de la ville pleinement rassurés par la présence des forces militaires et j'appris alors, de la bouche même de Marshall, le marchand de tabac, que son fils était parmi les morts, autour du cylindre. Les soldats avaient obligé les habitants, sur la lisière de Horsell, à fermer et à quitter leurs maisons.

Je revins chez moi pour déjeuner, vers deux heures, très fatigué, car, ainsi que je l'ai dit, la journée était extrêmement chaude et lourde, et, afin de me rafraîchir, je pris un bain froid. Vers quatre heures et demie, je retournai à la gare chercher les journaux du soir, car ceux du matin ne donnaient qu'un récit très inexact de la mort de Stent, d'Henderson, d'Ogilvy et des autres. Mais ils ne renfermaient rien que je ne connusse déjà. Les Martiens ne laissaient rien voir d'eux-mêmes. Ils semblaient très affairés dans leur trou, d'où sortaient continuellement un bruit de marteaux et une longue traînée de fumée. Apparemment ils activaient leurs préparatifs pour la lutte.

*De nouvelles tentatives pour communiquer avec eux ont été faites sans succès* — tel était le titre que reproduisaient tous les journaux. Un sapeur me dit que ces tentatives étaient faites par un homme qui d'un fossé agitait un drapeau au bout d'une perche. Les Martiens accordaient autant d'attention à ces avances que nous en prêterions aux mugissements d'un bœuf.

Je dois avouer que la vue de tout cet armement, de tous ces préparatifs, m'excitait grandement. Mon imagination devint belliqueuse et infligea aux envahisseurs des défaites remarquables ; les rêves de batailles et d'héroïsme de mon enfance me revinrent. À ce moment même, il me semblait que la lutte allait être inégale, tant les Martiens me paraissaient impuissants dans leur trou.

Vers trois heures, on entendit des coups de canon, à intervalles réguliers, dans la direction de Chertsey ou d'Addlestone. J'appris que le bois de pins incendié, dans lequel était tombé le second cylindre, était canonné dans l'espoir de détruire l'objet avant qu'il ne s'ouvrît. Ce ne fut pas avant cinq heures, cependant, qu'une pièce de campagne[17] arriva à Chobham pour être braquée sur les premiers Martiens.

Vers six heures du soir, je prenais le thé avec ma femme dans la véranda, causant avec chaleur de la bataille qui nous menaçait, lorsque j'entendis, venant de la lande, le bruit assourdi d'une détonation, et immédiatement une rafale d'explosions. Aussitôt suivit, tout près de nous, un violent et retentissant fracas qui fit trembler le sol, et, me précipitant au-dehors sur la pelouse, je vis les cimes des arbres, autour du College Oriental, enveloppées de flammes rougeâtres et de fumée, et le clocher de la chapelle s'écrouler. La tourelle de la mosquée avait disparu et le toit du collège lui-même semblait avoir subi les effets de la chute d'un obus de cent tonnes. Une de nos cheminées craqua comme si elle avait été frappée par un boulet ; elle vola en éclats et les fragments dégringolèrent le long des tuiles pour venir s'entasser sur le massif de fleurs, près de la fenêtre de mon cabinet de travail.

Ma femme et moi restâmes stupéfaits. Je me rendis compte alors que la crête de la colline de Maybury était à portée du Rayon Ardent des Martiens, maintenant qu'on s'était débarrassé du collège qui était un obstacle gênant.

Je saisis ma femme par le bras et, sans cérémonie, l'entraînai jusque sur la route. Puis j'allai chercher la servante, en lui disant que j'irais prendre moi-même la malle qu'elle réclamait avec insistance.

— Nous ne pouvons pas rester ici, dis-je.

Au moment même, la canonnade reprit un instant sur la lande.

— Mais où allons-nous aller ? demanda ma femme terrifiée.

Je réfléchissais, perplexe. Puis je me souvins de ses cousins à Leatherhead.

— À Leatherhead, criai-je, dans le fracas qui recommençait.

Elle regarda vers le bas de la colline. Les gens surpris sortaient de leurs maisons.

— Mais comment irons-nous jusque-là ? s'enquit-elle.

Au bas de la route, j'aperçus un peloton de hussards qui passaient au galop sous le pont du chemin de fer ; quelques-uns entrèrent dans la cour du College Oriental, les autres mirent pied à terre et commencèrent à courir de maison en maison. Le soleil, brillant à travers la fumée qui montait des cimes des arbres, semblait rouge sang et jetait sur les choses une clarté lugubre et sinistre.

— Reste ici, tu es en sûreté, dis-je à ma femme, et je me mis à courir vers l'hôtel du Chien-Tigré, car je savais que l'hôtelier avait un cheval et un dog-cart[18].

Je courais de toutes mes forces, car je me rendais compte que, dans un moment, tout le monde, sur ce versant de la colline, serait en mouvement. Je trouvai l'hôtelier derrière son comptoir, absolument ignorant de ce qui se passait derrière sa maison. Un homme qui me tournait le dos lui parlait.

— Ce sera une livre, disait l'hôtelier, et je n'ai personne pour vous le mener.

— J'en donne deux livres, dis-je par-dessus l'épaule de l'homme.

— Quoi ?...

— ... Et je vous le ramène avant minuit, achevai-je.

— Mais diable, dit l'hôtelier, qu'est-ce qui presse ? Je suis en train de vendre un quartier de porc. Deux livres et vous me le rapportez ? Qu'est-ce qui se passe donc ?

Je lui expliquai rapidement que je devais partir immédiatement de chez moi et je m'assurai ainsi la location du dog-cart. À ce moment, il ne me sembla pas le moins du monde urgent pour l'hôtelier qu'il quittât son hôtel. Je m'arrangeai pour avoir la voiture sur-le-champ, la conduisis à la main le long de la route, puis la laissant à la garde de ma femme et de ma servante, me précipitai dans la maison et empaquetai divers objets de valeur, argenterie et autres. Les hêtres du jardin brûlaient pendant ce temps, et des palissades du bord de la route s'élevaient des flammes rouges. Tandis que j'étais ainsi occupé, l'un des hussards à pied arriva. Il courait de maison en maison,

avertissant les gens du danger et les invitant à sortir. Il passait justement comme je sortais, traînant mes trésors, enveloppés dans une nappe. Je lui criai :
— Quelles nouvelles ?
Il se retourna, les yeux effarés, brailla quelque chose comme *sortis du trou dans une chose pareille à un couvercle de plat,* et se dirigea en courant vers la porte de la maison située au sommet de la montée. Un soudain tourbillon de fumée parcourant la route le cacha pendant un moment. Je courus jusqu'à la porte de mon voisin, frappai par acquit de conscience, car je savais que sa femme et lui étaient partis pour Londres et qu'ils avaient fermé leur maison. J'entrai de nouveau chez moi, car j'avais promis à la servante d'aller chercher sa malle et je la ramenai dehors, la casai auprès d'elle sur l'arrière du dog-cart ; puis je pris les rênes et sautai sur le siège à côté de ma femme. En un instant nous étions hors de la fumée et du bruit et descendions vivement la pente opposée de la colline de Maybury, vers Old Woking.

Devant nous s'étendait un tranquille paysage ensoleillé, des champs de blé de chaque côté de la route et l'auberge de Maybury avec son enseigne oscillante. J'aperçus la voiture du docteur devant nous. Au pied de la colline, je tournai la tête pour jeter un coup d'œil sur ce que je quittais. D'épais nuages de fumée noire, coupés de longues flammes rouges, s'élevaient dans l'air tranquille et projetaient des ombres obscures sur les cimes vertes des arbres, vers l'est. La fumée s'étendait déjà fort loin, jusqu'aux bois de sapins de Byfleet vers l'est et jusqu'à Woking à l'ouest. La route grouillait de gens accourant vers nous. Très affaibli maintenant, mais très distinct à travers l'air tranquille et lourd, on entendait le bourdonnement d'un canon qui cessa tout d'un coup et les détonations intermittentes des fusils. Apparemment les Martiens mettaient le feu à tout ce qui se trouvait à portée de leur Rayon Ardent.

Je ne suis pas un cocher expert, et il me fallut bien vite donner toute mon attention au cheval. Quand je me tournai une fois encore, la seconde colline cachait complètement la fumée noire. D'un coup de fouet, j'enlevai le cheval, lui lâchant les rênes jusqu'à ce que Woking et Send fussent entre nous et tout ce tumulte. Entre ces deux localités, j'avais rattrapé et dépassé la voiture du docteur.

X

*En pleine mêlée*[19]

Leatherhead est à environ douze milles de Maybury Hill. L'odeur des foins emplissait l'air ; au long des grasses prairies au-delà de Pyrford et de chaque côté, les haies étaient revêtues de la douceur et de la gaieté de multitudes d'aubépines. La sourde canonnade qui avait éclaté tandis que nous descendions la route de Maybury avait cessé aussi brusquement qu'elle avait commencé, laissant le crépuscule paisible et calme. Nous arrivâmes sans mésaventure à Leatherhead vers neuf heures, et le cheval eut une heure de repos, tandis que je soupais avec mes cousins et recommandais ma femme à leurs soins.

Pendant tout le voyage, ma femme était restée silencieuse et elle semblait encore tourmentée de mauvais pressentiments. Je m'efforçai de la rassurer, insistant sur le fait que les Martiens étaient retenus dans leur trou par leur excessive pesanteur, qu'ils ne pourraient, à tout prendre, que se glisser à quelques pas à l'entour de leur cylindre ; mais elle ne répondit que par monosyllabes. Si ce n'avait été ma promesse à l'hôtelier, elle m'aurait, je crois, supplié de demeurer à Leatherhead cette nuit-là ! Que ne l'ai-je donc fait ! Son visage, je me souviens, était affreusement pâle quand nous nous séparâmes.

Pour ma part, j'avais été, toute la journée, fébrilement surexcité. Quelque chose d'assez semblable à la fièvre guerrière, qui, à l'occasion, s'empare de toute une communauté civilisée, me courait dans le sang, et au fond je n'étais pas autrement fâché d'avoir à retourner à Maybury ce soir-là. Je craignais même que cette fusillade que j'avais entendue n'ait été le dernier signe de l'extermination des Martiens. Je ne peux exprimer mieux mon état d'esprit qu'en disant que j'éprouvais l'irrésistible envie d'assister à la curée.

Il était presque onze heures quand je me mis en route. La nuit était exceptionnellement obscure ; sortant de l'antichambre éclairée, elle me parut même absolument noire et il faisait aussi chaud et aussi lourd que dans la journée. Au-dessus de ma tête, les nuages passaient rapides, encore qu'aucune brise n'agitât les arbustes d'alentour. Le domestique alluma les deux lanternes[20]. Heureusement la route m'était très familière. Ma femme resta debout dans la clarté du seuil et me suivit du regard jusqu'à ce que je fusse installé dans le dog-cart. Tout à coup elle rentra, laissant là mes cousins qui me souhaitaient bon retour.

Je me sentis d'abord quelque peu déprimé à la contagion des craintes de ma femme, mais très vite mes pensées revinrent aux Martiens. À ce moment, j'étais absolument ignorant du résultat de la lutte de la soirée. Je ne savais même rien des circonstances qui avaient précipité le conflit. Comme je traversais Ockham — car au lieu de revenir par Send et Old Woking, j'avais pris cette autre route —, je vis au bord de l'horizon, à l'ouest, des reflets d'un rouge sang, qui, à mesure que j'approchais, montèrent lentement dans le ciel. Les nuages d'un orage menaçant s'amoncelaient et se mêlaient aux masses de fumée noire et rougeâtre.

La grand-rue de Ripley était déserte et à part une ou deux fenêtres éclairées, le village n'indiquait aucun autre signe de vie ; mais je faillis causer un accident au coin de la route de Pyrford où un groupe de gens se trouvaient, me tournant le dos. Ils ne m'adressèrent pas la parole quand je passai et je ne pus par conséquent savoir s'ils connaissaient les événements qui se produisaient au-delà de la colline, si les maisons étaient désertées et vides, si des gens y dormaient tranquillement ou si, harassés, ils épiaient les terreurs de la nuit.

De Ripley jusqu'à Pyrford, il me fallait traverser un vallon du fond duquel je ne pouvais apercevoir les reflets de l'incendie. Comme j'arrivais au haut de la côte, après l'église de Pyrford, les lueurs reparurent et les arbres furent agités des premiers frémissements de l'orage. J'entendis alors minuit sonner derrière moi au clocher de Pyrford ; puis la silhouette des coteaux de Maybury, avec leurs cimes de toits et d'arbres, se détacha noire et nette contre le ciel rouge.

Au même moment, une sinistre lueur verdâtre éclaira la route devant moi, laissant voir dans la distance les bois d'Addlestone. Le cheval donna une secousse aux rênes. Je vis les nuages rapides percés, pour ainsi dire, par un ruban de flamme verte qui illumina soudain leur confusion et vint tomber au milieu des champs, à ma gauche. C'était le troisième projectile.

Immédiatement après sa chute et d'un violet aveuglant, par contraste, le premier éclair de l'orage menaçant dansa dans le ciel et le tonnerre retentit longuement au-dessus de ma tête. Le cheval prit le mors aux dents et s'emballa.

Une pente modérée descend jusqu'au pied de la colline de Maybury et nous la descendîmes à une vitesse vertigineuse. Une fois que les éclairs eurent commencé, ils se succédèrent avec une rapidité inimaginable ; les coups de tonnerre, se suivant sans interruption avec d'effrayants craquements, semblaient bien plutôt produits par une gigantesque machine électrique que par un orage ordinaire. Les rapides scintillements étaient aveuglants et des rafales de fine grêle me fouettaient le visage.

D'abord, je ne regardai guère que la route devant moi ; puis, tout à coup, mon attention fut arrêtée par quelque chose qui descendait impétueusement à ma rencontre la pente de Maybury Hill ; je crus voir le toit humide d'une maison, mais un éclair me permit de constater que la

Chose était douée d'un vif mouvement de rotation. Ce devait être une illusion d'optique — tour à tour d'effarantes ténèbres et d'éblouissantes clartés troublaient la vue. Puis la masse rougeâtre de l'Orphelinat, presque au sommet de la colline, les cimes vertes des pins et ce problématique objet apparurent, clairs, nets et brillants.

Quel spectacle ! Comment le décrire ? Un monstrueux tripode, plus haut que plusieurs maisons, enjambait les jeunes sapins et les écrasait dans sa course ; un engin mobile, de métal étincelant, s'avançait à travers les bruyères ; des câbles d'acier, articulés, pendaient aux côtés, l'assourdissant tumulte de sa marche se mêlait au vacarme du tonnerre. Un éclair le dessina vivement, en équilibre sur un de ces appendices, les deux autres en l'air, disparaissant et réapparaissant presque instantanément, semblait-il, avec l'éclair suivant, cent mètres plus près. Figurez-vous un tabouret à trois pieds tournant sur lui-même et d'un pied sur l'autre pour avancer par bonds violents ! Ce fut l'impression que j'en eus à la lueur des éclairs incessants. Mais au lieu d'un simple tabouret, imaginez un grand corps mécanique supporté par trois pieds.

Soudain, les sapins du petit bois qui se trouvait juste devant moi s'écartèrent, comme de fragiles roseaux sont séparés par un homme se frayant un chemin. Ils furent arrachés net et jetés à terre et un deuxième tripode immense parut, se précipitant, semblait-il, à toute vitesse vers moi — et le cheval galopait droit à sa rencontre. À la vue de ce second monstre je perdis complètement la tête. Sans prendre le temps de mieux regarder, je tirai violemment sur la bouche du cheval pour le faire tourner à droite et au même instant le dog-cart versa par-dessus la bête, les brancards se brisèrent avec fracas, je fus lancé de côté et tombai lourdement dans un large fossé plein d'eau.

Je m'en tirai bien vite et me blottis, les pieds trempant encore dans l'eau sous un bouquet d'ajoncs. Le cheval était immobile — le cou rompu, la pauvre bête — et à chaque nouvel éclair je voyais la masse noire du dog-cart renversé et la silhouette des roues tournant encore lentement. Presque aussitôt, le colossal mécanisme passa à grandes enjambées près de moi, montant la colline vers Pyrford.

Vue de près, la Chose était incomparablement étrange, car ce n'était pas simplement une machine insensée passant droit son chemin. C'était une machine cependant, avec une allure mécanique et un fracas métallique, avec de longs tentacules flexibles et luisants — l'un d'entre eux tenait un jeune sapin — se balançant bruyamment autour de ce corps étrange. Elle choisissait ses pas en avançant et l'espèce de chapeau d'airain qui la surmontait se mouvait en tous sens avec l'inévitable suggestion d'une tête regardant tout autour d'elle. Derrière la masse principale se trouvait une énorme chose de métal blanchâtre, semblable à un gigantesque panier de pêcheur, et je vis des bouffées de fumée s'échapper par des interstices de ses membres, quand le monstre passa près de moi. En quelques pas, il était déjà loin.

C'est tout ce que j'en vis alors, très vaguement, dans l'éblouissement des éclairs, pendant les intervalles consécutifs de lumière intense et d'épaisses ténèbres.

Quand il passa près de moi, le monstre poussa une sorte de hurlement violent et assourdissant qui s'entendit par-dessus le tonnerre : Alouh ! Alouh ! Au même instant, il rejoignait déjà son compagnon, à un demi-mille de là, et ils se penchaient maintenant au-dessus de quelque chose dans un champ. Je ne doute pas que l'objet de leur attention n'ait été le troisième des dix cylindres qu'ils nous avaient envoyés de leur planète.

Pendant quelques minutes, je restai là dans les ténèbres et sous la pluie, épiant, aux lueurs intermittentes des éclairs, ces monstrueux êtres de métal, se mouvant à distance, par-dessus les haies. Une fine grêle commença de tomber, et, suivant qu'elle était plus ou moins épaisse, leurs formes s'embrumaient ou redevenaient claires. De temps en temps les éclairs cessaient et l'obscurité les engloutissait.

Je fus bientôt trempé par la grêle qui fondait et par l'eau bourbeuse. Il se passa quelque temps avant que ma stupéfaction me permît, en gravissant le talus, de trouver un refuge plus sec, et de songer au péril imminent.

Non loin de moi, dans un petit champ de pommes de terre, se trouvait une cabane en bois ; je parvins à me relever, puis, courbé, en profitant du moindre abri, je l'atteignis en hâte. Je frappai à la porte, mais personne — s'il était quelqu'un à l'intérieur — ne m'entendit et au bout d'un instant j'y renonçai ; en suivant un fossé je parvins, à demi rampant et sans être aperçu des monstrueuses machines, jusqu'au bois de sapins.

À l'abri, maintenant, je continuai ma route, trempé et grelottant, jusqu'à ma maison. J'avançais entre les troncs, tâchant de retrouver le sentier. Il faisait très sombre dans le bois, car les éclairs devenaient de moins en moins fréquents et la grêle, par rafales, tombait en colonnes épaisses à travers les interstices des branchages.

Si je m'étais pleinement rendu compte de la signification de toutes les choses que j'avais vues, j'aurais dû immédiatement essayer de retrouver mon chemin par Byfleet vers Street Cobham et aller par ce détour rejoindre ma femme à Leatherhead. Mais, cette nuit-là, l'étrangeté des choses qui survenaient et mon misérable état physique m'ahurissaient, car j'étais meurtri, accablé, trempé jusqu'aux os, assourdi et aveuglé par l'orage.

J'avais la vague idée de rentrer chez moi et ce fut un mobile suffisant pour me déterminer. Je trébuchai au milieu des arbres, tombai dans un fossé, me cognai le genou contre un pieu et finalement barbotai dans le chemin qui descend de College Arms. Je dis : barbotai, car des flots d'eau coulaient entraînant le sable en un torrent boueux. Là, dans les ténèbres, un homme vint se heurter contre moi et m'envoya chanceler en arrière.

Il poussa un cri de terreur, fit un bond de côté, et prit sa course à toutes jambes avant que j'eusse pu me faire reconnaître et lui adresser la parole. Si grande était la violence de l'orage à cet endroit que j'avais une peine infinie à remonter la colline. Je m'abritai enfin contre la palissade à gauche et, m'y cramponnant, je pus avancer plus rapidement.

Vers le haut, je trébuchai sur quelque chose de mou et, à la lueur d'un éclair, j'aperçus à mes pieds un tas de gros drap noir et une paire de bottes. Avant que j'eusse pu distinguer plus clairement dans quelle position l'homme se trouvait, l'obscurité était revenue. Je demeurai immobile, attendant le prochain éclair. Quand il vint, je vis que c'était un homme assez corpulent, simplement mais proprement mis. La tête était ramenée sous le corps et il gisait là, tout contre la palissade, comme s'il avait été violemment projeté contre elle.

Surmontant la répugnance naturelle à quelqu'un qui jamais auparavant n'avait touché un cadavre, je me penchai et le tournai afin d'écouter si son cœur battait. Il était bien mort. Apparemment, les vertèbres du cou étaient rompues. Un troisième éclair survint et je pus distinguer ses traits. Je sursautai. C'était l'hôtelier du Chien-Tigré auquel j'avais enlevé son moyen de fuir.

Je l'enjambai doucement et continuai mon chemin. Je pris par le poste de police et College Arms, pour gagner ma maison. Rien ne brûlait au flanc de la colline, quoiqu'il montât encore de la lande, avec des reflets rouges, de tumultueuses volutes de fumée, incessamment rabattues par la grêle abondante.

Aussi loin que la lueur des éclairs me permettait de voir, les maisons autour de moi étaient intactes. Près de College Arms, quelque chose de noir formait un tas au milieu du chemin.

Au bas de la route, vers le pont de Maybury, il y avait des voix et des bruits de pas, mais je n'eus pas le courage d'appeler ni d'aller les rejoindre. J'entrai avec mon passe-partout, fermai la porte à double tour et au verrou derrière moi, chancelai au pied de l'escalier et m'assis sur les marches. Mon imagination était hantée par ces monstres de métal à l'allure si terriblement rapide et par le souvenir du cadavre écrasé contre la palissade.

Je me blottis au pied de l'escalier, le dos contre le mur et frissonnant violemment.

## XI

## *À la fenêtre*

J'ai déjà dit que mes plus violentes émotions ont le don de s'épuiser d'elles-mêmes. Au bout d'un moment, je m'aperçus que j'étais glacé et trempé, et que de petites flaques d'eau se formaient autour de moi, sur le tapis de l'escalier. Je me levai presque machinalement, entrai dans la salle à manger et bus un peu de whisky ; puis j'eus l'idée de changer de vêtements.

Quand ce fut fait, je montai jusqu'à mon cabinet de travail, mais je ne saurais dire pour quelle raison. La fenêtre donne, par-dessus les arbres et le chemin de fer, vers la lande de Horsell. Dans la hâte de notre départ, elle avait été laissée ouverte. Le palier était sombre, et, contrastant avec le tableau qu'encadrait la fenêtre, le reste de la pièce était impénétrablement obscur. Je m'arrêtai court sur le pas de la porte.

L'orage avait passé. Les tours du College Oriental et les sapins d'alentour n'existaient plus et tout au loin, éclairée par de vifs reflets rouges, la lande, du côté des carrières de sable, était visible.

Contre ces reflets, d'énormes formes noires, étranges et grotesques, s'agitaient activement de-ci de-là.

Il semblait vraiment que, dans cette direction, la contrée entière fût en flammes : j'avais sous les yeux un vaste flanc de colline, parsemé de langues de feu agitées et tordues par les rafales de la tempête qui s'apaisait et projetait de rouges réflexions[21] sur la course fantastique des nuages. De temps à autre, une masse de fumée, venant de quelque incendie plus proche, passait devant la fenêtre et cachait les silhouettes des Martiens. Je ne pouvais voir ce qu'ils faisaient, ni leur forme distincte, non plus que reconnaître les objets noirs qui les occupaient si activement. Je ne pouvais voir non plus où se trouvait l'incendie dont les réflexions dansaient sur le mur et le plafond de mon cabinet. Une âcre odeur résineuse emplissait l'air.

Je fermai la porte sans bruit et me glissai jusqu'à la fenêtre. À mesure que j'avançais, la vue s'élargissait jusqu'à atteindre, d'un côté, les maisons situées près de la gare de Woking, et, de l'autre, les bois de sapins consumés et carbonisés près de Byfleet. Il y avait des flammes au bas de la colline, sur la voie du chemin de fer, près du pont, et plusieurs des maisons qui bordaient la route de Maybury et les chemins menant à la gare n'étaient plus que des ruines ardentes. Les flammes de la voie m'intriguèrent d'abord. Il y avait un amoncellement noir et de vives lueurs, avec, sur la droite, une rangée de formes oblongues. Je m'aperçus alors que c'étaient des débris d'un train, l'avant brisé et en flammes, les wagons de queue encore sur les rails.

Entre ces trois principaux centres de lumière, les maisons, le train et la contrée incendiée vers Chobham, s'étendaient les espaces irréguliers de campagne sombre interrompus ici et là par des intervalles de champs fumant et brûlant faiblement ; c'était un fort étrange spectacle, cette étendue noire, coupée de flammes, qui rappelait plus qu'autre chose les fourneaux des verreries dans la nuit. D'abord, je ne pus distinguer la moindre personne vivante, bien que je fusse très attentif à en découvrir. Plus tard j'aperçus contre la clarté de la gare de Woking un certain nombre de formes noires qui traversaient en hâte la ligne les unes derrière les autres.

Ce chaos ardent, c'était le petit monde dans lequel j'avais vécu en sécurité pendant des années ! Je ne savais pas encore ce qui s'était produit pendant ces sept dernières heures, et j'ignorais, bien qu'un peu de réflexion m'eût permis de le deviner, quelle relation existait entre ces colosses mécaniques et les êtres indolents et massifs que j'avais vu vomir par le cylindre. Poussé par une bizarre et impersonnelle curiosité, je tournai mon fauteuil vers la fenêtre et contemplai la contrée obscure, observant particulièrement dans les carrières les trois gigantesques silhouettes qui s'agitaient en tous sens à la clarté des flammes.

Elles semblaient extraordinairement affairées.

Je commençai à me demander ce que ce pouvait bien être. Étaient-ce des mécanismes intelligents ? Une pareille chose, je le savais, était impossible. Ou bien un Martien était-il installé à l'intérieur de chacun, le gouvernant, le dirigeant, s'en servant à la façon dont un cerveau d'homme gouverne et dirige son corps ? Je cherchai à comparer ces choses à des machines humaines ; je me demandai, pour la première fois de ma vie, quelle idée pouvait se faire d'une machine à vapeur ou d'un cuirassé un animal inférieur intelligent.

L'orage avait débarrassé le ciel, et, par-dessus la fumée de la campagne incendiée, Mars, comme un petit point, brillait d'une lueur affaiblie en descendant vers l'ouest. Tout à coup un soldat entra dans le jardin. J'entendis un léger bruit contre la palissade et, sortant de l'espèce de léthargie dans laquelle j'étais plongé, je regardai et je l'aperçus vaguement, escaladant la clôture. À la vue d'un être humain, ma torpeur disparut et je me penchai vivement à la fenêtre.

— Psstt, fis-je aussi doucement que je pus.

Il s'arrêta, surpris, à cheval sur la palissade. Puis il descendit et traversa la pelouse jusqu'au coin de la maison ; il courbait l'échine et marchait avec précaution.

— Qui est là ? demanda-t-il, à voix basse aussi, debout sous la fenêtre et regardant en l'air.

— Où allez-vous ? questionnai-je.

— Du diable si je le sais !

— Vous cherchez à vous cacher ?

— Justement !

— Entrez dans la maison, dis-je.

Je descendis, déverrouillait la porte, le fis entrer, la verrouillait de nouveau. Je ne pouvais voir sa figure. Il était nu-tête et sa tunique était déboutonnée.

— Mon Dieu ! mon Dieu ! s'exclamait-il, comme je lui montrais le chemin.

— Qu'est-il arrivé ? lui demandai-je.

— Tout et le reste !

Dans l'obscurité, je le vis qui faisait un signe de désespoir.

— Ils nous ont balayés.

Et il répéta ces mots à plusieurs reprises.

Il me suivit presque machinalement, dans la salle à manger.

— Prenez ceci, dis-je en lui versant une forte dose de whisky.

Il la but. Puis brusquement il s'assit devant la table, prit sa tête dans ses mains, et se mit à pleurer et à sangloter comme un enfant, secoué d'une véritable crise de désolation, tandis que je restais devant lui, intéressé, dans un singulier oubli de mon récent accès de désespoir.

Il fut longtemps à retrouver un calme suffisant pour pouvoir répondre à mes questions et il ne le fit alors que d'une façon confuse et fragmentaire. Il conduisait une pièce d'artillerie[22] qui n'avait pris part au combat qu'à sept heures. À ce moment, la canonnade battait son plein sur la lande et l'on disait qu'une première troupe de Martiens se dirigeait lentement, à l'abri d'un bouclier de métal, vers le second cylindre.

Un peu plus tard, ce bouclier se dressa sur trois pieds et devint la première des machines que j'avais vues. La pièce que l'homme conduisait avait été mise en batterie près de Horsell, afin de commander les carrières, et son arrivée avait précipité l'engagement. Comme les canonniers d'avant-train[22] gagnaient l'arrière, son cheval mit le pied dans un terrier et s'abattit, lançant son cavalier dans une dépression de terrain. Au même moment, le canon faisait explosion, le caisson[22] sautait, tout était en flammes autour de lui et il se trouva renversé sous un tas de cadavres carbonisés et de chevaux morts.

— Je ne bougeai pas, dit-il, ne comprenant rien à ce qui se passait, avec un poitrail de cheval qui m'écrasait. Nous avions été balayés d'un seul coup. Et l'odeur — bon Dieu ! comme de la viande brûlée. En tombant de cheval, je m'étais tordu les reins et il me fallut rester là jusqu'à ce que le mal fût passé. Une minute auparavant, on aurait cru être à la revue — puis patatras, bing, pan ! — Balayés d'un seul coup ! répéta-t-il.

Il était demeuré fort longtemps sous le cheval mort essayant de jeter des regards furtifs sur la lande. Les hussards avaient tenté, en s'éparpillant, une charge contre le cylindre, mais ils avaient été simplement supprimés en un instant. C'est alors que le monstre s'était dressé sur ses pieds et s'était mis à aller et venir tranquillement à travers la lande, parmi les rares fugitifs, avec son espèce de tête se tournant de côté et d'autre exactement comme une tête d'homme capuchonnée. Une sorte de bras portait une boîte métallique compliquée, autour de laquelle des flammes vertes scintillaient, et hors d'une espèce d'entonnoir qui s'y trouvait adapté jaillissait le Rayon Ardent.

En quelques minutes, il n'y eut plus, autant que le soldat put s'en rendre compte, un seul être vivant sur la lande, et tout buisson et tout arbre qui n'était pas encore consumé brûlait. Les hussards étaient sur la route au-delà de la courbure du terrain et il ne put voir ce qui leur arrivait. Il entendit les Maxims craquer pendant un moment, puis ils se turent. Le géant épargna jusqu'à la fin la gare de Woking et son groupe de maisons, puis le Rayon Ardent y fut braqué et tout fut en un instant changé en un monceau de ruines enflammées. Enfin, le monstre éteignit le Rayon et, tournant le dos à l'artilleur, de son allure déhanchée, il se dirigea vers le bois de sapins consumés qui abritait le second cylindre. Comme il s'éloignait, un second Titan étincelant surgit tout agencé hors du trou.

Le second monstre suivit le premier ; alors l'artilleur parvint à se dégager et se traîna avec précaution à travers les cendres brûlantes des bruyères vers Horsell. Il réussit à parvenir vivant jusqu'au fossé qui bordait la route, et put s'échapper ainsi jusqu'à Woking. — Ici son récit devint à chaque instant coupé d'exclamations. L'endroit était inabordable. Fort peu de gens, semble-t-il, y étaient demeurés vivants, affolés pour la plupart et couverts de brûlures. L'incendie l'obligea à faire un détour et il se coucha parmi les décombres d'un mur calciné au moment où l'un des géants martiens revenait sur ses pas. Il le vit poursuivre un homme, l'enlever dans un de ses tentacules d'acier et lui briser la tête contre le tronc d'un sapin. Enfin, à la tombée de la nuit, l'artilleur risqua une course folle et arriva jusque sur les quais de la gare. Depuis ce moment, il avait avancé furtivement le long de la voie dans la direction de Maybury, dans l'espoir d'échapper au danger en se rapprochant de Londres. Beaucoup de gens étaient blottis dans des fossés et dans des caves, et le plus grand nombre des survivants s'étaient enfuis dans le village de Woking et vers Send. La soif le dévorait : enfin, près du pont du chemin de fer, il trouva une des grosses conduites crevées d'où l'eau jaillissait en bouillonnant sur la route, comme une source.

Tel était le récit que j'obtins de lui, fragment par fragment. Peu à peu, il s'était calmé en me racontant ces choses et en essayant de me dépeindre exactement les spectacles auxquels il avait assisté. Il n'avait rien mangé depuis midi, m'avait-il dit au début de son récit, et je trouvai à l'office un peu de pain et de mouton que j'apportai dans la salle à manger. Nous n'allumâmes pas de lampe, de crainte d'attirer les Martiens, et à chaque instant nos mains s'égaraient à la recherche du pain et de la viande. À mesure qu'il parlait, les objets autour de nous se dessinèrent obscurément dans les ténèbres, et les arbustes écrasés et les rosiers brisés de l'autre côté de la fenêtre devinrent distincts. Il semblait qu'une troupe d'hommes ou d'animaux eût passé dans le jardin en saccageant tout. Je commençai à apercevoir sa figure, noircie et hagarde, comme devait l'être la mienne.

Quand nous eûmes fini de manger, nous montâmes doucement jusqu'à mon cabinet et de nouveau j'observai ce qui se passait, par la fenêtre ouverte. En une seule soirée, la vallée avait été transformée en vallée de ruines. Les incendies avaient maintenant diminué; des traînées de fumée remplaçaient les flammes, mais les ruines innombrables des maisons démolies et délabrées, des arbres abattus et consumés, que la nuit avait cachées, se détachaient maintenant dénudées et terribles dans l'impitoyable lumière de l'aurore. Pourtant, de place en place, quelque objet avait eu la chance d'échapper — ici un signal blanc sur la voie du chemin de fer, là, le bout d'une serre claire et fraîche au milieu des décombres. Jamais encore, dans l'histoire des guerres, la destruction n'avait été aussi insensée ni aussi indistinctement générale. Scintillants aux lueurs croissantes de l'Orient, trois des géants métalliques se tenaient autour du trou, leur tête tournant incessamment, comme s'ils surveillaient la désolation qu'ils avaient causée.

Il me sembla que le trou avait été agrandi et de temps en temps des bouffées de vapeur d'un vert vif en sortaient, montaient vers les clartés de l'aube — montaient, tourbillonnaient, s'étalaient et disparaissaient.

Au-delà, vers Chobham, se dressaient des colonnes de flammes. Aux premières lueurs du jour, elles se changèrent en colonnes de fumée rougeâtre.

## XII

## *Ce que je vis de la destruction de Weybridge et de Shepperton*

Quand l'aube fut trop claire, nous nous retirâmes de la fenêtre d'où nous avions observé les Martiens et nous descendîmes doucement au rez-de-chaussée.

L'artilleur convint avec moi que la maison n'était pas un endroit où demeurer. Il se proposait, dit-il, de se mettre en route vers Londres et de rejoindre sa batterie. Mon plan était de retourner sans délai à Leatherhead, et la puissance des Martiens m'avait si grandement impressionné que j'étais décidé à emmener ma femme à Newhaven et de là j'espérais quitter immédiatement le pays avec elle. Car je me rendais déjà clairement compte que les environs de Londres allaient être inévitablement le théâtre d'une lutte désastreuse, avant que de pareilles créatures puissent être détruites.

Entre nous et Leatherhead, cependant, il y avait le troisième cylindre avec ses gardiens gigantesques. Si j'avais été seul, je crois que j'aurais tenté la chance de passer quand même. Mais l'artilleur m'en dissuada.

— Quand on a une femme supportable, il n'y a pas de raison pour la rendre veuve, dit-il.

Enfin je consentis à aller avec lui en nous abritant dans les bois, et à remonter vers le nord jusqu'à Street Cobham avant de nous séparer. De là, je devais faire un grand détour par Epsom pour rejoindre Leatherhead.

Je me serais mis en route sur-le-champ, mais mon compagnon avait plus d'expérience. Il me fit chercher dans toute la maison pour trouver un flacon qu'il remplit de whisky et nous garnîmes toutes nos poches de paquets de biscuits et de tranches de viande. Ensuite, nous nous glissâmes hors de la maison et courûmes de toutes nos forces jusqu'au bas du chemin raboteux par où j'étais venu la nuit précédente. Les maisons paraissaient désertes. En route, nous rencontrâmes un groupe de trois cadavres carbonisés, tombés ensemble quand le Rayon Ardent les atteignit ; ici et là, des objets que les gens avaient laissés tomber — une pendule, une pantoufle, une cuiller d'argent et de pauvres choses précieuses de ce genre. Au coin de la rue qui monte vers la poste, une petite voiture non attelée, chargée de malles et de meubles, était renversée sur ses roues brisées. Une cassette, dont on avait fait sauter le couvercle, avait été jetée sous les débris.

À part la loge de l'Orphelinat qui brûlait encore, aucune des maisons n'avait souffert beaucoup de ce côté-ci. Le Rayon Ardent n'avait fait que raser les cheminées en passant. Cependant, hormis nous deux, il ne semblait pas y avoir une seule personne vivante dans Maybury. Les habitants s'étaient enfuis en grande partie, par la route d'Old Woking, je suppose — la même route que j'avais suivie pour aller à Leatherhead —, ou bien ils s'étaient cachés.

Nous descendîmes le chemin, passant de nouveau près du cadavre de l'homme en noir, trempé par la grêle de la nuit précédente, et nous entrâmes dans les bois, au pied de la colline. Nous arrivâmes ainsi jusqu'au chemin de fer sans rencontrer âme qui vive. De l'autre côté de la ligne, les bois n'étaient plus que des débris consumés et noircis. Pour la plupart, les arbres étaient tombés, mais un certain nombre étaient encore debout, troncs gris et désolés, avec un feuillage roussi au lieu de leur verdure de la veille.

Du côté que nous suivions, le feu n'avait rien fait de plus que lécher les arbres les plus proches, sans réussir à s'étendre davantage. À un endroit, les bûcherons avaient laissé leur travail interrompu. Des arbres, abattus et fraîchement émondés, étaient entassés dans une clairière, avec, auprès d'une scie à vapeur, des tas de sciure. Tout près de là était une hutte de terre et de branchages désertée. Il n'y avait plus à cette heure le moindre souffle de vent et toutes choses étaient étrangement tranquilles. Même les oiseaux se taisaient et, dans notre marche précipitée, l'artilleur et moi parlions à voix basse en jetant de temps en temps un regard furtif par-dessus notre épaule.

Une fois ou deux nous nous arrêtâmes pour écouter.

Au bout d'un certain temps, nous eûmes rejoint la route ; à ce moment nous entendîmes un bruit de sabots de chevaux et nous aperçûmes, à travers les troncs d'arbres, trois cavaliers avançant lentement vers Woking. Nous les hélâmes et ils firent halte, tandis que nous accourions en toute hâte vers eux. C'était un lieutenant et deux cavaliers du 8e hussards, avec un instrument semblable à un théodolite, que l'artilleur me dit être un héliographe.

— Vous êtes les premiers que j'aie rencontrés ce matin venant de cette direction, me dit le lieutenant. Que se prépare-t-il par là ?

Sa voix et son regard disaient toute son inquiétude. Les hommes, derrière lui, nous dévisageaient curieusement. L'artilleur sauta du talus sur la route, rectifia la position et salua.

— Ma pièce a été détruite hier soir, mon lieutenant. Je me suis caché. Je tâche maintenant de rejoindre ma batterie. Vous apercevrez les Martiens, je pense, à un demi-mille d'ici en suivant cette route.

— Comment diable sont-ils ? demanda le lieutenant.

— Des géants en armure, mon lieutenant. Trente mètres de haut, trois jambes et un corps comme de l'aluminium, avec une grosse tête effrayante dans une espèce de capuchon.

— Allons donc ! dit le lieutenant, quelles sottises !

— Vous verrez vous-même, mon lieutenant. Ils portent une sorte de boîte qui envoie du feu et qui vous tue d'un seul coup.

— Que voulez-vous dire ?... Un canon ?

— Non, mon lieutenant, et l'artilleur entama une copieuse description du Rayon Ardent.

Au milieu de son récit, le lieutenant l'interrompit et se tourna vers moi. J'étais resté sur le talus qui bordait la route.

— Vous avez vu cela ? demanda le lieutenant.

— C'est parfaitement exact, répondis-je.

— C'est bien, fit le lieutenant. Mon devoir est d'aller m'en assurer. Écoutez, dit-il à l'artilleur, nous sommes détachés ici pour avertir les gens de quitter leurs maisons. Vous ferez bien d'aller raconter la chose vous-même au général de brigade et lui dire tout ce que vous savez. Il est à Weybridge. Vous savez le chemin ?

— Je le connais, répondis-je.

Et il tourna son cheval du côté d'où nous venions.

— Vous dites à un demi-mille ? demanda-t-il.

— Au plus, répondis-je, et j'indiquai les cimes des arbres vers le sud.

Il me remercia et se mit en route. Nous ne le revîmes plus.

Plus loin, un groupe de trois femmes et de deux enfants étaient en train de déménager une maison de laboureur. Ils surchargeaient une charrette à bras de ballots malpropres et d'un mobilier misérable. Ils étaient bien trop affairés pour nous adresser la parole, et nous passâmes.

Près de la gare de Byfleet, en sortant du bois, nous trouvâmes la contrée calme et paisible sous le soleil matinal. Nous étions bien au-delà de la portée du Rayon Ardent et, n'eût été le silence désert de quelques-unes des maisons, le mouvement et l'agitation de départs précipités dans d'autres, la troupe de soldats campés sur le pont du chemin de fer et regardant au long de la ligne vers Woking, ce dimanche eût semblé pareil à tous les autres dimanches.

Plusieurs chariots et voitures de ferme s'avançaient, avec d'incessants craquements, sur la route d'Addlestone et tout à coup, par la barrière d'un champ, nous aperçûmes, au milieu d'une prairie plate, six canons énormes, strictement disposés à intervalles égaux et pointés sur Woking. Les caissons étaient à distance réglementaire et les canonniers à leur poste auprès des pièces. On eût dit qu'ils étaient prêts pour une inspection.

— Voilà qui est parfait, dis-je. Ils seront bien reçus, par ici, en tout cas.

L'artilleur s'arrêta, hésitant, devant la barrière.

— Non, je continue, fit-il.

Plus loin, vers Weybridge, juste à l'entrée du pont, il y avait un certain nombre de soldats en petite tenue élevant une longue barricade devant d'autres canons.

— Ce sont des arcs et des flèches contre le tonnerre, dit l'artilleur. Ils n'ont pas encore vu ce diable de rayon de feu.

Les officiers que leur service ne retenait pas s'étaient groupés et examinaient l'horizon par-dessus les sommets des arbres vers le sud-ouest, et les hommes s'arrêtaient de temps à autre pour regarder dans la même direction.

Byfleet était rempli de ce tumulte. Des gens faisaient des paquets et une vingtaine de hussards, quelques-uns à pied, les autres à cheval, les obligeaient à se hâter. Trois ou quatre camions administratifs, un vieil omnibus et beaucoup d'autres véhicules étaient alignés dans la rue du village et on les chargeait de tout ce qui semblait utile ou précieux. Il y avait aussi des gens en grand nombre qui avaient été assez respectueux des coutumes pour revêtir leurs habits du dimanche, et les soldats avaient toutes les peines du monde à leur faire comprendre la gravité de la situation. Nous vîmes un vieux bonhomme ridé, avec une immense malle et plus d'une vingtaine de pots contenant des orchidées, faire de violents reproches au caporal qui ne voulait pas s'en charger. Je m'arrêtai et le saisis par le bras.

— Savez-vous ce qui vient là-bas ? lui dis-je en montrant les bois de sapins qui empêchaient de voir les Martiens.

— Eh ? fit-il en se retournant. Croyez-vous, il ne veut pas comprendre que mes plantes ont une grande valeur.

— La Mort ! criai-je. La Mort qui vient ! La Mort !

Le laissant digérer cela, s'il le pouvait, je m'élançai à la suite de l'artilleur. Au coin, je me retournai. Le caporal avait planté là le pauvre homme qui, debout auprès de sa malle, sur le couvercle de laquelle il avait posé ses pots, regardait d'un air hébété du côté des arbres.

Personne à Weybridge ne put nous dire où se trouvait le quartier général ; je n'avais encore jamais vu pareille confusion : des chariots, des voitures partout, formant le plus étonnant mélange de moyens de transport et de chevaux. Les gens honorables de l'endroit, en costume de sport, leurs épouses élégamment mises, se hâtaient de faire leurs paquets, énergiquement aidés par tous les fainéants des environs, tandis que les enfants s'agitaient, absolument ravis, pour la plupart, de cette diversion inattendue à leurs ordinaires distractions dominicales. Au milieu de tout cela, le digne prêtre de la paroisse célébrait fort courageusement un service matinal et le vacarme de sa cloche s'efforçait de surmonter le tapage et le tumulte qui remplissaient le village.

L'artilleur et moi, assis sur les marches de la fontaine, fîmes un repas suffisamment réconfortant avec les provisions que nous avions emportées dans nos poches. Des patrouilles de soldats, non plus de hussards ici, mais de grenadiers blancs, invitaient les gens à partir au plus vite ou à se réfugier dans leurs caves sitôt que la canonnade commencerait. En passant sur le pont du chemin de fer, nous vîmes qu'une foule, augmentant à chaque instant, s'était rassemblée dans la gare et les environs et que les quais fourmillants étaient encombrés de malles et de ballots innombrables. On avait, je crois, arrêté le mouvement des trains afin de procéder au transport des troupes et des canons, et j'ai su depuis qu'une lutte sauvage avait eu lieu quand il s'était agi de trouver place dans les trains spéciaux organisés plus tard.

Nous restâmes à Weybridge jusqu'à midi, et à cette heure nous nous trouvâmes à l'endroit où, près de l'écluse de Shepperton, la Wey se jette dans la Tamise. Nous employâmes une partie de notre temps à aider deux vieilles femmes à charger une petite voiture. La Wey a trois bras à son embouchure : il y a là un grand nombre de loueurs de bateaux et de plus un bac qui traverse la rivière. Du côté de Shepperton se trouvait une auberge avec, sur le devant, une pelouse ; et, au-delà, la tour de l'église — on l'a depuis remplacée par un clocher — s'élevait par-dessus les arbres.

Là se pressait, surexcitée et tumultueuse, une foule de fugitifs. Jusqu'ici ce n'était pas encore devenu une panique, mais il y avait déjà beaucoup plus de monde que les bateaux ne parviendraient à en transporter. Des gens arrivaient, chancelant sous de lourds fardeaux. Deux personnes même, le mari et la femme, s'avançaient avec une petite porte de cabane sur laquelle ils avaient entassé tout ce qu'ils avaient pu trouver d'objets domestiques. Un homme nous confia qu'il allait essayer de se sauver en prenant le train à la station de Shepperton.

On n'entendait partout que des cris et quelques farceurs, même, plaisantaient. L'idée que semblaient avoir les habitants de l'endroit, c'était que les Martiens ne pouvaient être que de formidables êtres humains qui attaqueraient et saccageraient le bourg, pour être immanquablement détruits à la fin. De temps à autre, des gens regardaient avec une certaine impatience par-delà la Wey, vers les prairies de Chertsey, mais tout, de ce côté, était tranquille.

Sur l'autre rive de la Tamise, excepté à l'endroit où les bateaux abordaient, il n'y avait de même aucun trouble, ce qui faisait un contraste violent avec la rive du Surrey. En débarquant, les gens partaient immédiatement par le petit chemin. L'énorme bac n'avait encore fait qu'un seul voyage. Trois ou quatre soldats, de la pelouse de l'auberge, regardaient ces fugitifs et les raillaient, sans songer à offrir leur aide. L'auberge était close, car on était maintenant aux heures prohibées.

— Qu'est-ce que c'est que tout cela ? s'exclamait un batelier.

Puis plus près de moi :

— Tais-toi donc, sale bête ! criait un homme à un chien qui hurlait.

À ce moment, on entendit de nouveau, mais cette fois dans la direction de Chertsey, un son assourdi — la détonation d'un canon.

La lutte commençait. Presque immédiatement, d'invisibles batteries, cachées par des bouquets d'arbres sur l'autre rive du fleuve, à notre droite, firent chorus, crachant leurs obus régulièrement l'une après l'autre. Une femme s'évanouit. Tout le monde sursauta, avec, en suspens, le soudain émoi de la bataille si proche et que nous ne pouvions voir encore. Le regard ne parcourait que des prairies unies, où des bœufs paissaient avec indifférence entre des saules argentés au feuillage immobile sous le chaud soleil.

— Les soldats les arrêteront bien, dit une femme, d'un ton peu rassuré.

Une brume monta au-dessus des arbres. Puis soudain nous vîmes un énorme flot de fumée qui envahit rapidement le ciel ; au même moment, le sol trembla sous nos pieds et une explosion immense secoua l'atmosphère, brisant les vitres des maisons proches et nous plongeant dans la stupéfaction.

— Les voilà ! cria un homme vêtu d'un jersey bleu. Là-bas ! Les voyez-vous ? Là-bas !

Rapidement, l'un après l'autre, parurent deux, trois, puis quatre Martiens, bien loin par-delà les arbres bas, à travers les prés s'étendant jusqu'à Chertsey ; ils se dirigeaient avec d'énormes enjambées vers la rivière. Ils parurent être, d'abord, de petites formes encapuchonnées, s'avançant à une allure aussi rapide que le vol des oiseaux.

Puis, arrivant obliquement dans notre direction, un cinquième monstre parut. Leur masse cuirassée scintillait au soleil, tandis qu'ils accouraient vers les pièces d'artillerie, et ils paraissaient de plus en plus grands à mesure qu'ils approchaient. L'un d'eux, le plus éloigné vers la gauche, brandissait aussi haut qu'il pouvait une sorte d'immense étui, et ce terrible et sinistre Rayon Ardent, que j'avais vu à l'œuvre le vendredi soir, jaillit soudain dans la direction de Chertsey et attaqua la ville.

À la vue de ces étranges, rapides et terribles créatures, la foule qui se pressait sur les rives sembla un instant frappée d'horreur. Il n'y eut pas un mot, pas un cri — mais le silence. Puis un rauque murmure, une poussée et — l'éclaboussement de l'eau. Un homme, trop effrayé pour poser la malle qu'il portait sur l'épaule, se retourna et me fit chanceler en me heurtant avec le coin de son fardeau. Une femme me repoussa violemment et se mit à courir. Je me retournai aussi, dans l'élan de la foule, mais la terreur ne m'empêcha pas de réfléchir. Je pensais au terrible Rayon Ardent. Se jeter dans l'eau, voilà ce qu'il fallait faire.

— Tout le monde à l'eau! criai-je sans être entendu.

Je fis de nouveau face à la rivière et, me précipitant dans la direction du Martien qui approchait, jusqu'à la rive de sable, j'entrai dans l'eau. D'autres firent de même. Une barque pleine de gens, revenant vers le bord, chavira presque, au moment où je passais. Les pierres sous mes pieds étaient boueuses et glissantes et le niveau des eaux était si bas que j'avançai pendant plus de cinq mètres avant d'avoir de l'eau jusqu'à la ceinture. L'éclaboussement des gens des bateaux sautant dans l'eau résonnait à mes oreilles comme un tonnerre. On abordait en toute hâte sur les deux rives.

Mais, pour le moment, les Martiens ne faisaient

pas plus attention aux gens courant de tous côtés qu'un homme, qui aurait heurté du pied une fourmilière, ne ferait attention à la débandade des fourmis. Quand, à demi suffoqué, je me soulevai hors de l'eau, la tête du Martien semblait considérer attentivement les batteries qui tiraient encore par-dessus la rivière, et, tout en avançant, il abaissa et éteignit ce qui devait être le générateur du Rayon Ardent.

Un instant après, il avait atteint la rive, et, d'une enjambée, à demi traversé le courant ; les articulations de ses pieds avant se plièrent en atteignant le bord opposé, mais presque aussitôt, à l'entrée du village de Shepperton, il reprit toute sa hauteur. Immédiatement, les six canons de la rive droite qui, ignorés de tous, avaient été dissimulés à l'extrémité du village, tirèrent à la fois. Les détonations si proches et soudaines, presque simultanées, me firent tressaillir. Le monstre élevait déjà l'étui générateur du Rayon Ardent, quand le premier obus éclata à six mètres au-dessus de sa tête.

Je poussai un cri d'étonnement. Je ne pensais plus aux quatre autres monstres : mon attention était rivée sur cet incident si rapproché. Simultanément deux obus éclatèrent en l'air, mais près du corps du Martien, au moment où la tête se tortillait juste à temps pour recevoir, et trop tard pour esquiver, un quatrième obus. Celui-ci éclata en plein contre la tête du monstre. L'espèce de capuchon de métal fut crevé, éclata et alla tournoyer dans l'air en une douzaine de fragments de métal brillant et de lambeaux de chair rougeâtre.

— Touché !

Ce fut mon seul cri, quelque chose entre une acclamation et un hurlement.

J'entendis des cris répondant au mien, poussés par les gens qui étaient dans l'eau autour de moi. Je fus, dans cet instant de passagère exultation, sur le point d'abandonner mon refuge.

Le colosse décapité chancela comme un géant ivre ; mais il ne tomba pas. Par un véritable miracle, il recouvra son équilibre et sans plus prendre garde où il allait, l'étui générateur du Rayon Ardent maintenu rigide en l'air, il s'élança rapidement dans la direction de Shepperton. L'intelligence vivante, le Martien qui habitait la tête, avait été tuée et lancée aux quatre vents du ciel, et l'appareil n'était plus maintenant qu'un simple assemblage de mécanismes compliqués tournoyant vers la destruction. Il s'avançait, suivant une ligne droite, incapable de se guider. Il heurta la tour de l'église de Shepperton et la démolit, comme le choc d'un bélier aurait pu le faire ; il fut jeté de côté, trébucha et s'écroula dans la rivière avec un fracas formidable.

Une violente explosion ébranla l'atmosphère, et une trombe d'eau, de vapeur, de vase et d'éclats de métal bondit dans l'air à une hauteur considérable. Au moment où l'étui du Rayon Ardent avait touché l'eau, celle-ci avait incontinent jailli en vapeur. Un instant après, une vague immense, comme un mascaret vaseux mais presque bouillant, contourna le coude de la rive et remonta le courant. Je vis des gens s'efforcer de regagner les bords et j'entendis vaguement, par-dessus le grondement et le bouillonnement que causait la chute du Martien, leurs cris et leurs clameurs.

Sur le moment, je ne pris point garde à la chaleur et oubliai même tout instinct de conservation. Je barbotai au milieu des eaux tumultueuses, poussant les gens de côté pour aller plus vite, jusqu'à ce que je pusse voir ce qui se passait dans l'autre bras de la rivière. Une demi-douzaine de bateaux chavirés dansaient au hasard sur la confusion des vagues. J'aperçus enfin, plus bas, en plein courant, le Martien tombé en travers du fleuve et en grande partie submergé.

D'énormes jets de vapeur s'échappaient de l'épave et, à travers leurs tourbillons tumultueux, je pouvais voir, d'une façon intermittente et vague, les membres gigantesques battre le flot et lancer dans l'air d'immenses gerbes d'eau et d'écume vaseuses. Les tentacules s'agitaient et frappaient comme des bras humains et, à part l'impuissante inutilité de ces mouvements, on eût dit quelque énorme bête blessée, se débattant au milieu des vagues. Des torrents de fluide brun roussâtre s'élançaient de la machine en jets bruyants.

Mon attention fut détournée de cette vue par un hurlement furieux, ressemblant au bruit de ce qu'on appelle une sirène dans les villes manufacturières. Un homme, à genoux dans l'eau près du chemin de halage, m'appela à voix basse et m'indiqua quelque chose du doigt. Me retournant, je vis les autres Martiens s'avancer avec de gigantesques enjambées au long de la rive, venant de Chertsey. Cette fois, les canons parlèrent sans résultat.

À cette vue, je m'enfonçai immédiatement sous l'eau, et, retenant mon souffle jusqu'à ce que le moindre mouvement me fût devenu une agonie, je tâchai de fuir entre deux eaux, aussi loin que je le pus. Autour de moi la rivière était tumultueuse et devenait rapidement plus chaude.

Quand, pendant un moment, je soulevai ma tête hors de l'eau pour respirer et écarter les cheveux qui me tombaient sur les yeux, la vapeur s'élevait en un tourbillonnant brouillard blanchâtre qui cacha d'abord les Martiens. Le vacarme était assourdissant. Enfin, je distinguai faiblement de colossales figures grises, amplifiées par la brume vaporeuse. Ils étaient passés tout près de moi et deux d'entre eux étaient penchés sur les ruines écumeuses et tumultueuses de leur camarade.

Les deux autres étaient debout dans l'eau auprès de lui, l'un à deux cents mètres de moi, l'autre vers Laleham. Ils agitaient violemment les générateurs du Rayon Ardent et le jet sifflant frappait en tous sens et de toutes parts.

L'air n'était que vacarme : un conflit confus et assourdissant de bruits ; le fracas cliquetant des Martiens, les craquements des maisons qui s'écroulaient, le crépitement des arbres, des haies, des hangars qui s'enflammaient, le pétillement et le grondement du feu. Une fumée dense et noire montait se mêler à la vapeur de la rivière, et tandis que le Rayon Ardent allait et venait sur Weybridge, ses traces étaient marquées par de soudaines lueurs d'un blanc incandescent qui faisaient aussitôt place à une danse fumeuse de flammes livides. Les maisons les plus proches étaient encore intactes, attendant leur sort, ténébreuses, indistinctes et blafardes à travers la vapeur, avec les flammes allant et venant derrière elles.

Pendant un certain temps, je demeurai ainsi enfoncé jusqu'au cou dans l'eau presque bouillante, ébahi de ma position et désespérant d'en réchapper. À travers la vapeur et la fumée, j'apercevais les gens qui s'étaient jetés avec moi dans la rivière, jouant des pieds et des mains pour s'enfuir à travers les roseaux et les herbes, comme de petites grenouilles dans le gazon, fuyant en toute hâte le passage de quelque faucheur, ou, remplis d'épouvante, courant en tous sens sur le chemin de halage.

Tout à coup, le jet blême du Rayon Ardent arriva en bondissant vers moi. Les maisons semblaient s'enfoncer dans le sol, s'écroulant à son contact et lançant de hautes flammes. Les arbres prenaient feu avec un soudain craquement. Il tremblota de-ci de-là sur le chemin de halage, caressant au passage les gens affolés ; il descendit sur la rive à moins de cinquante mètres de l'endroit où j'étais, traversa la rivière pour attaquer Shepperton, et l'eau sous sa trace se souleva en un épais bouillonnement empanaché d'écume. Je me précipitai du côté du bord.

Presque au même instant, l'énorme vague,

presque en ébullition, fondait sur moi. Je poussai un cri de douleur, et échaudé, à demi aveuglé, agonisant, je m'avançai jusqu'à la rive en chancelant, à travers l'eau bondissante et sifflante. Si j'avais fait un faux pas, c'eût été la fin. J'allai choir, épuisé, en pleine vue des Martiens, sur une langue de sable, large et nue, qui se trouvait au confluent de la Wey et de la Tamise. Je n'espérais rien que la mort.

J'ai le vague souvenir du pied d'un Martien qui vint se poser à vingt mètres de ma tête, s'enfonça dans le sable fin en le lançant de tous côtés, et se souleva de nouveau ; d'un long répit, puis des quatre monstres, emportant les débris de leur camarade, tour à tour vagues et distincts à travers les nuages de fumée et reculant interminablement, me semblait-il, à travers une étendue immense d'eau et de prairies.

Puis, très lentement, je me rendis compte que par miracle j'avais échappé à la mort.

## XIII

## *Par quel hasard je rencontrai le vicaire*

Après avoir donné aux humains cette brutale leçon sur la puissance de leurs armes, les Martiens regagnèrent leur première position sur la lande de Horsell, et dans leur hâte — encombrés des débris de leur compagnon — ils négligèrent sans doute plus d'une fortuite et inutile victime telle que moi. S'ils avaient abandonné leur camarade et, sur l'heure, poussé en avant, il n'y avait alors, entre eux et Londres, que quelques batteries de campagne et ils seraient certainement tombés sur la capitale avant l'annonce de leur approche ; leur arrivée eût été aussi soudaine, aussi terrible et funeste que le tremblement de terre qui détruisit Lisbonne[23].

Mais ils n'éprouvaient sans doute aucune hâte. Un par un, les cylindres se suivaient dans leur course interplanétaire ; chaque vingt-quatre heures leur amenait des renforts. Pendant ce temps les autorités militaires et navales, se rendant pleinement compte de la formidable puissance de leurs antagonistes, se préparaient à la défense avec une fiévreuse énergie. On disposait incessamment de nouveaux canons, si bien qu'avant le soir chaque taillis, chaque groupe de villas suburbaines, étagés aux flancs des collines des environs de Richmond et de Kingston, masquaient de noires et menaçantes bouches à feu. Dans l'espace incendié et désolé — en tout peut-être une trentaine de kilomètres carrés — qui entourait le campement des Martiens, sur la lande de Horsell, à travers les ruines et les décombres des villages, les arcades calcinées et fumantes, qui, un jour seulement auparavant, avaient été des bosquets de sapins, se glissaient d'intrépides éclaireurs munis d'héliographes pour avertir les canonniers de l'approche des Martiens. Mais les Martiens connaissaient maintenant la portée de notre artillerie et le danger de toute proximité humaine, et nul ne s'aventura qu'au prix de sa vie dans un rayon d'un mille autour des cylindres.

Il paraît que ces géants passèrent une partie de l'après-midi à aller et venir, transportant le matériel des deux autres cylindres — le second tombé dans les pâturages d'Addlestone, et le troisième à Pyrford — à leur place primitive sur la lande de Horsell. Au-dessus des bruyères incendiées et des édifices écroulés, commandant une vaste étendue, l'un d'eux se tint en sentinelle, tandis que les autres, abandonnant leurs énormes machines de combat, descendirent dans leur trou. Ils y travaillèrent ferme bien avant dans la nuit, et la colonne de fumée dense et verte qui s'élevait et planait au-dessus d'eux se voyait des collines de Merrow et même, dit-on, de Banstead et d'Epsom Downs.

Alors, tandis que derrière moi les Martiens se préparaient ainsi à leur prochaine sortie, et que devant moi l'humanité se ralliait pour la bataille, avec une peine et une fatigue infinies, à travers les flammes et la fumée de Weybridge incendié, je me mis en route vers Londres.

J'aperçus, lointaine et minuscule, une barque abandonnée qui suivait le fil de l'eau, je quittai la plupart de mes vêtements bouillis et quand elle passa devant moi, je l'atteignis et pus ainsi échapper à cette destruction. Il n'y avait dans la barque aucun aviron, mais, autant que mes mains aux trois quarts cuites me le permirent, je réussis à pagayer en quelque sorte en descendant le courant vers Halliford et Walton, d'une allure fort lente et, comme on peut bien le comprendre, en regardant continuellement derrière moi. Je suivis la rivière parce que je considérais qu'un plongeon serait ma meilleure chance de salut, si les géants revenaient.

L'eau, que la chute du Martien avait portée à une température très élevée, descendait, en même temps que moi, avec un nuage de vapeur, de sorte que pendant plus d'un kilomètre il me fut presque impossible de rien distinguer sur les rives. Une fois cependant, je pus entrevoir une file de formes noires s'enfuyant de Weybridge à travers les prés. Halliford me sembla absolument désert, et plusieurs maisons riveraines flambaient. Il était étrange de voir la contrée si parfaitement tranquille et entièrement désolée sous le chaud ciel bleu, avec des nuées de fumée et des langues de flammes montant droit dans l'atmosphère ardente de l'après-midi. Jamais encore je n'avais vu des maisons brûler sans l'ordinaire accompagnement d'une foule gênante. Un peu plus loin, les roseaux desséchés de la rive se consumaient et fumaient, et une ligne de feu s'avançait rapidement à travers les chaumes d'un champ de luzerne.

Je dérivai longtemps, endolori et épuisé par tout ce que j'avais enduré, au milieu d'une chaleur intense réverbérée par l'eau. Puis mes craintes reprirent le dessus et je me remis à pagayer. Le soleil écorchait mon dos nu. Enfin, comme j'arrivais en vue du pont de Walton, au coude du fleuve, ma fièvre et ma faiblesse l'emportèrent sur mes craintes et j'abordai sur la rive gauche où je m'affaissai, inanimé, parmi les grandes herbes. Je suppose qu'il devait être à ce moment entre quatre et cinq heures. Au bout d'un certain temps je me relevai, fis, sans rencontrer âme qui vive, un bon demi-kilomètre et finis par m'étendre de nouveau à l'ombre d'une haie. Je crois me souvenir d'avoir prononcé à haute voix des phrases incohérentes, pendant ce dernier effort. J'avais aussi grand soif, et regrettais amèrement de n'avoir pas bu plus d'eau. Alors, chose curieuse, je me sentis irrité contre ma femme, sans parvenir à m'expliquer pourquoi, mais mon désir impuissant d'atteindre Leatherhead me tourmentait à l'excès.

Je ne me rappelle pas clairement l'arrivée du

vicaire, parce qu'alors probablement je devais être assoupi. Je l'aperçus soudain, assis, les manches de sa chemise souillées de suie et de fumée et sa figure glabre tournée vers le ciel où ses yeux semblaient suivre une petite lueur vacillante qui dansait dans les nuages pommelés, un léger duvet de nuages, à peine teinté du couchant d'été.

Je me soulevai et, au bruit que je fis, il ramena vivement ses regards sur moi.

— Avez-vous de l'eau ? demandai-je brusquement.

Il secoua la tête.

— Vous n'avez fait qu'en demander depuis une heure, dit-il.

Un instant nous nous regardâmes en silence, procédant l'un et l'autre à une réciproque inspection de nos personnes. Je crois bien qu'il me prit pour un être assez étrange, ainsi vêtu seulement d'un pantalon trempé et de chaussettes, la peau rouge et brûlée, la figure et les épaules noircies par la fumée. Quant à lui son visage dénotait une honorable simplicité cérébrale : sa chevelure tombait en boucles blondes crépues sur son front bas et ses yeux étaient plutôt grands, d'un bleu pâle, et sans regard. Il se mit à parler par phrases saccadées, sans plus faire attention à moi, les yeux égarés et vides.

— Que signifie tout cela ? Que signifient ces choses ? demandait-il.

Je le regardai avec étonnement sans lui répondre.

Il étendit en avant une main maigre et blanche et continua sur un ton lamentable :

— Pourquoi ces choses sont-elles permises ? Quels péchés avons-nous commis ? Le service divin était terminé et je faisais une promenade pour m'éclaircir les idées, quand tout à coup éclatèrent l'incendie, la destruction et la mort ! Comme à Sodome et à Gomorrhe ! Toute notre œuvre détruite, toute notre œuvre... Qui sont ces Martiens ?

— Qui sommes-nous ? lui répondis-je, toussant pour dégager ma gorge embarrassée et sèche.

Il empoigna ses genoux et tourna de nouveau ses yeux vers moi. Pendant une demi-minute, il me contempla sans rien dire.

— Je me promenais par les routes pour éclaircir mes idées, reprit-il, et tout à coup éclatèrent l'incendie, la destruction et la mort !

Il retomba dans le silence, son menton maintenant presque enfoncé entre ses genoux. Bientôt il continua, en agitant sa main :

— Toute notre œuvre, toutes nos réunions pieuses ! Qu'avons-nous fait ? Quelles fautes a commises Weybridge ? Tout est perdu ! tout est détruit ! L'église ! — il y a trois ans seulement que nous l'avions rebâtie ! — Détruite ! Emportée comme un fétu ! Pourquoi ?

Il fit une autre pause, puis il éclata de nouveau comme un dément.

— La fumée de son embrasement s'élèvera sans cesse ! cria-t-il.

Ses yeux flamboyaient et il étendit son doigt maigre dans la direction de Weybridge.

Je commençais maintenant à connaître ses mesures. L'épouvantable tragédie dont il avait été le spectateur — il était évidemment un fugitif de Weybridge — l'avait amené jusqu'aux dernières limites de sa raison.

— Sommes-nous loin de Sunbury ? lui demandai-je d'un ton naturel et positif.

— Qu'allons-nous devenir ? continua-t-il. Y a-t-il partout de ces créatures ? Le Seigneur leur a-t-il livré la Terre ?

— Sommes-nous loin de Sunbury ?

— Ce matin encore j'officiais à...

— Les temps sont changés, lui dis-je paisiblement. Il ne faut pas perdre la tête. Il y a encore de l'espoir.

— De l'espoir ?

— Oui, beaucoup d'espoir — malgré tous ces ravages !

Je commençai alors à lui expliquer mes vues sur la situation. Il m'écouta d'abord en silence, mais à mesure que je parlais l'intérêt qu'indiquait son regard fit de nouveau place à l'égarement et ses yeux se détournèrent de moi.

— Ce doit être le commencement de la fin, reprit-il en m'interrompant. La fin ! Le grand et terrible jour du Seigneur ! Lorsque les hommes imploreront les rochers et les montagnes de tomber sur eux et de les cacher — les cacher à la face de Celui qui est assis sur le Trône !

Je me rendis compte de la situation. Renonçant

à tout raisonnement sérieux, je me remis péniblement debout, et, m'inclinant vers lui, je lui posai la main sur l'épaule.

— Soyez un homme, dis-je. La peur vous a fait perdre la boussole. À quoi sert la religion si elle n'est d'aucun secours quand viennent les calamités ? Pensez un peu à ce que les tremblements de terre, les inondations, les guerres et les volcans ont fait aux hommes jusqu'à présent. Pourquoi voudriez-vous que Dieu eût épargné Weybridge ?... Il n'est pas agent d'assurances.

Un instant il garda un silence effaré.

— Mais comment échapperons-nous ? demanda-t-il brusquement. Ils sont invulnérables. Ils sont impitoyables...

— Ni l'un ni l'autre, peut-être, répondis-je. Plus puissants ils sont, plus réfléchis et plus prudents il nous faut être. L'un d'entre eux a été tué, là-bas, il n'y a pas trois heures.

— Tué ! dit-il, en promenant ses regards autour de lui. Comment les envoyés du Seigneur peuvent-ils être tués ?

— Je l'ai vu de mes yeux, continuai-je à lui conter. Nous avons eu la malchance de nous trouver au plus fort de la mêlée, voilà tout.

— Qu'est-ce que cette petite lueur dansante dans le ciel ? demanda-t-il soudain.

Je lui dis que c'était le signal de l'héliographe — le signe du secours et de l'effort humains.

— Nous sommes encore au beau milieu de la lutte, si paisibles que soient les choses. Cette lueur dans le ciel prévient de la tempête qui se prépare.

Là-bas, selon moi, sont les Martiens, et du côté de Londres, là où les collines s'élèvent vers Richmond et Kingston et où les bouquets d'arbres peuvent les dissimuler, des terrassements sont faits et des batteries disposées. Bientôt les Martiens vont revenir de ce côté...

Au moment où je disais cela, il se dressa d'un bond et m'arrêta d'un geste.

— Écoutez ! dit-il.

De par-delà les collines basses de la rive opposée du fleuve nous arriva le son étouffé d'une canonnade éloignée et de cris sinistres et lointains. Puis tout redevint tranquille. Un hanneton passa en bourdonnant par-dessus la haie auprès de nous. À l'ouest, le croissant de la lune, timide et pâle, était suspendu, très haut dans le ciel, au-dessus des fumées de Weybridge et de Shepperton, par-dessus la splendeur calme et ardente du couchant.

— Nous ferions mieux de suivre ce sentier, vers le nord, dis-je.

## XIV

## À *Londres*

Mon frère cadet se trouvait à Londres quand les Martiens tombèrent à Woking. Il était étudiant en médecine et, absorbé par la préparation d'un examen imminent, il n'apprit cette arrivée que dans la matinée du samedi. Ce jour-là, les journaux du matin contenaient en plus de longs articles spéciaux sur la planète Mars, sur la vie possible dans les planètes et autres sujets de ce genre, un bref télégramme rédigé de façon très vague, mais, à cause de cela même, d'autant plus frappant.

Les Martiens, contait le récit, alarmés par l'approche d'une foule de gens, en avaient tué un certain nombre avec une sorte de canon à tir rapide. Le télégramme se terminait par ces mots : « Formidables comme ils semblent l'être, les Martiens n'ont pas encore bougé du trou dans lequel ils sont tombés et ils semblent même, à vrai dire, incapables de le faire : ce qui serait dû probablement à la pesanteur relativement plus grande à la surface de la Terre. » Et les chroniqueurs s'étendaient à loisir sur ces derniers mots rassurants.

Naturellement, tous les étudiants qui assistaient au cours de biologie auquel mon frère se rendit ce jour-là étaient extrêmement intéressés, mais il n'y avait dans les rues aucun signe de surexcitation anormale. Les journaux du soir étalèrent des bribes de nouvelles sous d'énormes titres. Ils n'apprenaient rien d'autre que des mouvements de troupe aux environs de la lande et l'incendie du bois de sapins entre Woking et Weybridge. Mais vers huit heures, la *St. James's Gazette*, dans une édition spéciale, annonçait simplement l'interruption des communications télégraphiques en attribuant ce fait à la chute des sapins enflammés en travers des lignes. On n'apprit rien d'autre de la lutte ce soir-là, qui était le soir de ma fuite à Leatherhead et de mon retour.

Mon frère n'éprouva aucune inquiétude à notre égard ; il savait d'après la description des journaux, que le cylindre était à deux bons milles de chez moi, mais il décida cependant qu'il viendrait en hâte coucher à la maison cette nuit-là, afin, comme il le dit, d'apercevoir au moins ces êtres avant qu'ils ne fussent tués. Vers quatre heures, il m'envoya un télégramme qui ne me parvint jamais et alla passer la soirée au concert.

Il y eut aussi à Londres, dans la soirée du samedi, un violent orage et mon frère se rendit à la gare en voiture. Sur le quai d'où le train de minuit part habituellement, il apprit, après quelque attente, qu'un accident empêchait les trains d'arriver cette nuit-là jusqu'à Woking. On ne put lui indiquer la nature de l'accident ; à dire vrai, les autorités compétentes ne savaient encore à ce moment rien de précis. Il y avait très peu d'animation dans la gare, car les chefs de service, ne pouvant imaginer qu'il se soit produit autre chose qu'un déraillement entre Byfleet et l'embranchement de Woking, dirigeaient sur Virginia Water ou Guilford les trains qui passaient ordinairement par Woking. Ils étaient, de plus, fort préoccupés par les arrangements que nécessitaient les changements de parcours des trains d'excursions pour Southampton et Portsmouth, organisés par la Ligue pour le Repos du Dimanche. Un reporter nocturne, prenant mon frère pour un ingénieur de la traction auquel il ressemble quelque peu, l'arrêta au passage et chercha à l'interviewer. Fort peu de gens, sauf quelques chefs, pensaient à rapprocher de l'irruption des Martiens l'accident supposé.

J'ai lu dans un autre récit de ces événements que, le dimanche matin, « tout Londres fut électrisé par les nouvelles venues de Woking ». En fait, il n'y eut rien qui pût justifier cette phrase très extravagante. Beaucoup d'habitants de Londres ne surent rien des Martiens jusqu'à la panique du lundi matin. Ceux qui en avaient entendu parler mirent quelque temps à se rendre clairement compte de tout ce que signifiaient les télégrammes hâtivement rédigés, paraissant dans les gazettes spéciales du dimanche que la majorité des gens à Londres ne lisent pas.

L'idée de sécurité personnelle est, d'ailleurs, si

profondément ancrée dans l'esprit du Londonien, et les nouvelles à sensation sont de telles banalités dans les journaux, qu'on put lire sans nullement frissonner des nouvelles ainsi conçues : « Hier soir vers sept heures, les Martiens sont sortis du cylindre et, s'étant mis en marche protégés par une cuirasse de plaques métalliques, ont complètement saccagé la gare de Woking et les maisons adjacentes et ils ont entièrement massacré un bataillon du régiment de Cardigan. Les détails manquent. Les Maxims ont été absolument impuissants contre leurs armures. Les pièces de campagne ont été mises hors de combat par eux. Des détachements de hussards ont traversé Chertsey au galop. Les Martiens semblent s'avancer lentement vers Chertsey ou Windsor. Une grande anxiété règne dans tout l'ouest du Surrey et des travaux de terrassement sont rapidement entrepris pour faire obstacle à leur marche sur Londres. » Ce fut ainsi que le *Sunday Sun* annonça la chose. Dans le *Referee*, un article en style de manuel, habilement et rapidement écrit, compara l'affaire à une ménagerie soudainement lâchée dans un village.

Personne à Londres ne savait positivement de quelle nature étaient les Martiens cuirassés et une idée fixe persistait que ces monstres devaient être lents : « se traînant, rampant péniblement » — étaient les expressions qui se répétaient dans presque tous les premiers rapports. Aucun de ces télégrammes ne pouvait avoir été écrit par un témoin oculaire. Les journaux du dimanche imprimèrent des éditions diverses à mesure que de nouveaux détails leur parvenaient, quelques-uns même sans en avoir. Mais il n'y eut, en réalité, rien de sérieux d'annoncé jusqu'à ce que, tard dans l'après-midi, les autorités eussent communiqué aux agences les nouvelles qu'elles avaient reçues. On disait seulement que les habitants de Walton, de Weybridge et de tout le district accouraient vers Londres, en foule, et c'était tout.

Mon frère assista au service du matin dans la chapelle de Foundling Hospital, ignorant encore ce qui était arrivé le soir précédent. Il entendit là quelques allusions faites à l'envahissement, une prière spéciale pour la paix. En sortant, il acheta le *Referee*. Les nouvelles qu'il y trouva l'alarmèrent et il retourna à la gare de Waterloo pour savoir si les communications étaient rétablies. Les omnibus, les voitures, les cyclistes et les innombrables promeneurs, vêtus de leurs plus beaux habits, semblaient à peine affectés par les étranges nouvelles que les vendeurs de journaux distribuaient. Des gens s'y intéressaient, ou s'ils étaient alarmés, c'était seulement pour ceux qui se trouvaient sur les lieux de la catastrophe. À la gare, il apprit que le service des lignes de Windsor et de Chertsey était maintenant interrompu. Les employés lui dirent que, le matin même, les chefs de gare de Byfleet et de Chertsey avaient télégraphié des nouvelles surprenantes qui avaient été brusquement interrompues.

Mon frère ne put obtenir d'eux que des détails fort imprécis.

— On doit se battre, là-bas, du côté de Weybridge, fut à peu près tout ce qu'ils purent dire.

Le service des trains était à cette heure grandement désorganisé ; un grand nombre de gens qui attendaient des amis des comtés du Sud-Ouest encombraient les quais. Un vieux monsieur à cheveux gris s'approcha de mon frère et se répandit en plaintes amères contre l'insouciance de la compagnie.

— On devrait réclamer, il faut que tout le monde fasse des réclamations, affirmait-il.

Un ou deux trains arrivèrent, venant de Richmond, de Putney et de Kingston, contenant des gens qui, partis pour canoter, avaient trouvé les écluses fermées et un souffle de panique dans l'air. Un voyageur vêtu d'un costume de flanelle bleu et blanc donna à mon frère d'étranges nouvelles.

— Il y a des masses de gens qui traversent Kingston dans des voitures et des chariots de toute espèce, chargés de malles et de ballots contenant leurs affaires les plus précieuses. Ils viennent de Molesey, de Weybridge et Walton, et ils disent qu'on tire le canon à Chertsey — une terrible canonnade — et que des cavaliers sont venus les avertir de se sauver immédiatement parce que les Martiens arrivaient. À la gare de Hampton Court, *nous*, nous avons entendu le canon, mais nous avons cru d'abord que c'était le tonnerre. Que diable cela peut-il bien vouloir dire ? Les Martiens ne peuvent pas sortir de leur trou, n'est-ce pas ?

Mon frère ne pouvait le renseigner là-dessus.

Peu après, il s'aperçut qu'un vague sentiment de péril avait gagné les voyageurs du réseau souterrain et que les excursionnistes dominicaux commençaient à revenir de tous les *lungs*[24] du Sud-Ouest — Barnes, Wimbledon, Richmond Park, Kew, et ainsi de suite — à des heures inaccoutumées ; mais ils n'avaient à raconter que de vagues ouï-dire. Tout le personnel de la gare terminus semblait de fort mauvaise humeur.

Vers cinq heures, la foule, qui augmentait incessamment aux alentours de la gare, fut extraordinairement surexcitée, quand elle vit ouvrir la ligne de communication, presque invariablement close, qui relie entre eux les réseaux du Sud-Est et du Sud-Ouest et passer des trucks portant d'immenses canons et des wagons bourrés de soldats. C'était l'artillerie qu'on envoyait de Woolwich et de Chatham pour protéger Kingston. On échangeait des plaisanteries.

— Vous allez être mangés !
— Nous allons dompter les bêtes féroces !
Et ainsi de suite.

Peu après, une escouade d'agents de police arriva, qui se mit en devoir de dégager les quais de la gare et mon frère se retrouva dans la rue.

Les cloches des églises sonnaient les vêpres et une bande de salutistes[25] descendit Waterloo Road en chantant. Sur le pont, des groupes de flâneurs regardaient une curieuse écume brunâtre qui, par paquets nombreux, descendait le courant. Le soleil se couchait : la tour de l'Horloge et le palais du Parlement se dressaient contre le ciel le plus paisible qu'on pût imaginer, un ciel d'or, coupé de longues bandes de nuages pourpres et rougeâtres. Des gens parlaient d'un cadavre qu'on aurait vu flotter. Un homme, qui prétendait être un soldat de la réserve, dit à mon frère qu'il avait vu les taches lumineuses de l'héliographe trembloter vers l'ouest.

Dans Wellington Street, mon frère rencontra un couple de vigoureux gaillards qui venaient juste de quitter Fleet Street[26] avec des journaux encore humides et des placards où s'étalaient des titres sensationnels.

— Terrible catastrophe ! criaient-ils l'un après l'autre en descendant la rue. Une bataille à Weybridge ! Détails complets ! Les Martiens repoussés ! Londres en danger !...

Il dut donner six sous pour en avoir un numéro.

Ce fut à ce moment, et alors seulement, qu'il se fit une idée de l'énorme puissance de ces monstres et de l'épouvante qu'ils causaient. Il apprit qu'ils n'étaient pas seulement une poignée de petites créatures indolentes, mais qu'ils étaient aussi des intelligences gouvernant de vastes corps mécaniques, qu'ils pouvaient se mouvoir avec rapidité et frapper avec une force telle que même les plus puissants canons ne pouvaient leur résister.

On les décrivait comme de « vastes machines semblables à des araignées énormes, ayant près de cent pieds de haut, pouvant atteindre la vitesse d'un train express et capables de lancer un rayon de chaleur intense ».

Des batteries, principalement d'artillerie de campagne, avaient été dissimulées dans la contrée aux environs de la lande de Horsell et spécialement entre le district de Woking et Londres. Cinq de leurs machines s'étaient avancées jusqu'à la Tamise et l'une d'elles, par un caprice du hasard, avait été détruite. Pour les autres, les obus n'avaient pas porté et les batteries avaient été immédiatement annihilées par les Rayons Ardents. On mentionnait de grosses pertes de soldats, mais le ton de la dépêche était optimiste.

Les Martiens avaient été repoussés et ils n'étaient pas invulnérables. Ils s'étaient retirés de nouveau vers leur triangle de cylindres, aux environs de Woking. Des éclaireurs, munis d'héliographes, s'avançaient vers eux, les cernant dans tous les sens. On amenait des canons, en grande vitesse, de Windsor, de Portsmouth, d'Aldershot, de Woolwich — et du Nord même ; entre autres, de Woolwich, des canons de quatre-vingt-quinze tonnes à longue portée. Il y en avait actuellement, en position ou disposés en hâte, cent seize en tout, qui défendaient Londres. Jamais encore, en Angleterre, il n'y avait eu une aussi importante et soudaine concentration de matériel militaire.

Tout nouveau cylindre, espérait-on, pourrait, aussitôt tombé, être détruit par de violents explosifs, qu'on manufacturerait et qu'on distribuait rapidement. Nul doute, continuait le compte rendu, que la situation ne fût des plus insolites et des plus graves, mais le public était exhorté à s'abstenir de toute panique et à se rassurer. Certes, les Martiens étaient déconcertants et terribles à l'extrême, mais ils ne pouvaient être guère plus d'une vingtaine contre des millions d'humains.

Les autorités avaient raison de supposer, d'après la dimension des cylindres, qu'il ne pouvait y en avoir plus de cinq dans chacun — soit quinze en tout — et l'on s'était déjà débarrassé de l'un d'eux au moins — peut-être plus. Le public devait être, à temps, prévenu de l'approche du danger, et des mesures sérieuses seraient prises pour la protection des habitants des banlieues sud-ouest menacées. De cette manière, avec l'assurance réitérée de la sécurité de Londres et la promesse que les autorités sauraient tenir tête au péril, cette quasi-proclamation se terminait.

Tout cela était imprimé en caractères énormes, si fraîchement que le papier était encore humide, et on n'avait pas pris le temps d'ajouter le moindre commentaire. Il était curieux, dit mon frère, de voir comment on avait bouleversé toute la composition du journal pour faire place à cette nouvelle.

Tout au long de Wellington Street, on pouvait voir les gens lisant les feuilles roses déployées et le Strand[27] fut soudain empli de la confusion des voix d'une armée de crieurs qui suivirent les deux premiers. Des gens descendaient précipitamment des omnibus pour s'emparer d'un numéro. Enfin, cette nouvelle surexcitait au plus haut point les gens, quelle qu'ait pu être leur apathie préalable.

La boutique d'un marchand de cartes et de globes, dans le Strand, fut ouverte, raconte mon frère, et un homme encore endimanché, ayant même des gants jaune paille, parut derrière la vitrine, fixant en toute hâte des cartes du Surrey sur les glaces. En suivant le Strand jusqu'à Trafalgar Square, son journal à la main, mon frère vit quelques fugitifs arrivant du Surrey. Un homme conduisant une voiture telle qu'en ont les maraîchers, dans laquelle se trouvaient sa femme, ses deux fils et divers meubles. Ils venaient du pont de Westminster et, suivant de près, une grande charrette à foin arriva, contenant cinq ou six personnes à l'air respectable, avec quelques malles et divers paquets. Les figures de ces gens étaient hagardes et leur apparence contrastait singulièrement avec l'aspect très dominical des gens grimpés sur les omnibus. D'élégantes personnes se penchaient hors des cabs pour leur jeter un regard. Ils s'arrêtèrent au Square, indécis quant au chemin à suivre et finalement tournèrent à droite vers le Strand. Un instant après parut un homme en habit de travail, monté sur un de ces vieux tricycles démodés qui ont une petite roue devant ; il était sale, et son visage pâle et poussiéreux.

Mon frère se dirigea du côté de la gare de Victoria et rencontra encore un certain nombre de fuyards qu'il examina avec l'idée vague qu'il m'apercevrait peut-être. Il remarqua un nombre inusité d'agents assurant la circulation des voitures. Quelques-uns des fuyards échangeaient des nouvelles avec les voyageurs des omnibus. L'un d'eux déclarait avoir vu les Martiens.

— Des chaudières, sur de grandes échasses, comme je vous le dis, qui courent plus vite que des hommes.

La plupart d'entre eux étaient animés et surexcités par leur étrange aventure.

Au-delà de Victoria, les tavernes faisaient un commerce actif avec les nouveaux arrivants. À tous les coins de rue des groupes de gens lisaient les journaux, discutant avec animation, en contemplant ces visiteurs exceptionnels et inattendus. Ils semblaient augmenter à mesure que la nuit venait, jusqu'à ce qu'enfin les rues fussent, comme le dit mon frère, semblables à la grand-rue d'Epsom le jour du Derby. Il posa quelques questions à plusieurs des fugitifs et n'obtint d'eux que des réponses incohérentes.

Il ne put se procurer aucune nouvelle de Woking ; un homme, pourtant, lui assura que Woking avait été entièrement détruit la nuit précédente.

— Je viens de Byfleet, dit-il ; un bicycliste arriva ce matin de bonne heure dans le village et courut de porte en porte nous dire de partir. Puis ce fut le tour des soldats. On voulait savoir ce qui se passait et l'on ne voyait rien que des nuages de fumée sans que personne vînt de ce côté. Ensuite nous entendîmes la canonnade à Chertsey et des gens arrivèrent de Weybridge. Alors j'ai fermé ma maison et je suis parti.

Il y avait à ce moment dans la foule un profond

sentiment d'irritation contre les autorités, parce qu'elles n'avaient pas été capables de se débarrasser des envahisseurs sans toute cette agitation.

Vers huit heures, on put distinctement percevoir dans tout le sud de Londres le bruit d'une sourde canonnade. Mon frère ne put l'entendre depuis les voies principales, à cause de la circulation et du trafic, mais, en coupant vers le fleuve par des rues écartées et tranquilles, il pouvait le distinguer très clairement.

Il revint à pied de Westminster jusque chez lui, près de Regent's Park, vers deux heures. Il était maintenant plein d'anxiété à mon propos et bouleversé par l'importance évidente de la catastrophe. Son esprit, comme le mien l'avait été la veille, était porté à s'occuper des détails militaires. Il pensa à tous ces canons silencieux et prêts à faire feu, à la contrée devenue soudain nomade et il essaya de s'imaginer des chaudières sur des échasses de cent pieds de haut.

Deux ou trois voiturées de fugitifs passèrent dans Oxford Street et plusieurs dans Marylebone Road ; mais la nouvelle se propageait si lentement que les trottoirs de Regent's Street et de Portland Road étaient encombrés des habituels promeneurs du dimanche après-midi, et l'on ne parlait de l'affaire que dans de rares groupes ; aux environs de Regent's Park les couples silencieux flânaient aussi nombreux que de coutume. La soirée était chaude et tranquille bien qu'un peu lourde ; le canon s'entendait encore par intervalles, et, après minuit, le ciel fut éclairé vers le sud comme par des éclairs de chaleur.

Il lut et relut le journal, craignant que les pires choses ne me fussent arrivées. Il ne pouvait tenir en place et après souper il erra de nouveau par les rues, au hasard. Rentré chez lui, il essaya en vain de détourner le cours de ses idées en revoyant ses résumés d'examen. Il se coucha un peu après minuit et fut éveillé de quelque lugubre rêve, aux premières heures du lundi matin, par un tintamarre de marteaux de porte[28], de pas précipités dans la rue, de tambour éloigné et de volée de cloches. Des reflets dansaient au plafond. Un instant il resta immobile, surpris, se demandant si le jour était venu ou si le monde était fou. Puis il sauta à bas du lit et courut à la fenêtre.

Sa chambre était mansardée et, comme il se penchait, il y eut une douzaine d'échos au bruit de sa fenêtre ouverte, et des têtes parurent en toute sorte de désarroi nocturne. On criait des questions.

— Ils viennent! hurlait un policeman, en secouant le marteau d'une porte. Les Martiens vont venir! et il se précipitait à la porte voisine.

Un bruit de tambours et de trompettes arriva des casernes d'Albany Street et toutes les cloches d'église à portée d'oreille travaillaient ferme à tuer le sommeil avec leur tocsin véhément et désordonné. Il y eut des bruits de portes qu'on ouvre, et l'une après l'autre les fenêtres des maisons d'en face passèrent de l'obscurité à une lumière jaunâtre.

Du bout de la rue arriva au galop une voiture fermée, dont le bruit, qui éclata soudain au coin, s'éleva jusqu'au fracas sous la fenêtre et mourut lentement dans la distance. Presque immédiatement suivirent quelques cabs, avant-coureurs d'une longue procession de rapides véhicules, allant pour la plupart à la gare de Chalk Farm, d'où des trains spéciaux de la Compagnie du Nord-Ouest devaient partir, pour éviter de descendre la pente jusqu'à Euston.

Pendant longtemps mon frère resta à la fenêtre à considérer avec ébahissement les policemen heurtant successivement à toutes les portes, et annonçant leur incompréhensible nouvelle. Puis, derrière lui, la porte s'ouvrit et le voisin qui habitait sur le même palier entra, vêtu seulement de sa chemise et de son pantalon, en pantoufles et les bretelles pendantes, les cheveux ébouriffés par l'oreiller.

— Que diable arrive-t-il ? Un incendie ? demanda-t-il. Quel satané vacarme !

Ils avancèrent tous deux la tête hors de la fenêtre, s'efforçant d'entendre ce que les policemen criaient. Des agents arrivaient des rues transversales et causaient, par groupes animés, à chaque coin.

— Mais pourquoi diable tout cela ? demandait le voisin.

Mon frère lui répondit vaguement et se mit à s'habiller, courant à la fenêtre avec chaque pièce de son costume, afin de ne rien manquer du remue-ménage croissant des rues. Et bientôt des gens vendant des journaux extraordinairement matineux descendirent la rue en braillant :

— Londres en danger de suffocation ! Les lignes de Kingston et de Richmond forcées ! Terribles massacres dans la vallée de la Tamise.

Tout autour de lui — aux étages inférieurs des maisons voisines, derrière, sur les terrasses du parc, dans les cent autres rues de cette partie de Marylebone, dans le district de Westbourne Park et dans St. Pancras, à l'ouest et au nord, dans Kilburn, St. John's Wood et Hampstead, à l'est, dans Shoreditch, Highbury, Haggerston et Hoxton, en un mot, dans toute l'étendue de Londres, depuis Ealing jusqu'à East Ham — des gens se frottaient les yeux, ouvraient leurs fenêtres pour savoir ce qui arrivait, s'interrogeaient au hasard et s'habillaient en hâte, quand eut passé, à travers les rues, le premier souffle de la tempête de peur qui venait.

Ce fut l'aube de la grande panique. Londres, qui s'était couché le dimanche soir, stupide et inerte, se réveillait, aux petites heures du lundi matin, avec le frisson du danger proche.

Incapable d'apprendre de sa fenêtre ce qui était arrivé, mon frère descendit dans la rue, au moment où le ciel, entre les parapets des maisons, recevait les premières touches roses de l'aurore. Les gens qui fuyaient, à pied ou en voiture, devenaient à chaque instant plus nombreux.

— La Fumée Noire ! criaient incessamment ces gens ; la Fumée Noire !

La contagion d'une terreur aussi unanime était

inévitable. Comme mon frère demeurait hésitant sur le seuil de la porte, il aperçut un autre crieur de journaux qui venait de son côté et il acheta un numéro immédiatement. L'homme continua sa route vendant, en courant, ses journaux un shilling pièce — grotesque mélange de profit et de panique.

Dans ce journal, mon frère lut la dépêche du général commandant en chef, annonçant la catastrophe : « Les Martiens se sont mis à décharger, au moyen de fusées, d'énormes nuages de vapeur noire et empoisonnée. Ils ont asphyxié nos batteries, détruit Richmond, Kingston et Wimbledon, et s'avancent lentement vers Londres, dévastant tout sur leur passage. Il est impossible de les arrêter. Il n'y a d'autre salut devant la Fumée Noire qu'une fuite immédiate. »

C'était tout, mais c'était assez. La population entière d'une grande cité de six millions d'habitants se mettait en mouvement, s'échappait, s'enfuyait : bientôt, elle s'écoulerait *en masse*\* vers le nord.

— La Fumée Noire ! criaient d'innombrables voix. Le Feu !

Les cloches de l'église voisine faisaient un discordant vacarme ; un chariot mal conduit alla verser, au milieu des cris et des jurons, contre l'auge de pierre au bout de la rue. Des lumières, d'un jaune livide, allaient et venaient dans les maisons, et quelques cabs passaient avec leurs lanternes

---

\* En français dans le texte.

non éteintes. Au-dessus de tout cela, l'aube devenait plus brillante, claire, tranquille et calme.

Il entendit des pas courant de-ci de-là, dans les chambres, en haut et en bas, derrière lui. La propriétaire vint à la porte négligemment enveloppée d'une robe de chambre et d'un châle. Son mari suivait, en grommelant.

Quand mon frère commença à comprendre l'importance de toutes ces choses, il remonta précipitamment à sa chambre, prit tout son argent disponible — environ dix livres en tout — et redescendit dans la rue.

## XV

## *Les événements dans le Surrey*

Pendant que le vicaire, l'air égaré, tenait ses discours incohérents, à l'ombre de la haie dans les prairies basses de Halliford, pendant que mon frère regardait les fugitifs arriver sans cesse par Westminster Bridge, les Martiens avaient repris l'offensive. Autant qu'on peut en être certain, d'après les récits contradictoires qu'on a avancés, la plupart, affairés par de nouveaux préparatifs, restèrent auprès des carrières de Horsell, ce soir-là, jusqu'à neuf heures, pressant quelque travail et produisant d'immenses nuages de fumée noire.

Mais assurément trois d'entre eux sortirent vers huit heures ; ils s'avancèrent avec lenteur et précaution, traversèrent Byfleet et Pyrford, jusqu'à Ripley et Weybridge, et se trouvèrent ainsi contre le couchant en vue des batteries en alerte. Ils n'avançaient pas ensemble, mais séparés les uns des autres par une distance d'environ un mille et demi. Ils communiquaient entre eux au moyen de hurlements semblables à la sirène des navires, montant et descendant une sorte de gamme.

C'étaient ces hurlements et la canonnade de Ripley et de St. George's Hill, que nous avions entendus à Upper Halliford. Les canonniers de Ripley, artilleurs volontaires et fort novices, qu'on n'aurait jamais dû placer dans une pareille position, tirèrent une volée désordonnée et décampèrent, à pied et à cheval, à travers le village désert ; le Martien enjamba tranquillement leurs canons, sans se servir de son Rayon Ardent, choisit délicatement ses pas parmi eux, les dépassa et arriva inopinément sur les batteries de Painshill Park, qu'il détruisit.

Cependant les troupes de St. George's Hill étaient mieux conduites et avaient plus de courage. Il semble que le Martien ne se soit pas attendu à les trouver là, dissimulées derrière un bois de sapin. Elles pointèrent leurs canons aussi délibérément que si elles avaient été à la manœuvre et firent feu à une portée d'environ mille mètres.

Les obus éclatèrent tout autour du Martien, et on le vit faire quelques pas encore, chanceler et s'écrouler ; tous poussèrent un cri, et avec une hâte frénétique rechargèrent les pièces. Le Martien renversé fit entendre un ululement prolongé ; immédiatement, un second géant étincelant lui répondit et apparut au-dessus des arbres vers le sud. Il est possible qu'une des jambes du tripode ait été brisée par les obus. La seconde volée passa au-dessus du Martien renversé et, simultanément, ses deux compagnons braquèrent leur Rayon Ardent sur la batterie. Les caissons sautèrent, les sapins tout autour des pièces prirent feu et un ou deux artilleurs seulement, protégés dans leur fuite par la crête de la colline, s'échappèrent.

Après cela, les trois géants durent s'arrêter et tenir conseil ; les éclaireurs qui les épiaient rapportent qu'ils restèrent absolument immobiles pendant la demi-heure suivante. Le Martien qui était à terre se glissa péniblement hors de son espèce de capuchon, petit être brun rappelant étrangement, à distance, quelque tache de rouille, et se mit apparemment à réparer sa machine. Vers neuf heures, il eut terminé, car son capuchon reparut par-dessus les arbres.

Quelques minutes après neuf heures, ces trois premiers éclaireurs furent rejoints par quatre autres Martiens, qui portaient un gros tube noir. Chacun des trois autres fut muni d'un tube similaire, et les sept géants se disposèrent à égale distance en une ligne courbe entre St. George's Hill, Weybridge, et le village de Send, au sud-ouest de Ripley.

Aussitôt qu'ils se furent mis en mouvement, une douzaine de fusées montèrent des collines pour avertir les batteries de Ditton et de Esher. En même temps, quatre des engins de combat, armés de leurs tubes, traversèrent la rivière, et deux d'entre eux, se détachant en noir contre le ciel occidental, nous apparurent, tandis que le vicaire et moi, las et endoloris, nous nous hâtions sur la route qui monte vers le nord, au sortir de Halliford. Ils avançaient, nous sembla-t-il, sur un nuage, car une brume laiteuse couvrait les champs et s'élevait jusqu'au tiers de leur hauteur.

À cette vue, le vicaire poussa un faible cri rauque et se mit à courir ; mais je savais qu'il était inutile de se sauver devant un Martien, et, me jetant de côté, je me glissai entre des buissons de ronces et d'orties, au fond du grand fossé qui bordait la route. S'étant retourné, le vicaire m'aperçut et vint me rejoindre.

Les deux Martiens s'arrêtèrent, le plus proche de nous, debout, en face de Sunbury ; le plus éloigné n'étant qu'une tache grise indistincte du côté de l'étoile du soir, vers Staines.

Les hurlements que poussaient de temps à autre les Martiens avaient cessé. Dans le plus grand silence, ils prirent position en une vaste courbe sur une ligne de douze milles d'étendue. Jamais, depuis l'invention de la poudre, un commencement de bataille n'avait été aussi paisible. Pour nous, aussi bien que pour quelqu'un qui, de Ripley, aurait pu examiner les choses, les Martiens faisaient l'effet d'être les maîtres uniques de la nuit ténébreuse, à peine éclairée qu'elle était par un mince croissant de lune, par les étoiles, les lueurs attardées du couchant, et les reflets rougeâtres des incendies de St. George's Hill et des bois en flammes de Painshill.

Mais, faisant partout face à cette ligne d'attaque, à Staines, à Hounslow, à Ditton, à Esher, à Ockham, derrière les collines et les bois au sud du fleuve, au nord dans les grasses prairies basses, partout où un village ou un bouquet d'arbres offrait un abri suffisant, des canons attendaient. Les fusées-signaux éclatèrent, laissèrent pleuvoir leurs étincelles à travers la nuit et s'évanouirent, surexcitant d'une impatience inquiète tous ceux qui servaient ces batteries. Dès que les Martiens se seraient avancés jusqu'à la portée des bouches à feu, immédiatement ces formes noires d'hommes immobiles seraient secouées par l'ardeur du combat, ces canons, aux reflets sombres dans la nuit tombante cracheraient un furieux tonnerre.

Sans doute, la pensée qui préoccupait la plupart de ces cerveaux vigilants, de même qu'elle était ma seule perplexité, était cette énigmatique question de savoir ce que les Martiens comprenaient de nous. Se rendaient-ils compte que nos millions d'individus étaient organisés, disciplinés, unis pour la même œuvre ? Ou bien, interprétaient-ils ces jaillissements de flammes, les vols soudains de nos obus, l'investissement régulier de leur campement, comme nous pourrions interpréter, dans une ruche d'abeilles dérangées, un furieux et unanime assaut ? (À ce moment personne ne savait quel genre de nourriture il leur fallait.) Cent questions de ce genre se pressaient en mon esprit, tandis que je contemplais ce plan de bataille. Au fond de moi-même, j'avais la sensation rassurante de tout ce qu'il y avait de forces inconnues et cachées derrière nous, vers Londres. Avait-on préparé des fosses et des trappes ? Les poudrières de Hounslow allaient-elles servir de piège ? Les Londoniens auraient-ils le courage de faire de leur immense concentration d'édifices un vaste Moscou en flammes[29] ?

Puis, après une interminable attente, nous sembla-t-il, pendant laquelle nous restâmes blottis dans la haie, un son nous parvint, comme la détonation éloignée d'un canon. Un autre se fit entendre plus proche, puis un autre encore. Alors, le Martien qui se trouvait le plus près de nous éleva son tube et le déchargea, à la manière d'un canon, avec un bruit sourd qui fit trembler le sol. Le Martien qui était près de Staines lui répondit. Il n'y eut ni flammes ni fumée, rien que cette lourde détonation.

Ces décharges successives me firent une telle impression qu'oubliant presque ma sécurité personnelle et mes mains bouillies, je me hissai par-dessus la haie pour voir ce qui se passait du côté de Sunbury. Au même moment, une autre détonation suivit et un énorme projectile passa en tourbillonnant au-dessus de ma tête, allant vers Hounslow. Je m'attendais à voir au moins des flammes, de la fumée, quelque évidence de l'effet de sa chute. Mais je ne vis autre chose que le ciel bleu et profond, avec une étoile solitaire, et le brouillard blanc s'étendant large et bas à mes pieds. Il n'y avait eu aucun fracas, aucune explosion en réponse. Le silence était revenu. Les minutes se prolongèrent.

— Qu'arrive-t-il ? demanda le vicaire qui se dressa debout à côté de moi.

— Dieu le sait ! répondis-je.

Une chauve-souris passa en voltigeant et disparut. Un lointain tumulte de cris monta et cessa. Je me tournai à nouveau du côté du Martien et je le vis qui se dirigeait à droite, au long de la rivière, de son allure rotative et rapide.

À chaque instant je m'attendais à entendre s'ouvrir contre lui le feu de quelque batterie cachée ; mais rien ne troubla le calme du soir. La silhouette du Martien diminuait avec l'éloignement, et bientôt la brume et la nuit l'eurent englouti. D'une même impulsion nous grimpâmes un peu plus haut. Vers Sunbury se trouvait une forme sombre, comme si une colline conique s'était soudain dressée, cachant à nos regards la contrée d'au-delà ; puis, plus loin, sur l'autre rive, au-dessus de Walton, nous aperçûmes un autre de ces sommets. Pendant que nous les examinions, ces formes coniques s'abaissèrent et s'élargirent.

Mû par une pensée soudaine, je portai mes regards vers le nord, où je vis que trois de ces nuages noirs s'élevaient.

Une tranquillité soudaine se fit. Loin vers le sud-est, faisant mieux ressortir le calme silence, nous entendions les Martiens s'entr'appeler avec de longs ululements ; puis l'air fut ébranlé de nouveau par les explosions éloignées de leurs tubes. Mais l'artillerie terrestre ne leur répliquait pas.

Il nous était impossible, alors, de comprendre ces choses, mais je devais, plus tard, apprendre la signification de ces sinistres *kopjes*[30] qui s'amoncelaient dans le crépuscule. Chacun des Martiens, placé ainsi que je l'ai indiqué et obéissant à quelque signal inconnu, avait déchargé, au moyen du tube en forme de canon qu'il portait, une sorte d'immense obus sur tout taillis, coteau ou groupe de maisons, sur tout autre possible abri à canons, qui se trouvait en face de lui. Quelques-uns ne tirèrent qu'un seul de ces projectiles, d'autres, deux, comme dans le cas de celui que nous avions vu ; celui de Ripley n'en déchargea, prétendit-on, pas moins de cinq, coup sur coup. Ces projectiles se brisaient en touchant le sol — sans faire explosion — et immédiatement dégageaient un énorme volume d'une vapeur lourde et noire, se déroulant et se répandant vers le ciel en un immense nuage sombre, une colline gazeuse qui s'écroulait et s'étendait d'elle-même sur la contrée environnante. Le contact de cette vapeur et l'inspiration de ses âcres nuages étaient la mort pour tout ce qui respire.

Cette vapeur était très lourde, plus lourde que la fumée la plus dense, si bien qu'après le premier dégagement tumultueux, elle se répandait dans les couches d'air inférieures et retombait sur le sol d'une façon plutôt liquide que gazeuse, abandonnant les collines, pénétrant dans les vallées, les fossés, au long des cours d'eau, ainsi que fait, dit-on, le gaz acide carbonique s'échappant des fissures des roches volcaniques. Partout où elle venait en contact avec l'eau, quelque action chimique se produisait ; la surface se couvrait instantanément d'une sorte de lie poudreuse qui s'enfonçait lentement, laissant se former d'autres couches. Cette espèce d'écume était absolument insoluble, et il est étrange que, le gaz produisant un effet aussi immédiat, on ait pu boire sans danger l'eau qui en était extraite. La vapeur ne se diffusait pas comme le font ordinairement les gaz. Elle flottait par nuages compacts, descendant paresseusement les pentes et récalcitrante au vent ; elle se combinait très lentement avec la brume et l'humidité de l'air, et tombait sur le sol sous forme de poussière. Sauf en ce qui concerne un élément inconnu, donnant un groupe de quatre lignes dans le bleu du spectre, on ignore encore entièrement la nature de cette substance.

Lorsque le tumultueux soulèvement de sa dispersion était terminé, la Fumée Noire se tassait tout contre le sol, avant même sa précipitation en poussière, si bien qu'à cinquante pieds en l'air, sur les toits, aux étages supérieurs des hautes maisons et sur les grands arbres, il y avait quelque chance d'échapper à l'empoisonnement, comme les faits le prouvèrent ce soir-là à Street Cobham et à Ditton.

L'homme qui échappa à la suffocation dans le premier de ces villages fit un étonnant récit de l'étrangeté de ces volutes et de ces replis ; il raconta comment, du haut du clocher de l'église, il vit les maisons du village ressurgir peu à peu, hors de ce néant noirâtre, ainsi que des fantômes. Il resta là pendant un jour et demi, épuisé, mourant de faim et de soif, écorché par le soleil, voyant à ses pieds la terre sous le ciel bleu, et contre le fond des collines lointaines, une étendue recouverte comme d'un velours noir, avec des toits rouges, des arbres verts, puis, plus tard, des haies, des buissons, des granges, des remises, des murs voilés de noir, se dressant ici et là dans le soleil.

Ceci se passait à Street Cobham, où la Fumée Noire resta jusqu'à ce qu'elle fût absorbée d'elle-même par le sol. Ordinairement, dès qu'elle avait rempli son objet, les Martiens en débarrassaient l'atmosphère au moyen de jets de vapeur.

C'est ce qu'ils firent avec les couches qui s'étaient déroulées auprès de nous, comme nous pûmes le voir à la lueur des étoiles, derrière les fenêtres d'une maison déserte d'Upper Halliford, où nous étions retournés. De là, aussi, nous apercevions les feux électriques des collines de Richmond et de Kingston, fouillant la nuit en tous sens ; puis vers onze heures les vitres résonnèrent et nous entendîmes les détonations des grosses pièces de siège qu'on avait mises en batterie sur ces hauteurs. La canonnade continua à intervalles réguliers, pendant un quart d'heure, envoyant au hasard des projectiles contre les Martiens invisibles, à Hampton et à Ditton ; puis les rayons pâles des feux électriques s'évanouirent et furent remplacés par de vifs reflets rouges.

Alors le quatrième cylindre — météore d'un vert brillant — tomba dans Bushey Park, ainsi que je l'appris plus tard. Avant que l'artillerie des collines de Richmond et de Kingston n'ait ouvert le feu, une violente canonnade se fit entendre au loin, vers le sud-ouest, due, je pense, à des batteries qui tiraient à l'aventure, avant que la Fumée Noire ne submergeât les canonniers.

Ainsi, de la même façon méthodique que les hommes emploient pour enfumer un nid de guêpes, les Martiens recouvraient toute la contrée, vers Londres, de cette étrange vapeur suffocante. La courbe de leur ligne s'étendait lentement et elle atteignit bientôt, d'un côté, Hanwell et de l'autre Coombe et Malden. Toute la nuit, leurs tubes destructeurs furent à l'œuvre. Pas une seule fois, après que le Martien de St. George's Hill eut été abattu, ils ne s'approchèrent à portée de l'artillerie. Partout où ils supposaient que pouvaient être dissimulés les canons, ils envoyaient un projectile contenant leur vapeur noire, et quand les batteries étaient en vue, ils pointaient simplement le Rayon Ardent.

Vers minuit, les arbres en flammes sur les pentes de Richmond Park, et les incendies de Kingston Hill éclairèrent un réseau de fumée noire qui cachait toute la vallée de la Tamise et s'étendait aussi loin que l'œil pouvait voir. À travers cette confusion s'avançaient deux Martiens qui dirigeaient en tous sens leurs bruyants jets de vapeur.

Les Martiens, cette nuit-là, semblaient ménager leur Rayon Ardent, soit qu'ils n'eussent qu'une provision limitée de matière nécessaire à sa production, soit qu'ils aient voulu ne pas détruire entièrement le pays, mais seulement terrifier et anéantir l'opposition qu'ils avaient soulevée. Ils obtinrent assurément ce dernier résultat. La nuit du dimanche vit la fin de toute résistance organisée contre leurs mouvements. Après cela, aucune troupe d'hommes n'osa les affronter, si désespérée eût été l'entreprise. Même les équipages des torpilleurs et des cuirassés, qui avaient remonté la Tamise avec leurs canons à tir rapide, refusèrent de s'arrêter, se mutinèrent et regagnèrent la mer. La seule opération offensive que les hommes aient tentée cette nuit-là fut la préparation de mines et de fosses, avec une énergie frénétique et spasmodique.

Peut-on s'imaginer le sort de ces batteries d'Esher épiant anxieusement le crépuscule ? Aucun des hommes qui les servaient ne survécut. On se représente les dispositions réglementaires, les officiers alertés et attentifs, les pièces prêtes, les munitions empilées à portée, les avant-trains attelés, les groupes de spectateurs civils observant la manœuvre d'aussi près qu'il leur était permis, tout cela, dans la grande tranquillité du soir ; plus loin, les ambulances, avec les blessés et les brûlés de Weybridge ; enfin la sourde détonation du tube des Martiens, et le bizarre projectile tourbillonnant par-dessus les arbres et les maisons et s'écrasant au milieu des champs environnants.

On peut se représenter, aussi, le soudain redoublement d'attention, les volutes et les replis épais de ces ténèbres qui s'avançaient contre le sol, s'élevaient vers le ciel et faisaient du crépuscule une obscurité palpable ; cet étrange et terrible antagoniste enveloppant ses victimes ; les hommes et les chevaux à peine distincts, courant et fuyant, criant et hennissant, tombant à terre ; les hurlements de terreur ; les canons soudain abandonnés ; les hommes suffoquant et se tordant sur le sol, et la rapide dégringolade du cône opaque de fumée. Puis, l'obscurité sombre et impénétrable — rien qu'une masse silencieuse de vapeur compacte cachant les morts.

Un peu avant l'aube, la vapeur noire se répandit dans les rues de Richmond, et, en un dernier effort, le gouvernement, affolé et désorganisé, prévenait la population de Londres de la nécessité de fuir.

XVI

## La panique

Ainsi s'explique l'affolement qui, comme une vague mugissante, passa sur la plus grande cité du monde, à l'aube du lundi matin — le flot des gens fuyant, grossissant peu à peu comme un torrent et venant se heurter, en un tumulte bouillonnant, autour des grandes gares, s'encaissant sur les bords de la Tamise, en une lutte épouvantable pour trouver place sur les bateaux, et s'échappant par toutes les voies, vers le nord et vers l'est. À dix heures, la police était en désarroi, et aux environs de midi, les administrations de chemins de fer, complètement bouleversées, perdirent tout pouvoir et toute efficacité, leur organisation compliquée sombrant dans le soudain écroulement du corps social.

Les lignes au nord de la Tamise et le réseau du Sud-Est, à Cannon Street, avaient été prévenus dès minuit et les trains s'emplissaient, où la foule, à deux heures, luttait sauvagement, pour trouver place debout dans les wagons. Vers trois heures, à la gare de Bishopsgate, des gens furent renversés, piétinés et écrasés ; à plus de deux cents mètres des stations de Liverpool Street, des coups de revolver furent tirés, des gens furent poignardés et des policemen qui avaient été envoyés pour maintenir l'ordre, épuisés et exaspérés, cassèrent la tête de ceux qu'ils devaient protéger.

À mesure que la journée s'avançait, que les mécaniciens et les chauffeurs refusaient de revenir à Londres, la poussée de la foule entraîna les gens, en une multitude sans cesse croissante, loin des gares, au long des grandes routes qui mènent au Nord. Vers midi, on avait aperçu un Martien à Barnes, et un nuage de vapeur noire qui s'affaissait lentement suivait le cours de la Tamise et envahissait les prairies de Lambeth, coupant toute retraite par les ponts, dans sa marche lente. Un autre nuage passa sur Ealing et un petit groupe de fuyards se trouva cerné sur Castle Hill, hors d'atteinte de la vapeur suffocante, mais incapable de s'échapper.

Après une lutte inutile pour trouver place, à Chalk Farm, dans un train du Nord-Ouest — les locomotives, ayant leurs provisions de charbon à la gare des marchandises, *labouraient* la foule hurlante, et une douzaine d'hommes robustes avaient toutes les peines du monde à empêcher la foule d'écraser le mécanicien contre son fourneau — mon frère déboucha dans Chalk Farm Road, s'avança à travers une multitude précipitée de véhicules, et eut le bonheur de se trouver au premier rang lors du pillage d'un magasin de cycles. Le pneu de devant de la machine dont il s'empara fut percé en passant à travers la glace brisée ; néanmoins il put s'enfuir, sans autre dommage qu'une coupure au poignet. La montée de Haverstock Hill était impraticable, à cause de plusieurs chevaux et véhicules renversés, et mon frère s'engagea dans Belsize Road.

Il échappa ainsi à la débandade, et, contournant la route d'Edgware, il atteignit cette localité vers sept heures, fatigué et mourant de faim, mais avec une bonne avance sur la foule. Au long de la route, des gens curieux et étonnés sortaient sur le pas de leur porte. Il fut dépassé par un certain nombre de cyclistes, quelques cavaliers et deux automobiles.

À environ un mille d'Edgware, la jante de la roue cassa et sa machine fut hors d'usage. Il l'abandonna au bord de la route et gagna le village à pied. Dans la grand-rue, il y avait des boutiques à demi ouvertes et des gens s'assemblaient sur les trottoirs, au seuil des maisons et aux fenêtres, considérant avec ébahissement les premières bandes de cette extraordinaire procession de fugitifs. Il réussit à se procurer quelque nourriture à une auberge.

Pendant quelque temps, il demeura dans le village, ne sachant plus quoi faire ; le nombre des fuyards augmentait et la plupart d'entre eux semblaient, comme lui, disposés à s'arrêter là. Nul n'apportait de plus récentes nouvelles des Martiens envahisseurs.

La route se trouvait déjà encombrée mais pas encore complètement obstruée. Le plus grand nombre des fugitifs étaient à cette heure des cyclistes, mais bientôt passèrent à toute vitesse des automobiles, des cabs et des voitures de toute sorte et la poussière flottait en nuages lourds sur la route qui mène à St. Albans.

Ce fut, peut-être, une vague idée d'aller à Chelmsford où il avait des amis, qui poussa mon frère à s'engager dans une tranquille petite rue se dirigeant vers l'est. Il arriva bientôt à une barrière et, la franchissant, il suivit un sentier qui inclinait au nord-est. Il passa auprès de plusieurs fermes et de quelques petits hameaux dont il ignorait les noms. De ce côté, les fugitifs étaient très peu nombreux, et c'est dans un chemin de traverse, aux environs de High Barnet, qu'il fit, par hasard, la rencontre des deux dames dont il fut, dès ce moment, le compagnon de voyage Il se trouva juste à temps pour les sauver.

Des cris de frayeur qu'il entendit tout à coup le firent se hâter. Au détour de la route deux hommes cherchaient à les arracher de la petite voiture dans laquelle elles se trouvaient, tandis qu'un troisième maintenait avec difficulté le poney effrayé. L'une des dames, de petite taille et habillée de blanc, se contentait de pousser des cris ; l'autre, brune et svelte, cinglait avec un fouet, qu'elle serrait dans sa main libre, l'homme qui la tenait par le bras.

Mon frère comprit immédiatement la situation, et, répondant à leurs cris, s'élança sur le lieu de la lutte. L'un des hommes lui fit face ; mon frère comprit à l'expression de son antagoniste qu'une bataille était inévitable, et, boxeur expert, il fondit immédiatement sur lui et l'envoya rouler contre la roue de la voiture.

Ce n'était pas l'heure de penser à un pugilat chevaleresque et, pour le faire tenir tranquille, il lui asséna un solide coup de pied. Au même moment, il saisit à la gorge l'individu qui tenait le bras de la jeune dame. Un bruit de sabots retentit, le fouet le cingla en pleine figure, un troisième antagoniste le frappa entre les yeux, et l'homme qu'il tenait s'arracha de son étreinte et s'enfuit rapidement dans la direction d'où il était venu.

À demi étourdi, il se retrouva en face de l'homme qui avait tenu la tête du poney, et il aperçut la voiture s'éloignant dans le chemin, secouée de côté et d'autre, tandis que les deux femmes se retournaient. Son adversaire, un solide gaillard, fit mine de le frapper, mais il l'arrêta d'un coup de poing en pleine figure. Alors, comprenant qu'il était abandonné, il prit sa course et descendit le chemin à la poursuite de la voiture, tandis que son adversaire le serrait de près et que le fugitif, enhardi maintenant, accourait aussi.

Soudain il trébucha et tomba ; l'autre s'étala de tout son long par-dessus lui, et, quand mon frère se fut remis debout, il se retrouva en face des deux assaillants. Il aurait eu peu de chances contre eux si la dame svelte ne fût courageusement revenue à son aide. Elle avait été, pendant tout ce temps, en possession d'un revolver, mais il se trouvait sous le siège quand elle et sa compagne avaient été attaquées. Elle fit feu à six mètres de distance, manquant de peu mon frère. Le moins courageux des assaillants prit la fuite, et son compagnon dut le suivre en l'injuriant pour sa lâcheté. Tous deux s'arrêtèrent au bas du chemin, à l'endroit où leur acolyte gisait inanimé.

— Prenez ceci, dit la jeune dame en tendant son revolver à mon frère.

— Retournez à la voiture, répondit-il en essuyant le sang de sa lèvre fendue.

Sans un mot — ils étaient tous deux haletants — ils revinrent à l'endroit où la dame en blanc tâchait de maintenir le poney.

Les voleurs, évidemment, en avaient eu assez, car jetant un dernier regard vers eux, ils les virent s'éloigner.

— Je vais me mettre là, si vous le permettez, dit mon frère, et il s'installa à la place libre, sur le siège de devant.

La dame l'examina à la dérobée.

— Donnez-moi les guides, dit-elle, et elle caressa du fouet les flancs du poney.

Au même moment, un coude de la route cachait à leur vue les trois compères.

Ainsi, d'une façon tout à fait inespérée, mon frère se trouva, haletant, la bouche ensanglantée, une joue meurtrie, les jointures des mains écorchées, parcourant en voiture une route inconnue, en compagnie de deux dames. Il apprit que l'une était la femme, et l'autre la jeune sœur d'un médecin de Stanmore qui, revenant au petit matin de voir un client gravement malade, avait appris, à quelque gare sur son chemin, l'invasion des Martiens. Il était revenu chez lui en toute hâte, avait fait lever les deux femmes — leur servante les avait quittées deux jours auparavant — empaqueté quelques provisions, placé son revolver sous le siège de la voiture (heureusement pour mon frère) et leur avait dit d'aller jusqu'à Edgware, avec l'idée qu'elles y pourraient prendre un train. Il était resté pour prévenir les voisins. Il les rattraperait, avait-il dit, vers quatre heures et demie du matin. Il était maintenant neuf heures, et elles ne l'avaient pas encore vu. N'ayant pu séjourner à Edgware, à cause de l'encombrement sans cesse croissant de l'endroit, elles s'étaient engagées dans ce chemin de traverse. Tel fut le récit qu'elles firent par fragments à mon frère, et bientôt ils s'arrêtèrent de nouveau aux environs de New Barnet. Il leur promit de demeurer avec elles au moins jusqu'à ce qu'elles aient pu décider de ce qu'elles devaient faire ou jusqu'à ce que le docteur arrivât, et afin de leur inspirer confiance il leur affirma qu'il était excellent tireur au revolver — arme qui lui était tout à fait étrangère.

Ils firent une sorte de campement au bord de la route, et le poney fut tout heureux de brouter la haie à son aise. Mon frère raconta aux deux dames de quelle façon il s'était enfui de Londres, et il leur dit tout ce qu'il savait de ces Martiens et de leurs agissements. Le soleil montait peu à peu dans le ciel ; au bout d'un instant leur conversation tomba ; une sorte de malaise les envahit et ils furent tourmentés de pressentiments funestes. Plusieurs voyageurs passèrent, desquels mon frère obtint toutes les nouvelles qu'ils purent donner. Leurs phrases entrecoupées augmentaient son impression d'un grand désastre s'abattant sur l'humanité, et enracinèrent sa conviction de l'immédiate nécessité de poursuivre leur fuite. Il insista vivement auprès de ses compagnes sur cette nécessité.

— Nous avons de l'argent, commença la jeune femme. Elle s'arrêta court.

Ses yeux rencontrèrent ceux de mon frère et son hésitation cessa.

— J'en ai aussi, ajouta-t-il.

Elles expliquèrent qu'elles possédaient trente souverains[31] d'or, sans compter une bank-note de cinq livres, et elles émirent l'idée qu'avec cela on pouvait prendre un train à St. Albans ou à New Barnet.

Mon frère leur expliqua que la chose était fort vraisemblablement impossible parce que les Londoniens avaient déjà envahi tous les trains, et il leur fit part de son idée de s'avancer, à travers le comté d'Essex, du côté de Harwich, pour, de là, quitter tout à fait le pays.

M$^{me}$ Elphinstone — tel était le nom de la dame en blanc — ne voulut pas entendre parler de cela et s'obstina à réclamer son George ; mais sa belle-sœur, étonnamment calme et réfléchie, se rangea finalement à l'avis de mon frère. Ils se dirigèrent ainsi vers Barnet, dans l'intention de traverser la grande route du Nord, mon frère conduisant le poney à la main pour le ménager autant que possible.

À mesure que les heures passaient, la chaleur devenait excessive ; sous les pieds, un sable épais et blanchâtre brûlait et aveuglait, de sorte qu'ils n'avançaient que très lentement. Les haies étaient grises de poussière et, comme ils approchaient de Barnet, un murmure tumultueux s'entendit de plus en plus distinctement.

Ils commencèrent à rencontrer plus fréquemment des gens qui, pour la plupart, marchaient les yeux fixes, en murmurant de vagues questions, excédés de fatigue, les vêtements sales et en désordre. Un homme en habit de soirée passa près d'eux, à pied, les yeux vers le sol. Ils l'entendirent venir, parlant seul, et, s'étant retournés, ils l'aperçurent, une main crispée dans ses cheveux et l'autre menaçant d'invisibles ennemis. Son accès de fureur passé, il continua sa route sans lever la tête.

Comme la petite troupe que menait mon frère approchait du carrefour avant d'entrer à Barnet, ils virent s'avancer sur la gauche, à travers champs, une femme ayant un enfant sur les bras et deux autres pendus à ses jupes ; puis un homme passa, vêtu d'habits noirs et sales, un gros bâton dans une main, une petite malle dans l'autre. Au coin du chemin, à l'endroit où, entre des villas, il rejoignait la grand-route, parut une petite voiture traînée par un poney noir écumant, que conduisait un jeune homme blême coiffé d'un chapeau rond, gris de poussière. Il y avait avec lui, entassées dans la voiture, trois jeunes filles, probablement des petites ouvrières de l'East End, et une couple d'enfants

— Est-ce que ça mène à Edgware par là ? demanda le jeune homme, pâle et les yeux hagards.

Quand mon frère lui eut répondu qu'il lui fallait tourner à gauche, il enleva son poney d'un coup de fouet, sans même prendre la peine de remercier.

Mon frère remarqua une sorte de fumée ou de brouillard gris pâle, qui montait entre les maisons devant eux et voilait la façade blanche d'une terrasse apparaissant de l'autre côté de la route entre les villas. M$^{me}$ Elphinstone se mit tout à coup à pousser des cris en apercevant des flammèches rougeâtres qui bondissaient par-dessus les maisons dans le ciel d'un bleu profond. Le bruit tumultueux se fondait maintenant en un mélange désordonné de voix innombrables, de grincements de roues, de craquements de chariots et de piaffements de chevaux. Le chemin tournait brusquement à cinquante mètres à peine du carrefour.

— Dieu du ciel ! s'écria M$^{me}$ Elphinstone, mais où nous menez-vous donc ?

Mon frère s'arrêta.

La grand-route était un flot bouillonnant de gens, un torrent d'êtres humains s'élançant vers le nord, pressés les uns contre les autres. Un grand nuage de poussière, blanc et lumineux sous l'éclat ardent du soleil, enveloppait toutes choses d'un voile gris et indistinct, que renouvelait incessamment le piétinement d'une foule dense de chevaux, d'hommes et de femmes à pied et le roulement des véhicules de toute sorte.

D'innombrables voix criaient :

— Avancez ! avancez ! faites de la place !

Pour gagner le point de rencontre du chemin et de la grand-route, ils crurent avancer dans l'âcre fumée d'un incendie ; la foule mugissait comme les flammes, et la poussière était chaude et suffocante. À vrai dire, et pour ajouter à la confusion, une villa brûlait à quelque distance de là, envoyant des tourbillons de fumée noire à travers la route.

Deux hommes passèrent auprès d'eux, puis une pauvre femme portant un lourd paquet et pleurant ; un épagneul, perdu, la langue pendante, tourna, défiant, et s'enfuit, craintif et pitoyable, au geste de menace de mon frère.

Autant qu'il était possible de jeter un regard dans la direction de Londres, entre les maisons de droite, un flot tumultueux de gens était serré contre les murs des villas qui bordaient la route. Les têtes noires, les formes pressées devenaient distinctes en surgissant de derrière le pan de mur, passaient en hâte, et confondaient de nouveau leurs individualités dans la multitude qui s'éloignait, et qu'engloutissait enfin un nuage de poussière.

— Avancez ! avancez ! criaient les voix. De la place ! de la place !

Les mains des uns pressaient le dos des autres ; mon frère tenait la tête du poney et, irrésistiblement attiré, descendait le chemin lentement et pas à pas.

Edgware n'avait été que confusion et désordre, Chalk Farm un chaos tumultueux, mais ici, c'était toute une population en débandade. Il est difficile de s'imaginer cette multitude. Elle n'avait aucun caractère distinct : les personnages passaient incessamment et s'éloignaient, tournant le dos au groupe arrêté dans le chemin. Sur les bords, s'avançaient ceux qui étaient à pied, menacés par les véhicules, se bousculant et culbutant dans les fossés.

Les chariots et les voitures de tout genre s'entassaient et s'emmêlaient les uns dans les autres, laissant peu de place pour les attelages plus légers et plus impatients qui, de temps en temps, quand la moindre occasion s'offrait, se précipitaient en avant, obligeant les piétons à se serrer contre les clôtures et les barrières des villas.

— En avant ! en avant ! était l'unique clameur. En avant ! ils arrivent !

Dans un char à bancs se trouvait un aveugle vêtu de l'uniforme de l'Armée du Salut, gesticulant avec des mains crochues et braillant à tue-tête ce seul mot : Éternité ! Éternité ! Sa voix était rauque et puissante, si bien que mon frère put l'entendre longtemps après qu'il l'eut perdu de vue dans le nuage de poussière. Certains de ceux qui étaient dans les voitures fouettaient stupidement leurs chevaux, se querellaient avec les cochers voisins, d'autres restaient affaissés sur eux-mêmes, les yeux fixes et misérables ; quelques-uns, torturés de soif, se rongeaient les poings ou gisaient prostrés au fond de leurs véhicules ; les chevaux avaient les yeux injectés de sang et leur mors était couvert d'écume.

Il y avait, en nombre incalculable, des cabs, des fiacres, des voitures de livraison, des camions, une voiture des postes, un tombereau de boueux avec la marque de son district, un énorme fardier surchargé de populaire. Un haquet de brasseur passa bruyamment, avec ses deux roues basses éclaboussées de sang tout frais.

— Avancez ! faites de la place ! hurlaient les voix.

— Éter-nité ! Éter-nité ! apportait l'écho.

Des femmes, au visage triste et hagard, piétinaient dans la foule avec des enfants qui criaient et qui trébuchaient ; certaines étaient bien mises, leurs robes délicates et jolies toutes couvertes de poussière, et leurs figures lassées étaient sillonnées de larmes. Avec elles, parfois, se trouvaient des hommes, quelques-uns leur venant en aide, d'autres menaçants et farouches. Luttant côte à côte avec eux avançaient quelques vagabonds las, vêtus de loques et de haillons, les yeux insolents, le verbe haut, hurlant des injures et des grossièretés. De vigoureux ouvriers se frayaient un chemin à la force des poings ; de pitoyables êtres, aux vêtements en désordre, paraissant être des employés de bureau ou de magasin, se débattaient fébrilement. Puis mon frère remarqua, au passage, un soldat blessé, des hommes vêtus du costume des employés de chemin de fer, et une malheureuse créature qui avait simplement jeté un manteau par-dessus sa chemise de nuit.

Mais malgré sa composition variée, cette multitude avait divers traits communs : la douleur et la consternation se peignaient sur les faces, et l'épouvante semblait être à leurs trousses. Un soudain tumulte, une querelle entre gens voulant grimper dans quelque véhicule leur fit hâter le pas à tous, et même un homme si effaré, si brisé que ses genoux ployaient sous lui, sentit pendant un instant une nouvelle activité l'animer. La chaleur et la poussière avaient déjà travaillé cette multitude : ils avaient la peau sèche, les lèvres noires et gercées ; la soif et la fatigue les accablaient et leurs pieds étaient meurtris. Parmi les cris variés, on entendait des disputes, des reproches, des gémissements de gens harassés, à bout de forces, et la plupart des voix étaient rauques et faibles. Par-dessus tout dominait le refrain :

— Avancez ! de la place ! Les Martiens arrivent !

Aucun des fuyards ne s'arrêtait et ne quittait le flot torrentueux. Le chemin débouchait obliquement sur la grande route par une ouverture étroite, et avait l'apparence illusoire de venir de la direction de Londres. À son entrée, cependant, se pressait le flot de ceux qui, plus faibles, étaient repoussés hors du courant et s'arrêtaient un instant avant de s'y replonger. À peu de distance un homme était étendu à terre avec une jambe nue enveloppée de linges sanglants, et deux compagnons dévoués se penchaient sur lui. Celui-là était encore heureux d'avoir des amis.

Un petit vieillard, la moustache grise et de

coupe militaire, vêtu d'une redingote noire crasseuse, arriva en boitant, s'assit, ôta sa botte et sa chaussette ensanglantée, retira un caillou et se remit en marche clopin-clopant ; puis une petite fille de huit ou neuf ans, seule, se laissa tomber contre la haie, auprès de mon frère, en pleurant.

— Je ne peux plus marcher ! Je ne peux plus marcher !

Mon frère s'éveilla de sa torpeur, la prit dans ses bras et, lui parlant doucement, la porta à Miss Elphinstone. Elle s'était tue, comme effrayée, aussitôt que mon frère l'avait touchée.

— Ellen ! cria, dans la foule, une voix de femme éplorée, Ellen !

Et l'enfant se sauva précipitamment en répondant :

— Mère !

— Ils arrivent ! disait un homme à cheval en passant devant l'entrée du chemin.

— Attention, là ! vociférait un cocher haut perché sur son siège, et une voiture fermée s'engagea dans l'étroit chemin.

Les gens s'écartèrent, en s'écrasant les uns contre les autres, pour éviter le cheval. Mon frère fit reculer contre la haie le poney et la chaise ; la voiture passa et alla s'arrêter plus loin auprès du tournant. C'était une voiture de maître[32], avec un timon pour deux chevaux, mais il n'y en avait qu'un d'attelé.

Mon frère aperçut vaguement, à travers la poussière, deux hommes qui soulevaient quelque chose sur une civière blanche et déposaient doucement leur fardeau à l'ombre de la haie de troènes.

L'un des hommes revint en courant.

— Est-ce qu'il y a de l'eau par ici ? demanda-t-il. Il a très soif, il est presque moribond. C'est Lord Garrick.

— Lord Garrick ! répondit mon frère, le premier président à la Cour ?

— De l'eau ? répéta l'autre.

— Il y en a peut-être dans une de ces maisons, dit mon frère, mais nous n'en avons pas et je n'ose pas laisser mes gens.

L'homme essaya de se faire un chemin, à travers la foule, jusqu'à la porte de la maison du coin.

— Avancez ! disaient les fuyards en le repoussant. Ils arrivent ! Avancez !

À ce moment l'attention de mon frère fut attirée par un homme barbu à face d'oiseau de proie, portant avec grand soin un petit sac à main, qui se déchira au moment même où mon frère l'apercevait et dégorgea une masse de souverains qui s'éparpilla en mille éclats d'or. Les monnaies roulèrent en tous sens sous les pieds confondus des hommes et des chevaux. Le vieillard s'arrêta, considérant d'un œil stupide son tas d'or, et le brancard d'un cab, le frappant à l'épaule, l'envoya rouler à terre. Il poussa un cri, et une roue de camion effleura sa tête.

— En avant ! criaient les gens tout autour de lui. Faites de la place !

Aussitôt que le cab fut passé, il se jeta les mains

ouvertes sur le tas de pièces d'or et se mit à les ramasser à pleines poignées et à en bourrer ses poches. Au moment où il se relevait à demi, un cheval se cabra au-dessus de lui et l'abattit sous ses sabots.

— Arrêtez ! s'écria mon frère et, écartant une femme, il essaya d'empoigner la bride du cheval.

Avant qu'il ait pu y parvenir, il entendit un cri sous la voiture et vit dans la poussière la roue passer sur le dos du pauvre diable. Le cocher lança un coup de fouet à mon frère qui passa en courant derrière le véhicule. La multitude des cris l'assourdissait. L'homme se tordait dans la poussière sur son or épars, incapable de se relever, car la roue lui avait brisé les reins et ses membres inférieurs étaient insensibles et inanimés. Mon frère se redressa et hurla un ordre au cocher qui suivait ; un homme monté sur un cheval noir vint à son secours.

— Enlevez-le de là, dit-il.

L'empoignant de sa main libre par le collet, mon frère voulut traîner l'homme jusqu'au bord. Mais le vieil obstiné ne lâchait pas son or et jetait à son sauveur des regards courroucés, lui martelant le bras de son poing plein de monnaies.

— Avancez ! avancez ! criaient des voix furieuses derrière eux. En avant ! en avant !

Il y eut un soudain craquement et le brancard d'une voiture heurta le fiacre que le cavalier maintenait arrêté. Mon frère tourna la tête et l'homme aux pièces d'or, se tordant le cou, vint mordre le poignet qui le tenait. Il y eut un choc : le cheval du cavalier fut envoyé de ce côté, et celui de la voiture fut repoussé avec lui. Un de ses sabots manqua de près le pied de mon frère. Il lâcha prise et bondit en arrière. La colère se changea en terreur sur la figure du pauvre diable étendu à terre, et mon frère, qui le perdit de vue, fut entraîné dans le courant, au-delà de l'entrée du chemin et dut se débattre de toutes ses forces pour revenir.

Il vit Miss Elphinstone se couvrant les yeux de sa main, et un enfant, avec tout le manque de sympathie ordinaire à cet âge, contemplant avec des yeux dilatés un objet poussiéreux, noirâtre et immobile, écrasé et broyé sous les roues.

— Allons-nous-en ! s'écria-t-il. Nous ne pouvons traverser cet enfer ! et il se mit en devoir de faire tourner la voiture.

Ils s'éloignèrent d'une centaine de mètres dans la direction d'où ils étaient venus. Au tournant du chemin, dans le fossé, sous les troènes, le moribond gisait, affreusement pâle, la figure couverte de sueur, les traits tirés. Les deux femmes restaient silencieuses, blotties sur le siège et frissonnantes. Peu après, mon frère s'arrêta de nouveau. Miss Elphinstone était blême et sa belle-sœur, effondrée, pleurait, dans un état trop pitoyable pour réclamer son George. Mon frère était épouvanté et fort perplexe. À peine avaient-ils commencé leur retraite qu'il se rendit compte combien il était urgent et indispensable de traverser le torrent des fuyards. Soudainement résolu, il se tourna vers Miss Elphinstone.

— Il faut absolument passer par là, dit-il.

Et il fit de nouveau retourner le poney.

Pour la seconde fois, ce jour-là, la jeune fille fit preuve d'un grand courage. Pour s'ouvrir un passage, mon frère se jeta en plein dans ce torrent, maintint en arrière le cheval d'un cab, tandis qu'elle menait le poney par la bride. Un chariot les accrocha un moment et arracha un long éclat de bois à leur chaise. Au même instant, ils furent pris et entraînés en avant par le courant. Mon frère, la figure et les mains rouges des coups de fouet du cocher, sauta dans la chaise et prit les rênes.

— Braquez le revolver sur celui qui nous suit, s'il nous presse de trop près — non — sur son cheval plutôt, dit-il, en passant l'arme à la jeune fille.

Alors il attendit l'occasion de gagner le côté droit de la route. Mais une fois dans le courant, il sembla perdre toute volonté et faire partie de cette cohue poussiéreuse. Pris dans le torrent, ils traversèrent Chipping Barnet et ils firent un mille de l'autre côté de la ville, avant d'avoir pu se frayer un passage jusqu'au bord opposé de la route. C'était un fracas et une confusion indescriptibles. Mais dans la ville et au-dehors, la route bifurquait fréquemment, ce qui, en une certaine mesure, diminua la poussée.

Ils prirent un chemin vers l'est à travers Hadley et de chaque côté de la route, en plusieurs endroits, ils trouvèrent une multitude de gens buvant dans les ruisseaux, et quelques-uns se battaient pour approcher plus vite. Plus loin, du haut d'une colline, près de East Barnet, ils aperçurent deux trains avançant lentement, l'un suivant l'autre, sans signaux, montant vers le nord, fourmillant de gens juchés jusque sur les tenders. Mon frère supposa qu'ils avaient dû s'emplir hors de Londres, car à ce moment la terreur affolée des gens avait rendu les gares terminus impraticables.

Ils firent halte près de là, pendant tout le reste de l'après-midi, car les émotions violentes de la journée les avaient tous trois complètement épuisés. Ils commençaient à souffrir de la faim : le soir fraîchit, aucun d'eux n'osait dormir. Dans la soirée, un grand nombre de gens passèrent à une allure précipitée sur la route, près de l'endroit où ils faisaient halte, des gens fuyant des dangers inconnus et retournant dans la direction d'où mon frère venait.

## XVII

## « *Le Fulgurant* »

Si les Martiens n'avaient eu pour but que de détruire, ils auraient pu, dès le lundi, anéantir toute la population de Londres pendant qu'elle se répandait lentement à travers les comtés environnants. Des cohues frénétiques débordaient non seulement sur la route de Barnet, mais sur celles d'Edgware et de Waltham Abbey et au long des routes qui, vers l'est, vont à Southend et à Shoeburyness, et, au sud de la Tamise, à Deal et à Broadstairs. Si, par ce matin de juin, quelqu'un se fût trouvé dans un ballon au-dessus de Londres, au milieu du ciel flamboyant, toutes les routes qui vont vers le nord et vers l'est, et où aboutissent les enchevêtrements infinis des rues, eussent semblé pointillées de noir par les innombrables fugitifs, chaque point étant une agonie humaine de terreur et de détresse physique. Je me suis étendu longuement dans le chapitre précédent sur la description que me fit mon frère de la route qui traverse Chipping Barnet, afin que les lecteurs puissent se rendre compte de l'effet que produisait, sur ceux qui en faisaient partie, ce fourmillement de taches noires. Jamais encore, dans l'histoire du monde, une pareille masse d'êtres humains ne s'était mise en mouvement et n'avait souffert ensemble. Les hordes légendaires des Goths et des Huns, les plus vastes armées qu'ait jamais vues l'Asie, se fussent perdues dans ce débordement. Ce n'était pas une marche disciplinée, mais une fuite affolée, une terreur panique gigantesque et terrible, sans ordre et sans but, six millions de gens sans armes et sans provisions, allant de l'avant à corps perdu. C'était le commencement de la déroute de la civilisation, du massacre de l'humanité.

Immédiatement au-dessous de lui, l'aéronaute aurait vu, immense et interminable, le réseau des rues, les maisons, les églises, les squares, les places, les jardins déjà vides, s'étaler comme une immense carte, avec toute la contrée du Sud barbouillée de noir. À la place d'Ealing, de Richmond, de Wimbledon, quelque plume monstrueuse avait laissé tomber une énorme tache d'encre. Incessamment et avec persistance chaque éclaboussure noire croissait et s'étendait, envoyant des ramifications de tous côtés, tantôt se resserrant entre des élévations de terrain, tantôt dégringolant rapidement la pente de quelque vallée nouvelle, de la même façon qu'une tache s'étendrait sur du papier buvard.

Au-delà, derrière les collines bleues qui s'élèvent au sud de la rivière, les Martiens étincelants allaient de-ci, de-là ; tranquillement et méthodiquement, ils étalaient leurs nuages empoisonnés sur cette partie de la contrée, les balayant ensuite avec leurs jets de vapeur, quand ils avaient accompli leur œuvre, et prenant possession du pays conquis. Il semble qu'ils eurent moins pour but d'exterminer que de démoraliser complètement, et de rendre impossible toute résistance. Ils firent sauter toutes les poudrières qu'ils rencontrèrent, coupèrent les lignes télégraphiques et détruisirent en maints endroits les voies ferrées. On eût dit qu'ils coupaient les jarrets du genre humain. Ils ne paraissaient nullement pressés d'étendre le champ de leurs opérations et ne parurent pas dans la partie centrale de Londres de toute cette journée. Il est possible qu'un nombre très considérable de gens soient restés chez eux, à Londres, pendant toute la matinée du lundi. En tout cas, il est certain que beaucoup moururent dans leur maison, suffoqués par la Fumée Noire.

Jusque vers midi, le *pool*[33] de Londres fut un spectacle indescriptible. Les steamboats[34] et les bateaux de toute sorte restèrent sous pression, tandis que les fugitifs offraient d'énormes sommes d'argent, et l'on dit que beaucoup de ceux qui gagnèrent les bateaux à la nage furent repoussés à coups de crocs[35] et se noyèrent. Vers une heure de l'après-midi, le *pool*, à ce moment, fut le théâtre d'une confusion folle, de collisions et de batailles acharnées : pendant un instant une multitude de bateaux et de barques se pressèrent et s'écrasèrent contre une arche du pont de la Tour ; les matelots et les mariniers durent se défendre sauvagement contre les gens qui les assaillirent, car beaucoup se risquèrent à descendre au long des piles du pont.

Quand, une heure plus tard, un Martien apparut par-delà la tour de l'Horloge et disparut en aval, il ne flottait plus que des épaves depuis Limehouse.

J'aurai à parler plus tard de la chute du cinquième cylindre. Le sixième tomba à Wimbledon. Mon frère, qui veillait auprès des femmes endormies dans la chaise au milieu d'une prairie, vit sa traînée verte dans le lointain, au-delà des collines. Le mardi, la petite troupe, toujours décidée à aller s'embarquer quelque part, se dirigea, à travers la contrée fourmillante, vers Colchester. La nouvelle fut confirmée que les Martiens étaient maintenant en possession de tout Londres : on les avait vus à Highgate et même, disait-on, à Neasdon. Mais mon frère ne les aperçut pour la première fois que le lendemain.

Ce jour-là, les multitudes dispersées commencèrent à sentir le besoin urgent de provisions. À mesure que la faim augmentait, les droits de la propriété étaient de moins en moins respectés. Les fermiers défendaient, les armes à la main, leurs étables, leurs greniers et leurs moissons. Beaucoup de gens maintenant, comme mon frère, se tournaient vers l'est, et même quelques âmes désespérées s'en retournaient vers Londres, avec l'idée d'y trouver de la nourriture. Ces derniers étaient surtout des gens des banlieues du Nord qui ne connaissaient que par ouï-dire les effets de la Fumée Noire. Mon frère apprit que la moitié des membres du gouvernement s'étaient réunis à Birmingham et que d'énormes quantités de violents explosifs étaient rassemblées, pour établir des mines automatiques creusées dans les comtés de Midland.

On lui dit aussi que la compagnie du Midland-Railway avait suppléé au personnel qui l'avait quittée le premier jour de la panique, qu'elle avait repris le service et que les trains partaient de St. Albans vers le nord, pour dégager l'encombrement des environs de Londres. On afficha aussi, dans Chipping Ongar, un avis annonçant que d'immenses dépôts de farine se trouvaient en réserve dans les villes du Nord et qu'avant vingt-quatre heures on distribuerait du pain aux gens affamés des environs. Mais cette nouvelle ne le détourna pas du plan de salut qu'il avait formé et tous trois continuèrent pendant toute cette journée leur route vers l'est. Ils ne virent de la distribution de pain que cette promesse ; d'ailleurs, à vrai dire, personne n'en vit plus qu'eux. Cette nuit-là, le septième météore tomba sur Primrose Hill[36]. Miss Elphinstone veillait — ce qu'elle faisait alternativement avec mon frère —, et c'est elle qui vit sa chute.

Le mercredi, les trois fugitifs, qui avaient passé la nuit dans un champ de blé encore vert, arrivèrent à Chelmsford et là un groupe d'habitants, s'intitulant : le Comité d'Approvisionnement public, s'empara du poney comme provision et ne voulut rien donner en échange, sinon la promesse d'en avoir un morceau le lendemain. Le bruit courait que les Martiens étaient à Epping, et l'on parlait aussi de la destruction des poudrières de Waltham Abbey, après une tentative de faire sauter l'un des envahisseurs.

On avait posté des hommes dans les tours de l'église pour épier la venue des Martiens ; mon frère, très heureusement, comme la suite le prouva, préféra pousser immédiatement vers la côte plutôt que d'attendre une problématique nourriture, bien que tous trois fussent fort affamés. Vers midi, ils traversèrent Tillingham qui, assez étrangement, parut être désert et silencieux, à part quelques pillards furtifs en quête de nourriture. Passé Tillingham, ils se trouvèrent soudain en vue de la mer, et de la plus surprenante multitude de bateaux de toute sorte qu'il soit possible d'imaginer.

Car, dès qu'ils ne purent plus remonter la Tamise, les navires s'approchèrent des côtes d'Essex, à Harwich, à Walton, à Clacton, et ensuite à Foulness et à Shoebury, pour faire embarquer les gens. Tous ces vaisseaux étaient disposés en une courbe aux pointes rapprochées qui se perdaient dans le brouillard, vers la Naze[37]. Tout près du rivage pullulaient des masses de barques de pêche de toutes nationalités, anglaises, écossaises, françaises, hollandaises, suédoises, des chaloupes à vapeur de la Tamise, des yachts, des bateaux électriques ; plus loin, des vaisseaux de plus fort tonnage, d'innombrables bateaux à charbon, de coquets navires marchands, des bateaux transportant du bétail, des paquebots, des pétroliers, des coureurs d'océan et même un vieux bâtiment tout blanc, des transatlantiques nets et grisâtres de Southampton et de Hambourg, et tout au long de la côte bleue, de l'autre côté du canal de Blackwater, mon frère put apercevoir vaguement une multitude dense d'embarcations trafiquant avec les gens du rivage et s'étendant jusqu'à Maldon.

À une couple de milles en mer se trouvait un cuirassé très bas sur l'eau, semblable presque, suivant l'expression de mon frère, à une épave à demi submergée. C'était le cuirassé *Le Fulgurant*, le seul bâtiment de guerre en vue ; mais tout au loin, vers la droite, sur la surface plane de la mer, car c'était jour de calme plat, s'étendait une sorte de serpent de fumée noire, indiquant les cuirassés de l'escadre de la Manche qui se tenaient sous pression en une longue ligne, prêts à l'action, barrant l'estuaire de la Tamise, pendant toute la durée de la conquête martienne, vigilants, et cependant impuissants à rien empêcher.

À la vue de la mer, M$^{me}$ Elphinstone, malgré les assurances de sa belle-sœur, s'abandonna au désespoir. Elle n'avait encore jamais quitté l'Angleterre ; elle disait qu'elle aimerait mieux mourir plutôt que de se voir seule et sans amis dans un pays étranger, et autres sornettes de ce genre. La pauvre femme semblait s'imaginer que les Français et les Martiens étaient de la même espèce. Pendant le voyage des deux derniers jours, elle était devenue de plus en plus nerveuse, apeurée et déprimée. Sa seule idée était de retourner à Stanmore. On retrouverait George à Stanmore...

Ils eurent les plus grandes difficultés à la faire descendre jusqu'à la plage, d'où bientôt mon frère réussit à attirer l'attention d'un steamer à aubes [38] qui sortait de la Tamise. Une barque fut envoyée, qui les amena à bord à raison de trente-six livres (neuf cents francs) pour eux trois. Le steamer allait à Ostende, leur dit-on.

Il était près de deux heures lorsque mon frère, ayant payé le prix de leur passage, au passavant, se trouva sain et sauf, avec les deux femmes dont il avait pris la charge, sur le pont du steamboat. Ils trouvèrent de la nourriture à bord, bien qu'à des prix exorbitants, et ils réussirent à prendre un repas sur l'un des sièges de l'avant.

Il y avait déjà à bord une quarantaine de passagers, dont la plupart avaient employé leur dernier argent à s'assurer le passage ; mais le capitaine resta dans le canal de Blackwater jusqu'à cinq heures du soir, acceptant un si grand nombre de passagers que le pont fut dangereusement encombré. Il serait probablement resté plus longtemps, s'il n'était venu du sud, vers ce moment, le bruit d'une canonnade. Comme pour y répondre, le cuirassé tira un coup de canon et hissa une série de pavillons et de signaux : des volutes de fumée jaillirent de ses cheminées.

Certains passagers émirent l'opinion que cette

canonnade venait de Shoeburyness, et l'on s'aperçut que le bruit devenait de plus en plus fort. Au même moment, très loin dans le sud-est, les mâts et les œuvres mortes[39] de trois cuirassés surgirent tour à tour de la mer sous des nuées de fumée noire. Mais l'attention de mon frère revint bien vite à la canonnade lointaine qui s'entendait dans le sud. Il crut voir une colonne de fumée monter dans la brume grise. Le petit steamer fouettait déjà l'eau, se dirigeant à l'est de la grande courbe des embarcations, et les côtes basses d'Essex s'abaissaient dans la brume bleuâtre, lorsqu'un Martien parut, petit et faible dans le lointain, s'avançant au long de la côte et semblant venir de Foulness. À cette vue, le capitaine, plein de colère et de peur, se mit à sacrer et à hurler à tue-tête, se maudissant de s'être attardé, et les aubes semblèrent atteintes de sa terreur. Tout le monde à bord se tenait contre le bastingage ou sur les bancs du pont, contemplant cette forme lointaine, plus haute que les arbres et les clochers, qui s'avançait à loisir en semblant parodier la marche humaine.

C'était le premier Martien que mon frère voyait et, plus étonné que terrifié, il suivit des yeux ce Titan qui se lançait délibérément à la poursuite des embarcations et, à mesure que la côte s'éloignait, s'enfonçait de plus en plus dans l'eau. Alors, au loin, par-delà le canal de Crouch, un autre parut, enjambant des arbres rabougris, puis un troisième, plus loin encore, enfoncé profondément dans des couches de vase brillante qui semblaient suspendues entre le ciel et l'eau. Ils s'avançaient tous vers la mer, comme s'ils eussent voulu couper la retraite des innombrables vaisseaux qui se pressaient entre Foulness et le Naze. Malgré les efforts haletants des machines du petit bateau à aubes et l'abondante écume que lançaient ses roues, il ne fuyait qu'avec une terrifiante lenteur devant cette sinistre poursuite.

Portant ses regards vers le nord-ouest, mon frère vit la large courbe des embarcations et des navires déjà secouée par l'épouvante qui planait ; un navire passait derrière une barque, un autre se tournait, l'avant vers la pleine mer. Des paquebots sifflaient et vomissaient des nuages de vapeur ; des voiliers larguaient leurs voiles ; des chaloupes à vapeur se faufilaient entre les gros navires. Il était si fasciné par cette vue et par le danger qui s'avançait à gauche qu'il ne vit rien de ce qui se passait vers la pleine mer. Un brusque virage que fit le vapeur pour éviter d'être coulé bas le fit tomber, de tout son long, du banc sur lequel il était monté. Il y eut un grand cri tout autour de lui, un piétinement et une acclamation à laquelle il lui sembla qu'on répondait faiblement. Le bateau fit une embardée, et mon frère s'affala de nouveau.

Il se remit debout et vit à tribord, à cent mètres à peine de leur bateau tanguant et roulant, une vaste lame d'acier qui, comme un soc de charrue, séparait les flots, les lançant de chaque côté, en d'énormes vagues écumeuses qui bondissaient contre le petit steamer, le soulevant, tandis que ses aubes tournaient à vide dans l'air, puis le laissant retomber au point de le submerger.

Une douche d'embrun aveugla mon frère pendant un instant. Quand il put rouvrir les yeux, le monstre était passé et courait à toute vitesse vers la terre. D'énormes tourelles d'acier se dressaient sur sa haute structure, d'où deux cheminées se projetaient, crachant un souffle de fumée et de feu dans l'air. Le cuirassé *Le Fulgurant* venait à toute vapeur au secours des navires menacés.

Se cramponnant contre le bastingage, pour se maintenir debout sur le pont malgré le tangage, mon frère porta de nouveau ses regards sur les Martiens : il les vit tous trois rassemblés maintenant, et tellement avancés dans la mer que leur triple support était entièrement submergé. Ainsi amoindris et vus dans cette lointaine perspective, ils paraissaient beaucoup moins formidables que l'immense masse d'acier dans le sillage de laquelle le petit steamer tanguait si péniblement. Les Martiens semblaient considérer avec étonnement ce nouvel antagoniste. Peut-être que, dans leur esprit, le cuirassé leur semblait un géant pareil à eux. *Le Fulgurant* ne tira pas un coup de canon, mais s'avança seulement à toute vapeur contre eux : ce fut sans doute parce qu'il ne tira pas qu'il put s'approcher aussi près qu'il le fit de l'ennemi. Les Martiens ne savaient que faire. Un coup de canon, et le Rayon Ardent eût envoyé immédiatement le cuirassé au fond de la mer.

Il allait à une vitesse telle qu'en une minute il parut avoir franchi la moitié du chemin qui séparait le steamboat des Martiens — masse noire qui diminuait contre la bande horizontale de la côte d'Essex.

Soudain le plus avancé des Martiens abaissa son tube et déchargea contre le cuirassé un de ses projectiles suffocants. Il l'atteignit à bâbord : l'obus glissa avec un jet noirâtre et ricocha au loin sur la mer en dégageant un torrent de Fumée Noire, auquel le cuirassé échappa. Il semblait aux gens qui du steamer voyaient la scène, ayant le soleil dans les yeux et près de la surface des flots, il leur semblait que le cuirassé avait déjà rejoint les Martiens. Ils virent les formes géantes se séparer et sortir de l'eau à mesure qu'elles regagnaient le rivage ; l'un des Martiens leva le générateur du Rayon Ardent qu'il pointa obliquement vers la mer, et, à son contact, des jets de vapeur jaillirent des vagues. Le Rayon dut passer sur le flanc du navire comme un morceau de fer chauffé à blanc sur du papier.

Une soudaine lueur bondit à travers la vapeur qui s'élevait et le Martien chancela et trébucha. Au même instant, il était renversé et une volumineuse quantité d'eau et de vapeur fut lancée à une hauteur énorme dans l'air. L'artillerie du *Fulgurant* résonna à travers le tumulte, les pièces tirant l'une après l'autre ; un projectile fit éclabousser l'eau non loin du steamer, ricocha vers les navires qui fuyaient vers le nord et une barque fut fracassée en mille morceaux.

Mais nul n'y prit garde. En voyant s'écrouler le Martien, le capitaine vociféra des hurlements inarticulés, et la foule des passagers, sur l'arrière du steamer, poussa un même cri. Un instant après, une autre acclamation leur échappait, car, surgissant par-delà le tumulte blanchâtre, le cuirassé long et noir s'avançait, des flammes s'élançaient de ses parties moyennes, ses ventilateurs et ses cheminées crachaient du feu.

*Le Fulgurant* n'avait pas été détruit : le gouvernail, semblait-il, était intact et ses machines fonctionnaient. Il allait droit sur un second Martien et se trouvait à moins de cent mètres de lui quand le Rayon Ardent l'atteignit. Alors, avec une violente détonation et une flamme aveuglante, ses tourelles, ses cheminées sautèrent. La violence de l'explosion fit chanceler le Martien, et, au même instant, l'épave enflammée, lancée par l'impulsion de sa propre vitesse, le frappait et le démolissait comme un objet de carton. Mon frère poussa un cri involontaire. De nouveau, ce ne fut plus qu'un tumulte bouillonnant de vapeur.

— Deux ! hurla le capitaine.

Tout le monde poussait des acclamations. Le steamer entier d'un bout à l'autre trépignait de cette joie frénétique qui gagna, un à un, les innombrables navires et embarcations qui s'en allaient vers la pleine mer.

Pendant plusieurs minutes la vapeur qui s'élevait au-dessus de l'eau cacha à la fois le troisième Martien et la côte.

Les aubes du bateau n'avaient cessé de frapper régulièrement les vagues, s'éloignant du lieu du combat ; quand enfin cette confusion se dissipa, un nuage traînant de Fumée Noire s'interposa, et on ne distingua plus rien du *Fulgurant* ni du troisième Martien. Mais les autres cuirassés étaient tout près maintenant, se dirigeant vers le rivage.

Le petit vaisseau continua sa route vers la pleine mer, et lentement les cuirassés disparurent vers la côte, que cachait encore un nuage marbré de brouillard opaque fait en partie de vapeur et en partie de Fumée Noire, tourbillonnant et se combinant de la plus étrange manière. La flotte des fuyards s'éparpillait vers le nord-est ; plusieurs barques, toutes voiles dehors, cinglaient entre les cuirassés et le steamboat. Au bout d'un instant et avant qu'ils n'eussent atteint l'épais nuage noir, les bâtiments de guerre prirent la direction du nord, puis brusquement virèrent de bord et disparurent vers le sud dans la brume du soir qui tombait. Les côtes devinrent indécises, puis indistinctes, parmi les bandes basses de nuages qui se rassemblaient autour du soleil couchant.

Soudain, hors de la brume dorée du crépuscule, parvint l'écho des détonations d'artillerie, et des formes se dessinèrent d'ombres noires qui bougeaient. Tout le monde voulut s'approcher des lisses[40] d'appui, afin d'apercevoir ce qui se passait dans la fournaise aveuglante de l'occident. Mais on ne pouvait rien distinguer clairement. Une masse énorme de fumée s'éleva obliquement et barra le disque du soleil. Le steamboat continuait sa route, haletant, dans une inquiétude interminable.

« *Le Fulgurant* » 183

Le soleil s'enfonça dans les nuages gris, le ciel rougeoya, puis s'obscurcit, l'étoile du soir tremblota dans la pénombre. C'était la nuit. Tout à coup, le capitaine poussa un cri et tendit le bras vers le lointain. Mon frère écarquilla les yeux. Hors de l'horizon grisâtre quelque chose monta dans le ciel, monta obliquement et rapidement dans une lumineuse clarté, au-dessus des nuages du ciel occidental, un objet plat, large et vaste qui décrivit une courbe immense, diminua peu à peu, s'enfonça lentement et s'évanouit dans le mystère gris de la nuit. Quant il eut disparu, on eût dit qu'il pleuvait des ténèbres.

LIVRE SECOND

# LA TERRE
# AU POUVOIR DES MARTIENS

# I

## *Sous le talon*

Après avoir raconté ce qui était arrivé à mon frère, je vais reprendre le récit de mes propres aventures où je l'ai laissé, au moment où le vicaire et moi étions entrés nous cacher dans une maison de Halliford, dans l'espoir d'échapper à la Fumée Noire. Nous y demeurâmes toute la nuit du dimanche et le jour suivant — le jour de la panique — comme dans une petite île d'air pur, séparés du reste du monde par un cercle de vapeur suffocante. Nous n'avions qu'à attendre dans une oisiveté angoissée, et c'est ce que nous fîmes pendant ces deux interminables jours.

Mon esprit était plein d'anxiété en pensant à ma femme. Je me la représentais à Leatherhead, terrifiée, en danger et me pleurant déjà. J'allais et venais dans cette maison, pleurant de rage à l'idée d'être ainsi séparé d'elle, songeant à tout ce qui pouvait lui arriver en mon absence. Je savais que mon cousin était assez brave pour affronter toute circonstance, mais il n'était pas homme à mesurer les choses d'un coup d'œil et à se décider promptement. Ce qu'il fallait maintenant, ce n'était pas de la bravoure, mais de la réflexion et de la prudence. Ma seule consolation était de savoir que les Martiens s'avançaient vers Londres et tournaient ainsi le dos à Leatherhead. Toutes ces vagues craintes me surexcitaient l'esprit. Bientôt, je me sentis fatigué et irrité des perpétuelles jérémiades du vicaire. Son égoïste désespoir m'impatientait. Après quelques remontrances sans effet, je me tins éloigné de lui dans une pièce qui contenait des globes, des bancs et des tables, des cahiers et des livres et qui était évidemment une salle de classe. Quand il vint m'y rejoindre, je montai au sommet de la maison et m'enfermai dans un débarras, afin de rester seul avec mes pensées douloureuses et ma misère.

Pendant toute cette journée et le matin suivant, nous fûmes absolument cernés par la Fumée Noire. Le dimanche soir, nous eûmes des indices que la maison voisine était habitée : une figure derrière une fenêtre, des lumières allant et venant, le claquement d'une porte qu'on fermait. Mais je ne sus qui étaient ces gens ni ce qu'il advint d'eux. Nous ne les aperçûmes plus le lendemain. La Fumée Noire descendit, en flottant lentement, vers la rivière, pendant toute la matinée du lundi, passant de plus en plus près de nous et disparaissant enfin sans s'être avancée plus loin que le bord de la route, devant la maison où nous étions réfugiés.

Vers midi, un Martien parut au milieu des champs, déblayant l'atmosphère avec un jet de vapeur surchauffée, qui sifflait contre les murs, brisait toutes les vitres qu'il touchait et brûla les mains du vicaire au moment où il quittait précipitamment la pièce de devant. Quand enfin nous nous glissâmes hors des pièces trempées et que nous jetâmes un regard au-dehors, on eût dit qu'une tourmente de neige noire avait passé sur la contrée vers le nord. Tournant nos yeux vers le fleuve, nous fûmes surpris de voir d'inexplicables rougeurs se mêler aux taches noires des prairies desséchées.

Pendant un moment, nous ne pûmes nous rendre compte du changement apporté à notre position, sinon que nous étions délivrés de notre crainte de la Fumée Noire. Bientôt je m'aperçus que nous n'étions plus cernés, que maintenant nous pourrions nous en aller. Dès que je fus sûr qu'il y avait moyen de s'échapper, mon désir d'activité revint. Mais le vicaire restait léthargique et déraisonnable.

— Ici, nous sommes en sûreté, répétait-il ; en sûreté, en sûreté !

Je résolus de l'abandonner — que ne l'ai-je fait ! Plus sage maintenant et profitant de la leçon de l'artilleur, je cherchai à me munir de nourriture et de boisson. J'avais trouvé de l'huile et des chiffons pour mes brûlures ; je pris aussi un chapeau et une chemise de flanelle que je découvris dans l'une des chambres à coucher. Quand le vicaire comprit que j'allais partir seul, étant décidé à m'en aller sans lui, il se leva soudain pour me suivre. Et tout étant calme dans l'après-midi, nous

nous mîmes en route vers cinq heures, autant que je peux le présumer, nous dirigeant vers Sunbury, au long du chemin tout noirci.

Dans Sunbury, et par intervalles sur la route, nous rencontrâmes des cadavres de chevaux et d'hommes, gisant en attitudes contorsionnées, des charrettes et des bagages renversés et couverts d'une épaisse couche de poussière noire. Ce linceul de cendre poudreuse me faisait penser à ce que j'avais lu de la destruction de Pompéi[41]. L'esprit hanté de ces spectacles étranges, nous arrivâmes sans mésaventure à Hampton Court[42], et là, nos yeux eurent un réel soulagement à trouver un espace vert qui avait échappé au nuage suffocant. Nous traversâmes le parc de Bushey, où des daims et des cerfs allaient et venaient sous les marronniers ; à une certaine distance, des hommes et des femmes — les premiers êtres que nous ayons rencontrés encore — se hâtaient vers Hampton Court ; nous passâmes ainsi à Twickenham.

Au loin, les bois, par-delà Ham et Petersham, brûlaient encore. Twickenham n'avait souffert ni du Rayon Ardent, ni de la Fumée Noire, et il y avait encore dans ces localités des gens en grand nombre, mais personne ne put nous donner de nouvelles. Pour la plupart, les habitants profitaient, comme nous, d'une accalmie pour changer de quartier. J'eus l'impression qu'une certaine quantité de maisons étaient encore occupées par leurs habitants épouvantés, trop effrayés sans doute pour essayer de fuir. Les signes d'une débandade hâtive abondaient le long du chemin. Je me rappelle très vivement trois bicyclettes brisées et enfoncées dans le sol par les roues des voitures qui suivirent. Nous traversâmes le pont de Richmond vers huit heures et demie, fort précipitamment, car on s'y trouvait trop exposé, et je remarquai, descendant le courant, un certain nombre de masses rouges. Je ne savais pas ce que c'était, n'ayant pas le temps d'examiner longuement, mais je me fis à leur propos des idées beaucoup plus horribles qu'il ne fallait. Là encore, sur la rive du Surrey, la poussière noire qui avait été de la fumée s'étalait, recouvrant des cadavres — en tas aux abords de la station — mais nous n'aperçûmes rien des Martiens avant d'arriver près de Barnes.

À distance, parmi le paysage noirci, nous vîmes un groupe de trois personnes descendant à toutes jambes un chemin de traverse qui menait vers le fleuve — autrement tout semblait désert. Au haut de la colline, les maisons de Richmond brûlaient activement, mais hors de la ville il n'y avait nulle part trace de Fumée Noire.

Tout à coup, comme nous approchions de Kew, des gens passèrent en courant et la partie supérieure d'une machine martienne parut au-dessus des maisons, à moins de cent mètres de nous. L'imminence du danger nous frappa de stupeur, car si le Martien avait regardé autour de lui nous eussions immédiatement péri. Nous étions si terrifiés que nous n'osâmes pas continuer, et que nous nous jetâmes de côté, cherchant un abri sous un hangar dans un coin, pleurant en silence et nous refusant à bouger.

Mon idée fixe de parvenir à Leatherhead ne me laissait pas de repos, et de nouveau je m'aventurai au-dehors, dans la nuit tombante. Je traversai un endroit tout planté d'arbustes, suivis un passage au long d'une grande maison qui avait tenu bon sur ses bases et je débouchai ainsi sur la route de Kew. Le vicaire, que j'avais laissé sous le hangar, me rattrapa bientôt en courant.

Ce second départ fut la chose la plus témérairement folle que je fis jamais, car il était évident que les Martiens nous environnaient. À peine le vicaire m'eut-il rejoint que nous aperçûmes la première machine martienne, ou peut-être même une autre, au loin par-delà les prairies qui s'étendent jusqu'à Kew Lodge. Quatre ou cinq petites formes noires se sauvaient devant elle, parmi le vert grisâtre des champs, car, selon toute apparence, le Martien les poursuivait. En trois enjambées, il eut rattrapé ces pauvres êtres qui se mirent à fuir dans toutes les directions. Il ne se servit pas du Rayon Ardent pour les détruire, mais les ramassa un par un ; il dut les mettre dans l'espèce de grand récipient métallique qui faisait saillie derrière lui, à la façon dont une hotte pend aux épaules du chiffonnier.

L'idée me vint alors que les Martiens pouvaient avoir d'autres intentions que de détruire l'humanité bouleversée. Nous restâmes un instant comme pétrifiés, puis tournant les talons et escaladant une barrière qui fermait un jardin clos de murs, nous tombâmes heureusement dans une sorte de fosse où nous nous terrâmes, jusqu'à ce que la nuit fût noire, osant à peine échanger quelques mots à voix basse.

Il devait bien être onze heures quand nous prîmes le courage de nous remettre en chemin, ne nous risquant plus sur la route, mais nous glissant furtivement au long de haies et de plantations, le vicaire épiant à droite et moi à gauche, essayant de pénétrer les ténèbres, de crainte des Martiens qui, nous semblait-il, allaient surgir à chaque instant autour de nous. Un moment, nous piétinâmes dans un endroit brûlé et noirci, presque refroidi alors et plein de cendres, où gisaient des corps d'hommes, la tête et le buste horriblement brûlés, mais les jambes et les bottes presque intactes, et aussi des cadavres de chevaux, derrière une rangée de canons éventrés et de caissons brisés.

Sheen paraissait avoir échappé à la destruction, mais tout y était silencieux et désert. Nous ne rencontrâmes là aucun cadavre, et la nuit était trop sombre pour nous permettre de voir dans les rues transversales. Soudain, mon compagnon se plaignit de la fatigue et de la soif et nous décidâmes d'explorer quelques-unes des maisons de l'endroit.

La première où nous entrâmes, après avoir eu quelque difficulté à ouvrir la fenêtre, était une petite villa écartée, et je n'y trouvai rien de mangeable qu'un peu de fromage moisi. Il y avait pourtant de l'eau, dont nous bûmes, et je me munis d'une hachette qui promettait d'être utile dans notre prochaine effraction.

Nous traversâmes la route à un endroit où elle fait un coude pour aller vers Mortlake. Là s'élevait une maison blanche au milieu d'un jardin entouré de murs ; dans l'office nous découvrîmes une réserve de nourriture — deux pains entiers, une tranche de viande crue et la moitié d'un jambon. Si j'en dresse un catalogue aussi précis, c'est que nous allions être obligés de subsister sur ces provisions pendant la quinzaine qui suivit. Au fond d'un placard, il y avait aussi des bouteilles de bière, deux sacs de haricots blancs et quelques laitues ; cet office donnait dans une sorte de laverie[43], d'arrière-cuisine, où se trouvaient un tas de bois et un buffet qui renfermait une douzaine de bouteilles de vin rouge, des soupes et des poissons de conserve et deux boîtes de biscuits.

Nous nous assîmes dans la cuisine adjacente, demeurant dans l'obscurité — car nous n'osions pas même faire craquer une allumette —, et nous mangeâmes du pain et du jambon et nous vidâmes une bouteille de bière. Le vicaire, encore timoré et inquiet, était d'avis, assez étrangement, de se remettre en route sur-le-champ ; j'insistais pour qu'il réparât ses forces en mangeant, quand arriva l'événement qui devait nous emprisonner.

— Il n'est sans doute pas encore minuit, disais-je, et au même moment nous fûmes aveuglés par un éclat de vive lumière verte.

Tous les objets que contenait la cuisine se dessinèrent vivement, clairement visibles avec leurs parties vertes et leurs ombres noires, puis tout s'évanouit. Instantanément, il y eut un choc tel que je n'en entendis jamais auparavant ni depuis d'aussi formidable. Suivant ce choc de si près qu'elle parut être simultanée, une secousse se produisit, avec, tout autour de nous, des bruits de verre brisé, des craquements et un fracas de maçonnerie qui s'écroule ; au même moment le plafond s'abattit sur nous, se brisant en une multitude de fragments sur nos têtes. Je fus projeté contre la poignée du four, renversé sur le plancher et je restai étourdi. Mon évanouissement dura longtemps, me dit le vicaire ; quand je repris mes sens nous étions encore dans les ténèbres et il me tamponnait avec une compresse tandis que sa figure, comme je m'en aperçus après, était couverte du sang d'une blessure qu'il avait reçue au front.

Pendant un certain temps, il me fut impossible de me rappeler ce qui était arrivé. Puis les choses me revinrent lentement et je sentis à ma tempe la douleur d'une contusion.

— Vous sentez-vous mieux ? demanda le vicaire à voix très basse.

À la fin, je pus lui répondre et cherchai à me redresser.

— Ne bougez pas, dit-il, le plancher est couvert de débris de vaisselle. Vous ne pouvez guère remuer sans faire de bruit, et je crois bien qu'*ils* sont là, dehors.

Nous demeurâmes un instant assis, dans un grand silence et retenant notre souffle. Tout semblait mortellement tranquille, bien que de temps en temps autour de nous, quelque chose, plâtras ou morceau de brique, tombât avec un bruit qui retentissait partout. Au-dehors et très près s'entendait un grincement métallique intermittent.

— Entendez-vous, demanda le vicaire, quand le bruit se produisit de nouveau.

— Oui, répondis-je, mais qu'est-ce ?

— Un Martien ! dit le vicaire.

J'écoutai de nouveau.

— Ça ne ressemble pas au bruit du Rayon Ardent, dis-je, et pendant un moment j'inclinai à croire que l'une des grandes machines avait trébuché contre la maison, comme j'en avais vu une se heurter à la tour de l'église de Shepperton.

Notre situation était si étrange et si incompréhensible que, pendant trois ou quatre heures, jusqu'à ce que vînt l'aurore, nous bougeâmes à peine. Alors la lumière s'infiltra, non pas par la fenêtre qui demeura obscure, mais par une ouverture triangulaire entre une poutre et un tas de briques rompues, dans le mur derrière nous. Pour la première fois nous pûmes vaguement apercevoir l'intérieur de la cuisine.

La fenêtre avait cédé sous une masse de terre végétale qui, recouvrant la table où nous avions pris notre repas, arrivait jusqu'à nos pieds. Au-dehors le sol était entassé très haut contre la maison ; dans l'embrasure de la fenêtre, nous pouvions voir un fragment de conduite d'eau arrachée. Le plancher était jonché de quincaillerie brisée ; l'extrémité de la cuisine, accotée contre la maison, avait été écrasée, et comme le jour entrait par là, il était évident que la plus grande partie de la maison s'était écroulée. Contrastant vivement avec ces ruines, le dressoir net et propre, teinté de vert pâle — le vernis à la mode —, était resté debout avec un certain nombre d'ustensiles de cuivre et d'étain ; le papier peint imitait les carreaux de faïence bleus et blancs, et une couple de gravures primes[44] coloriées flottait au mur de la cuisine, au-dessus du fourneau.

Quand l'aube devint plus claire, nous pûmes mieux distinguer, à travers la brèche du mur, le corps d'un Martien, en sentinelle, sans doute, auprès d'un cylindre encore étincelant. À cette vue, nous nous retirâmes à quatre pattes avec toutes les précautions possibles, hors de la demi-clarté de la cuisine, dans l'obscurité de la laverie.

Brusquement me vint à l'esprit l'exacte interprétation de ces choses.

— Le cinquième cylindre, murmurai-je, le cinquième projectile de Mars est tombé sur la maison et nous a enterrés sous ses ruines.

Un instant le vicaire garda le silence, puis il murmura :

— Dieu aie pitié de nous !

Je l'entendis bientôt pleurnicher tout seul.

À part le bruit qu'il faisait, nous étions absolument tranquilles dans la laverie. Pour ma part, j'osais à peine respirer et je restais assis, les yeux fixés sur la faible clarté qu'encadrait la porte de la cuisine. J'apercevais juste la figure du vicaire, un ovale indistinct, son faux col et ses manchettes. Au-dehors commença un martellement métallique, puis il y eut une sorte de cri violent et ensuite, après un intervalle de silence, un sifflement pareil à celui d'une machine à vapeur. Ces bruits, pour la plupart énigmatiques, reprirent par intermittence, et semblèrent devenir plus fréquents à mesure que le temps passait. Bientôt, des secousses cadencées et des vibrations, qui faisaient tout trembler autour de nous, firent sans interruption sauter et résonner la vaisselle de l'office. Une fois, la lueur fut éclipsée et le fantastique cadre de la porte de la cuisine devint absolument sombre ; nous dûmes rester blottis pendant maintes heures, silencieux et tremblants jusqu'à ce que notre attention lasse défaillît...

Enfin, je m'éveillai, très affamé. Je suis enclin à croire que la plus grande partie de la journée dut s'écouler avant que nous ne nous réveillions. Ma faim était si impérieuse qu'elle m'obligea à bouger. Je dis au vicaire que j'allais chercher de la nourriture et je me dirigeai à tâtons vers l'office.

Il ne me répondit pas, mais dès que j'eus commencé à manger, le léger bruit que je faisais le décida à se remuer, et je l'entendis venir en rampant.

## II

## *Dans la maison en ruine*

Après avoir mangé, nous regagnâmes la laverie, et je dus m'assoupir de nouveau, car, m'éveillant tout à coup, je me trouvai seul. Les secousses régulières continuaient avec une persistance pénible. J'appelai plusieurs fois le vicaire à voix basse et me dirigeai à la fin du côté de la cuisine. Il faisait encore jour et je l'aperçus à l'autre bout de la pièce contre la brèche triangulaire qui donnait vue sur les Martiens. Ses épaules étaient courbées, de sorte que je ne pouvais voir sa tête.

J'entendais des bruits assez semblables à ceux de machines d'usines, et tout était ébranlé par les vibrations cadencées. À travers l'ouverture du mur, je pouvais voir la cime d'un arbre teintée d'or, et le bleu profond du ciel crépusculaire et tranquille. Pendant une minute ou deux je restai là, regardant le vicaire, puis j'avançai pas à pas et avec d'extrêmes précautions au milieu des débris de vaisselle qui encombraient le plancher.

Je touchai la jambe du vicaire et il tressaillit si violemment qu'un fragment de la muraille se détacha et tomba au-dehors avec fracas. Je lui saisis le bras, craignant qu'il ne se mît à crier, et pendant un long moment nous demeurâmes terrés là, immobiles. Puis je me retournai pour voir ce qui restait de notre rempart. Le plâtre, en se détachant, avait ouvert une fente verticale dans les décombres, et, me soulevant avec précaution contre une poutre, je pouvais voir par cette brèche ce qu'était devenue la tranquille route suburbaine de la veille. Combien vaste était le changement que nous pouvions ainsi contempler.

Le cinquième cylindre avait dû tomber en plein milieu de la maison que nous avions d'abord visitée. Le bâtiment avait disparu, complètement écrasé, pulvérisé et dispersé par le choc. Le cylindre s'était enfoncé plus profondément que les fondations, dans un trou beaucoup plus grand que celui que j'avais vu à Woking. Le sol avait éclaboussé, de tous les côtés, sous cette terrible chute — « éclaboussé » est le seul mot — des tas énormes de terre qui cachaient les maisons voisines. Il s'était comporté exactement comme de la boue sous un violent coup de marteau. Notre maison s'était écroulée en arrière ; la façade, même celle du rez-de-chaussée, avait été complètement détruite ; par hasard, la cuisine et la laverie avaient échappé et étaient enterrées sous la terre et les décombres ; nous étions enfermés de toutes parts sous des tonnes de terre, sauf du côté du cylindre ; nous nous trouvions donc exactement sur le bord du grand trou circulaire que les Martiens étaient occupés à faire ; les sons sourds et réguliers que nous entendions venaient évidemment de derrière nous et, de temps en temps, une brillante vapeur grise montait comme un voile devant l'ouverture de notre cachette.

Au centre du trou, le cylindre était déjà ouvert ; sur le bord opposé, parmi la terre, le gravier et les arbustes brisés, l'une des grandes machines de combat des Martiens, abandonnée par ses occupants, se tenait debout, raide et géante, contre le ciel du soir. Bien que, pour plus de commodité, je les aie décrits en premier lieu, je n'aperçus d'abord presque rien du trou ni du cylindre ; mon attention fut absorbée par un extraordinaire et scintillant mécanisme que je voyais à l'œuvre au fond de l'excavation, et par les étranges créatures qui rampaient péniblement et lentement sur les tas de terre.

Le mécanisme, certainement, frappa d'abord ma curiosité. C'était l'un de ces systèmes compliqués, qu'on a appelés depuis machines à mains, et dont l'étude a donné déjà une si puissante impulsion au développement de la mécanique terrestre. Telle qu'elle m'apparut, elle présentait l'aspect d'une sorte d'araignée métallique avec cinq jambes articulées et agiles, ayant autour de son corps un nombre extraordinaire de barres, de leviers articulés, et de tentacules qui touchaient et prenaient. La plupart de ses bras étaient repliés, mais avec trois longs tentacules elle attrapait des tringles, des barres qui garnissaient le couvercle et apparemment renforçaient les parois du cylindre. À mesure que les tentacules les prenaient, tous ces objets étaient déposés sur un tertre aplani.

Le mouvement de la machine était si rapide, si complexe et si parfait que, malgré les reflets métalliques, je ne pus croire au premier abord que ce fût un mécanisme. Les engins de combat étaient coordonnés et animés à un degré extraordinaire, mais en rien comparables à ceci. Ceux qui n'ont pas vu ces constructions, et n'ont pour se renseigner que les imaginations inexactes des dessinateurs, ou les descriptions forcément imparfaites de témoins oculaires, peuvent difficilement se faire une idée de l'impression d'organismes vivants qu'elles donnaient.

Je me rappelle les illustrations de l'une des premières brochures qui prétendaient donner un récit complet de la guerre. Évidemment, l'artiste n'avait fait qu'une étude hâtive des machines de combat et à cela se bornait sa connaissance de la mécanique martienne. Il avait représenté des tripodes raides, sans aucune flexibilité ni souplesse, avec une monotonie d'effet absolument trompeuse. La brochure qui contenait ces renseignements eut une vogue considérable et je ne la mentionne ici que pour mettre le lecteur en garde contre l'impression qu'il en peut garder. Tout cela ne ressemblait pas plus aux Martiens que je vis à l'œuvre qu'un poupard de carton[45] ne ressemble à un être humain. À mon avis, la brochure eût été bien meilleure sans ces illustrations.

D'abord, ai-je dit, la machine à mains ne me donna pas l'impression d'un mécanisme, mais plutôt d'une créature assez semblable à un crabe, avec un tégument étincelant, qui était le Martien, actionnant et contrôlant les mouvements de ses membres multiples au moyen de ses délicats tentacules, et semblant être, simplement, l'équivalent de la partie cérébrale du crabe. Je perçus alors la ressemblance de son tégument gris-brun, brillant, ayant l'aspect du cuir, avec celui des autres corps rampants environnants, et la véritable nature de cet adroit ouvrier m'apparut sous son vrai jour. Après cette découverte, mon intérêt se porta vers les autres créatures — les Martiens réels. J'avais eu d'eux, déjà, une impression passagère, et la nausée que j'avais ressentie alors ne revint pas troubler mon observation. D'ailleurs, j'étais bien caché et immobile sans aucune nécessité de bouger.

Je voyais maintenant que c'étaient les créatures les moins terrestres qu'il soit possible de concevoir. Ils étaient formés d'un grand corps rond, ou plutôt d'une grande tête ronde d'environ quatre pieds de diamètre et pourvue d'une figure. Cette face n'avait pas de narines — à vrai dire les Martiens ne semblent pas avoir été doués d'odorat — mais possédait deux grands yeux sombres, au-dessous desquels se trouvait immédiatement une sorte de bec cartilagineux. Derrière cette tête ou ce corps — car je ne sais vraiment lequel de ces deux termes employer — était une seule surface tympanique tendue, qu'on a su depuis être anatomiquement une oreille, encore qu'elle dût leur être presque entièrement inutile dans notre atmosphère trop dense. En groupe autour de la bouche, seize tentacules minces, presque des lanières, étaient disposés en deux faisceaux de huit chacun. Depuis lors, avec assez de justesse, le professeur Stowes, le distingué anatomiste, a nommé ces deux faisceaux des *mains*. La première fois, même, que j'aperçus les Martiens, ils paraissaient s'efforcer de se soulever sur ces mains, mais cela leur était naturellement impossible à cause de l'accroissement de poids dû aux conditions terrestres. On peut avec raison supposer que, dans la planète Mars, ils se meuvent sur ces mains avec facilité.

Leur anatomie interne, comme la dissection l'a démontré depuis, était également simple. La partie la plus importante de leur structure était le cerveau qui envoyait aux yeux, à l'oreille et aux tentacules tactiles des nerfs énormes. Ils avaient, de plus, des poumons complexes, dans lesquels la bouche s'ouvrait immédiatement, ainsi que le cœur et ses vaisseaux. La gêne pulmonaire que leur causaient la pesanteur et la densité plus grande de l'atmosphère n'était que trop évidente aux mouvements convulsifs de leur enveloppe extérieure.

À cela se bornait l'ensemble des organes d'un Martien. Aussi étrange que cela puisse paraître à un être humain, tout le complexe appareil digestif, qui constitue la plus grande partie de notre corps, n'existait pas chez les Martiens. Ils étaient des têtes, rien que des têtes. Dépourvus d'entrailles, ils ne mangeaient pas et digéraient encore moins. Au lieu de cela, ils prenaient le sang frais d'autres créatures vivantes et se l'*injectaient* dans leurs propres veines. Je les ai vus moi-même se livrer à cette opération et je le mentionnerai quand le moment sera venu. Mais si excessif que puisse paraître mon dégoût, je ne puis me résoudre à décrire une chose dont je ne pus endurer la vue jusqu'au bout. Qu'il suffise de savoir qu'ayant recueilli le sang d'un être encore vivant — dans la plupart des cas, d'un être humain — ce sang était transvasé au moyen d'une sorte de minuscule pipette dans un canal récepteur.

Sans aucun doute, nous éprouvons à la simple idée de cette opération une répulsion horrifiée, mais, en même temps, réfléchissons combien nos habitudes carnivores sembleraient répugnantes à un lapin doué d'intelligence.

Les avantages physiologiques de ce procédé d'injection sont indéniables, si l'on pense à l'énorme perte de temps et d'énergie humaine qu'occasionne la nécessité de manger et de digérer. Nos corps sont en grande partie composés de glandes, de tubes et d'organes occupés sans cesse à convertir en sang une nourriture hétérogène. Les opérations digestives et leur réaction sur le système nerveux sapent notre force et tourmentent notre esprit. Les hommes sont heureux ou misérables selon qu'ils ont le foie plus ou moins bien portant ou des glandes gastriques plus ou moins saines. Mais les Martiens échappaient à ces fluctuations organiques des sentiments et des émotions.

Leur indéniable préférence pour les hommes, comme source de nourriture, s'explique en partie par la nature des restes des victimes qu'ils avaient amenées avec eux comme provisions de voyage. Ces êtres, à en juger par les fragments ratatinés qui restèrent au pouvoir des humains, étaient bipèdes, pourvus d'un squelette siliceux sans consistance — presque semblable à celui des éponges siliceuses — et d'une faible musculature ; ils avaient une taille d'environ six pieds de haut, la tête ronde et droite, de larges yeux dans des orbites très dures. Les Martiens devaient en avoir apporté deux ou trois dans chacun de leurs cylindres, et tous avaient été tués avant d'atteindre la terre. Cela valut aussi bien pour eux, car le simple effort de vouloir se mettre debout sur le sol de notre planète aurait sans doute brisé tous les os de leurs corps.

Puisque j'ai entamé cette description, je puis donner ici certains autres détails qui, encore que nous les ayons remarqués par la suite seulement, permettront au lecteur qui les connaîtrait mal de se faire une idée plus claire de ces désagréables envahisseurs.

En trois autres points, leur physiologie différait étrangement de la nôtre. Leurs organismes ne dormaient jamais, pas plus que ne dort le cœur de l'homme. Puisqu'ils n'avaient aucun vaste mécanisme musculaire à ménager, ils ignoraient le périodique retour du sommeil. Ils ne devaient ressentir, semble-t-il, que peu ou pas de fatigue. Sur la Terre, ils ne purent jamais se mouvoir sans de grands efforts et cependant ils conservèrent jusqu'au bout leur activité. En vingt-quatre heures ils fournissent vingt-quatre heures de travail, comme c'est peut-être le cas ici-bas avec les fourmis.

D'autre part, si étonnant que cela paraisse dans un monde sexué, les Martiens étaient absolument dénués de sexe et devaient ignorer, par conséquent, les émotions tumultueuses que fait naître cette différence entre les humains. Un jeune Martien, le fait est indiscutable, naquit réellement ici-bas pendant la durée de la guerre ; on le trouva attaché à son parent, à son progéniteur, partiellement retenu à lui, à la façon dont poussent les bulbes de lis ou les jeunes animalcules des polypiers d'eau douce.

Chez l'homme, chez tous les animaux d'un ordre élevé, une telle méthode de génération a disparu ; mais ce fut certainement, même ici-bas, la méthode primitive. Parmi les animaux d'ordre inférieur, à partir même des tuniciers, ces premiers cousins des vertébrés, les deux procédés coexistent, mais généralement la méthode sexuelle l'emporte sur l'autre. Pourtant, sur la planète Mars, le contraire apparemment se produit.

Il est intéressant de faire remarquer qu'un certain auteur, d'une réputation quasi scientifique, écrivant longtemps avant l'invasion martienne, prévit pour l'homme une structure finale qui ne différait pas grandement de la condition véritable des Martiens. Je me souviens que sa prophétie parut, en novembre ou en décembre 1893, dans une publication depuis longtemps défunte, le *Pall Mall Budget*, et je me rappelle à ce propos une caricature, publiée dans un périodique comique de l'époque antémartienne[46] : *Punch*. L'auteur expliquait, sur un ton presque facétieux, que le perfectionnement incessant des appareils mécaniques devait finalement amener la disparition des membres, comment la perfection des inventions chimiques devait supprimer la digestion, comment des organes tels que la chevelure, la partie externe du nez, les dents, les oreilles, le menton, ne seraient bientôt plus des parties essentielles du corps humain et comment la sélection naturelle amènerait leur diminution progressive dans les temps à venir. Le cerveau restait une nécessité cardinale. Une seule autre partie du corps avait des chances de survivre, et c'était la main, « moyen d'information et d'action du cerveau ».

Beaucoup de vérités ont été dites en plaisantant, et nous possédons indiscutablement dans les Martiens l'accomplissement réel de cette suppression du côté animal de l'organisme par l'intelligence. Il est, à mon avis, absolument admissible que les Martiens puissent descendre d'êtres assez semblables à nous, par suite d'un développement graduel du cerveau et des mains — ces dernières se transformant en deux faisceaux de tentacules — aux dépens du reste du corps. Sans le corps, du cerveau naîtrait naturellement une intelligence plus égoïste, ne possédant plus rien du substratum[47] émotionnel de l'être humain.

Le dernier point saillant par lequel le système vital de ces créatures différait du nôtre pouvait être regardé comme un détail trivial et sans importance. Les micro-organismes, qui causent, sur Terre, tant de maladies et de souffrances, étaient inconnus sur la planète Mars, soit qu'ils n'y aient jamais paru, soit que la science et l'hygiène martiennes les aient éliminés depuis longtemps. Des centaines de maladies, toutes les fièvres et toutes les contagions de la vie humaine, la tuberculose, les cancers, les tumeurs et autres états morbides n'intervinrent jamais dans leur existence, et puisqu'il s'agit ici de différences entre la vie à la surface de la planète Mars et la vie terrestre, je puis dire un mot des curieuses conjectures faites au sujet de l'Herbe Rouge.

Apparemment, le règne végétal dans Mars, au lieu d'avoir le vert pour couleur dominante, est d'une vive teinte rouge sang. En tous les cas, les semences que les Martiens — intentionnellement ou accidentellement — apportèrent avec eux donnèrent toujours naissance à des pousses rougeâtres. Seule pourtant, la plante connue sous le nom populaire d'Herbe Rouge réussit à entrer en compétition avec les végétations terrestres. La variété rampante n'eut qu'une existence transitoire et peu de gens l'ont vue croître. Néanmoins, pendant un certain temps, l'Herbe Rouge crût avec une vigueur et une luxuriance surprenantes. Le troisième ou le quatrième jour de notre emprisonnement, elle avait envahi tout le talus du trou, et ses tiges, qui ressemblaient à celles du cactus, formaient une frange carminée autour de notre lucarne triangulaire. Plus tard, je la trouvai dans toute la contrée et particulièrement aux endroits où coulait quelque cours d'eau.

Les Martiens étaient pourvus, selon toute apparence, d'une sorte d'organe de l'ouïe, un unique tympan rond placé derrière leur tête, et d'yeux ayant une portée visuelle peu sensiblement différente de la nôtre, excepté que, selon Philips, le bleu et le violet devaient leur paraître noirs. On suppose généralement qu'ils communiquaient entre eux par des sons et des gesticulations tentaculaires ; c'est ce qui est affirmé, du moins, dans la brochure remarquable, mais hâtivement rédigée — écrite évidemment par quelqu'un qui ne fut pas témoin oculaire des mouvements des Martiens — à laquelle j'ai déjà fait allusion et qui a été, jusqu'ici, la principale source d'information concernant ces êtres. Or, aucun de ceux qui survécurent ne vit mieux que moi les Martiens à l'œuvre, sans que je veuille pour cela me glorifier d'une circonstance purement accidentelle, mais le fait est exact. Aussi je puis affirmer que je les ai maintes fois observés de très près, que j'ai vu quatre, cinq et une fois six d'entre eux, exécutant indolemment ensemble les opérations les plus compliquées et les plus élaborées, sans le moindre son ni le moindre geste. Leur cri particulier précédait invariablement leur espèce de repas ; il n'avait aucune modulation et n'était, je crois, en aucun sens un signal, mais simplement une expiration d'air, nécessaire avant la succion. Je peux prétendre à une connaissance au moins élémentaire de la psychologie et à ce sujet je suis convaincu — aussi fermement qu'il est possible de l'être — que les Martiens échangeaient leurs pensées sans aucun intermédiaire physique, et j'ai acquis cette conviction malgré mes doutes antérieurs et de fortes préventions. Avant l'invasion martienne, comme quelque lecteur se rappellera peut-être, j'avais, avec quelque véhémence, essayé de réfuter la transmission de la pensée et les théories télépathiques.

Les Martiens ne portaient aucun vêtement. Leurs idées sur le décorum et les ornements extérieurs étaient nécessairement différentes des nôtres et ils n'étaient pas seulement beaucoup moins sensibles aux changements de température que nous ne le sommes, mais les changements de pression atmosphérique ne semblent pas avoir sérieusement affecté leur santé. Pourtant, s'ils ne portaient aucun vêtement, d'autres additions artificielles à leurs ressources corporelles leur donnaient une grande supériorité sur l'homme. Nous autres humains, avec nos cycles[48] et nos patins de route[48], avec les machines volantes Lilienthal[48], avec nos bâtons et nos canons, ne sommes encore qu'au début de l'évolution au terme de laquelle les Martiens sont parvenus. En réalité, ils se sont transformés en simples cerveaux, revêtant des corps divers suivant leurs besoins différents, de la même façon que nous revêtons nos divers costumes et prenons une bicyclette pour une course pressée ou un parapluie s'il pleut. Rien peut-être, dans tous leurs appareils, n'est plus surprenant pour l'homme que l'absence de la *roue*, ce trait dominant de presque tous les mécanismes humains. Parmi toutes les choses qu'ils apportèrent sur la Terre, rien n'indique qu'ils emploient le cercle. On se serait attendu du moins à le trouver dans leurs appareils de locomotion. À ce propos, il est curieux de remarquer que, même ici-bas, la nature paraît avoir dédaigné la roue ou lui avoir préféré d'autres moyens. Non seulement les Martiens ne connaissaient pas la roue — ce qui est incroyable — ou s'abstenaient de l'employer, mais même ils se servaient singulièrement peu, dans leurs appareils, du pivot fixe ou du pivot mobile avec des mouvements circulaires sur un seul plan. Presque tous les joints de leurs mécanismes présentent un système compliqué de coulisses se mouvant sur de petits appuis et des coussinets de friction superbement courbés. Pendant que nous en sommes à ces détails, remarquons que leurs leviers très longs étaient, dans la plupart des cas, actionnés par une sorte de musculature composée de disques enfermés dans une gaine élastique. Si l'on faisait passer à travers ces disques un courant électrique, ils étaient polarisés et assemblés étroitement et puissamment. De cette façon était atteint ce curieux parallélisme avec les mouvements animaux qui était chez eux si surprenant et si troublant pour l'observateur humain. Des muscles du même genre abondaient dans les membres de la machine que je vis en train de décharger le cylindre, lorsque je regardai la première fois par la fente. Elle semblait infiniment plus animée que les Martiens eux-mêmes, gisant plus loin en plein soleil, haletant, agitant vainement leurs tentacules et se remuant avec de pénibles efforts, après leur immense voyage à travers l'espace.

Tandis que j'observais encore leurs mouvements affaiblis et que je notais chaque étrange détail de leur forme, le vicaire me rappela soudain sa présence en me tirant violemment par le bras. Je tournai la tête pour voir une figure renfrognée et des lèvres silencieuses mais éloquentes. Il voulait aussi regarder par la fente devant laquelle on ne pouvait se mettre qu'un à la fois et je dus, tandis que le vicaire jouissait de ce privilège, interrompre pendant un moment mes observations.

Quand je revins à mon poste, l'active machine avait déjà assemblé plusieurs des pièces qu'elle avait retirées du cylindre et le nouvel appareil qu'elle construisait prenait une forme d'une ressemblance évidente avec la sienne ; vers le bas à gauche se voyait maintenant un petit mécanisme qui lançait des jets de vapeur verte en tournant autour du trou, fort occupé à régulariser l'ouverture, creusant, extrayant et entassant la terre avec méthode et discernement. C'était là la cause des battements réguliers et des chocs rythmiques qui avaient fait pendant longtemps trembler notre refuge. Tout en travaillant, il faisait entendre une sorte de sifflement incessant. Autant que je pus m'en rendre compte, la machine allait seule, sans être nullement dirigée par un Martien.

III

*Les jours d'emprisonnement*

L'arrivée d'une seconde machine de combat nous fit abandonner notre lucarne pour nous retirer dans la laverie, car nous avions peur que, de sa hauteur, le Martien pût nous apercevoir derrière notre barrière. Plus tard, nous nous sentîmes moins en danger d'être découverts, car, pour des yeux éblouis par l'éclat du soleil, notre refuge devait sembler un impénétrable trou de ténèbres ; mais tout d'abord, au moindre mouvement d'approche, nous regagnions en hâte la laverie, le cœur battant à tout rompre. Cependant, malgré le danger effrayant que nous courions, notre curiosité était irrésistible. Je me rappelle maintenant, avec une sorte d'étonnement, qu'en dépit du danger infini où nous étions de mourir de faim ou d'une mort plus terrible encore, nous nous disputions durement l'horrible privilège de voir ce qui se passait à l'extérieur. Nous traversions la cuisine à une allure grotesque, entre la précipitation et la crainte de faire du bruit, nous poussant, nous bousculant et nous frappant, à deux doigts de la mort.

Le fait est que nous avions des dispositions et des habitudes de penser et d'agir absolument incompatibles ; le danger et l'isolement dans lequel nous étions accentuaient encore cette incompatibilité. À Halliford, j'avais pris en haine les simagrées et les exclamations inutiles, la stupide rigidité d'esprit du vicaire. Ses murmures et ses monologues interminables gênaient les efforts que je faisais pour réfléchir et combiner quelque projet de fuite, et j'en arrivais parfois, de ne pouvoir y échapper, à un véritable état d'exaspération. Il n'était pas plus qu'une femme capable de se contenir. Pendant des heures entières, il ne cessait de pleurer et je crois vraiment que ses larmes étaient en quelque manière efficaces. Il me fallait rester assis, dans les ténèbres, sans pouvoir, à cause de ses importunités, détacher de lui mon esprit. Il mangeait plus que moi et je lui disais en vain que notre seule chance de salut était de demeurer dans cette maison jusqu'à ce que les Martiens en aient fini avec leur cylindre et que, dans cette attente probablement longue, le moment viendrait où nous manquerions de nourriture. Il mangeait et buvait par accès, faisant ainsi de longs repas et de longs intervalles, et il dormait fort peu.

À mesure que les jours passaient, sa parfaite insouciance de toute précaution augmenta tellement notre détresse et notre danger que je dus, si dur que cela fût pour moi, recourir à des menaces et finalement à des voies de fait[49]. Cela le mit à la raison pendant un certain temps. Mais c'était une de ces faibles créatures, toutes de souplesse rusée, qui n'osent regarder en face ni Dieu ni homme, pas même s'affronter soi-même, âmes dépourvues de fierté, timorées, anémiques, haïssables.

Il m'est infiniment désagréable de me rappeler et de relater ces choses, mais je le fais quand même pour qu'il ne manque rien à mon récit. Ceux qui n'ont pas connu ces sombres et terribles aspects de la vie blâmeront assez facilement ma brutalité, mon accès de fureur dans la tragédie finale ; car ils savent mieux que personne ce qui est mal, et non ce qui devient possible pour un homme torturé. Mais ceux qui ont traversé les mêmes ténèbres, qui sont descendus au fond des choses, ceux-là auront une charité plus large.

Tandis que dans notre refuge nous nous querellions à voix basse, en une obscure et vague contestation tout en murmures, nous arrachant la nourriture et la boisson, nous tordant les mains et nous frappant, au-dehors, sous l'impitoyable soleil de ce terrible juin, était l'étrange merveille, la surprenante activité des Martiens dans leur fosse. Je reviens maintenant à mes premières expériences. Après un long délai, je m'aventurai à la lucarne et je m'aperçus que les nouveaux venus étaient renforcés maintenant par les occupants de trois des machines de combat. Ces derniers avaient apporté avec eux certains appareils inconnus qui étaient disposés méthodiquement autour du cylindre. La seconde machine à mains était maintenant achevée et elle était fort occupée à manier un des nouveaux appareils que l'une des grandes machines avait apportés. C'était un objet ayant la forme d'un de ces grands bidons dans lesquels on transporte le lait, au-dessous duquel oscillait un récipient en forme de poire, d'où s'échappait un filet de poudre blanche qui tombait au-dessous dans un bassin circulaire.

Le mouvement oscillatoire était imprimé à cet objet par l'un des tentacules de la machine à mains. Avec deux appendices spatulés, la machine extrayait de l'argile qu'elle versait dans le récipient supérieur, tandis qu'avec un autre bras elle ouvrait régulièrement une porte et ôtait, de la partie moyenne de la machine, des scories roussies et noires Un autre tentacule métallique dirigeait la poudre du bassin au long d'un canal à côtes, vers un récepteur qui était caché à ma vue par un monticule de poussière bleuâtre. De cet invisible récepteur montait verticalement, dans l'air tranquille, un mince filet de fumée verte. Pendant que je regardais, la machine, avec un faible tintement musical, étendit, à la façon d'un télescope, un tentacule, qui, simple saillie le moment précédent, s'allongea jusqu'à ce que son extrémité eût disparu derrière le tas d'argile. Une seconde après, il soulevait une barre d'aluminium blanc pas encore terni et d'une clarté éblouissante, et la déposait sur une pile de barres identiques disposées au bord de la fosse. Entre le moment où le soleil se coucha et celui où parurent les étoiles, cette habile machine dut fabriquer plus d'une centaine de ces barres et le tas de poussière bleuâtre s'éleva peu à peu, jusqu'à ce qu'il eût atteint le rebord du talus.

Le contraste entre les mouvements rapides et compliqués de ces appareils et l'inertie gauche et haletante de ceux qui les dirigeaient était des plus vifs, et pendant plusieurs jours je dus me répéter, sans parvenir à le croire, que ces derniers étaient réellement des êtres vivants.

C'est le vicaire qui était à notre poste d'observation quand les premiers humains furent amenés au cylindre. J'étais assis plus bas, ramassé sur moi-même et écoutant de toutes mes oreilles. Il eut un soudain mouvement de recul, et, croyant que nous avions été aperçus, j'eus un spasme de terreur. Il se laissa glisser parmi les décombres et vint se blottir près de moi dans les ténèbres, gesticulant en silence ; pendant un instant je partageai sa terreur. Comprenant à ses gestes qu'il me laissait la possession de la lucarne et ma curiosité me rendant bientôt tout mon courage, je me levai, l'enjambai et me hissai jusqu'à l'ouverture. D'abord, je ne pus voir la cause de son effroi. La nuit maintenant était tombée, les étoiles brillaient faiblement, mais le trou était éclairé par les flammes vertes et vacillantes de la machine qui fabriquait les barres d'aluminium. La scène entière était un tableau tremblotant de lueurs vertes et d'ombres noires, vagues et mouvantes, étrangement fatigant pour la vue. Au-dessus et en tous sens, se souciant peu de tout cela, voletaient les chauves-souris. On n'apercevait plus de Martiens rampants, le monticule de poudre vert bleu s'était tellement accru qu'il les dissimulait à ma vue, et une machine de combat, les jambes repliées, accroupie et diminuée, apparaissait de l'autre côté du trou. Alors, par-dessus le tapage de ces machines en action, me parvint un « soupçon » de voix humaines, que je n'accueillis d'abord que pour le repousser.

Je me mis à observer de près cette machine de combat, m'assurant pour la première fois que l'espèce de capuchon contenait réellement un Martien. Quand les flammes vertes s'élevaient, je pouvais voir le reflet huileux de son tégument et l'éclat de ses yeux. Tout à coup, j'entendis un cri et je vis un long tentacule atteindre, par-dessus l'épaule de la machine, jusqu'à une petite cage qui faisait saillie sur son dos. Alors quelque chose qui se débattait violemment fut soulevé contre le ciel, énigme vague et sombre contre la voûte étoilée, et au moment où cet objet noir était ramené plus bas, je vis à la clarté verte de la flamme que c'était un homme. Pendant un moment il fut clairement visible. C'était, en effet, un homme d'âge moyen, vigoureux, plein de santé et bien mis ; trois jours auparavant il devait, personnage d'importance, se promener à travers le monde. Je pus voir ses yeux terrifiés et les reflets de la flamme sur ses boutons et sa chaîne de montre. Il disparut derrière le monticule et pendant un certain temps il n'y eut pas un bruit. Alors commença une série de cris humains, et, de la part des Martiens, un bruit continu et joyeux...

Je descendis du tas de décombres, me remis sur pied, me bouchai les oreilles et me réfugiai dans la laverie. Le vicaire, qui était resté accroupi, silencieux, les bras sur la tête, leva les yeux comme je passais, se mit à crier très fort à cet abandon et me rejoignit en courant...

Cette nuit-là, cachés dans la laverie, suspendus entre notre horreur et l'horrible fascination de la lucarne, j'essayai en vain, bien que j'eusse conscience de la nécessité urgente d'agir, d'échafauder un plan d'évasion ; mais le second jour, il me fut possible d'envisager avec lucidité notre position. Le vicaire, je m'en aperçus bien, était complètement incapable de donner un avis utile ; ces étranges terreurs lui avaient enlevé toute raison et toute réflexion et il n'était plus capable que de suivre son premier mouvement. Il était en réalité descendu au niveau de l'animal. Mais néanmoins je me résolus à en finir, et à mesure que j'examinais les faits, je m'aperçus que, si terrible que pût être notre situation, il n'y avait encore aucune raison de désespérer. Notre principale chance était que les Martiens ne fissent de leur fosse qu'un campement temporaire ; au cas même où ils le conserveraient d'une façon permanente, ils ne croiraient probablement pas nécessaire de le garder et nous avions quand même là une chance d'échapper. Je pesai soigneusement aussi la possibilité de creuser une voie souterraine dans la direction opposée au cylindre ; mais les chances d'aller sortir à portée de vue de quelque machine de combat en sentinelle semblèrent d'abord trop nombreuses. Il m'aurait, d'ailleurs, fallu faire tout le travail moi-même, car le vicaire ne pouvait m'être d'aucun secours.

Si ma mémoire est exacte, c'est le troisième jour que je vis tuer l'être humain. Ce fut la seule occasion où je vis réellement un Martien prendre de la nourriture. Après cette expérience, j'évitai l'ouverture du mur pendant une journée presque entière. J'allai dans la laverie, enlevai la porte et me mis à creuser plusieurs heures de suite avec ma hachette, faisant le moins de bruit possible ; mais quand j'eus réussi à faire un trou profond d'une couple de pieds, la terre fraîchement entassée contre la maison s'écroula bruyamment et je n'osai pas continuer. Je perdis courage et demeurai étendu sur le sol pendant longtemps, n'ayant même plus l'idée de bouger. Après cela, j'abandonnai définitivement l'idée d'échapper par une tranchée.

Ce n'est pas un mince témoignage en faveur de la puissance des Martiens que de dire qu'ils m'avaient fait, dès le premier abord, une impression telle que je n'entretins guère l'espoir de nous voir délivrés par un effort humain qui les détruirait Mais la quatrième ou la cinquième nuit, j'entendis un bruit sourd comme celui que produiraient de grosses pièces d'artillerie.

C'était très tard dans la nuit et la lune brillait d'un vif éclat. Les Martiens avaient emporté ailleurs la machine à creuser et ils avaient déserté l'endroit, ne laissant qu'une machine de combat au haut du talus opposé et une machine à mains qui, sans que je pusse la voir, était à l'œuvre dans un coin de la fosse immédiatement au-dessous de ma lucarne. À part le pâle scintillement de la machine à mains, des bandes et des taches de clair de lune blanc, la fosse était dans l'obscurité et de même absolument tranquille, hormis le cliquetis de la machine. La nuit était belle et sereine ; une planète tentait de scintiller, mais la lune semblait avoir pour elle seule le ciel. Un chien hurla, et c'est ce bruit familier qui me fit écouter. Alors, j'entendis distinctement de sourdes détonations, comme si de gros canons avaient fait feu. J'en comptai six très nettes, et après un long intervalle, six autres. Et ce fut tout.

## IV

## *La mort du vicaire*

Le sixième jour, j'occupai pour la dernière fois notre poste d'observation où bientôt je me trouvai seul. Au lieu de rester comme d'habitude auprès de moi et de me disputer la lucarne, le vicaire était retourné dans la laverie. Une pensée soudaine me frappa. Vivement et sans bruit je traversai la cuisine : dans l'obscurité je l'entendis qui buvait. J'étendis le bras et mes doigts saisirent une bouteille de vin.

Il y eut, dans ces ténèbres, une lutte qui dura quelques instants. La bouteille tomba et se brisa. Je lâchai prise et me relevai. Nous restâmes immobiles, palpitants, nous menaçant à voix basse. À la fin, je me plantai entre lui et la nourriture, lui faisant part de ma résolution d'établir une discipline. Je divisai les provisions de l'office en rations qui devaient durer dix jours. Je ne voulus pas le laisser manger plus ce jour-là. Dans l'après-midi, il tenta de s'emparer de quelque ration ; je m'étais assoupi, mais à ce moment je m'éveillai. Pendant tout un jour nous demeurâmes face à face, moi las mais résolu, lui, pleurnichant et se plaignant de la faim. Cela ne dura, j'en suis sûr, qu'un jour et qu'une nuit, mais il me sembla alors, et il me semble encore maintenant, que ce fut d'une longueur interminable.

Ainsi notre incompatibilité s'était accrue au point de se terminer en un conflit déclaré. Pendant deux longs jours nous nous querellâmes à voix basse, argumentant et discutant âprement. Parfois, j'étais obligé de le frapper follement du pied et des poings ; d'autres fois je le cajolais et tâchais de le convaincre ; j'essayai même de le persuader en lui abandonnant la bouteille de vin, car il y avait une pompe où je pouvais avoir de l'eau. Mais rien n'y fit, ni bonté ni violence : il n'était accessible à aucune raison. Il ne voulut cesser ni ses attaques pour essayer de prendre plus que sa ration, ni ses bruyants radotages : il n'observait en rien les précautions les plus élémentaires pour rendre notre emprisonnement supportable. Lentement, je commençai à me rendre compte de la complète ruine de son intelligence, et m'aperçus enfin que mon seul compagnon, dans ces ténèbres secrètes et malsaines, était un être dément.

D'après certains vagues souvenirs, je suis enclin à croire que mon propre esprit aussi battit la campagne[50]. Chaque fois que je m'endormais, j'avais des rêves étranges et hideux. Bien que cela pût paraître bizarre, je serais assez disposé à penser que la faiblesse et la démence du vicaire me furent un salutaire avertissement, m'obligèrent à me maintenir sain d'esprit.

Le huitième jour, il commença à parler très haut et rien de ce que je pus faire ne parvint à modérer sa véhémence.

— C'est juste, ô Dieu ! répétait-il sans cesse. C'est juste. Que le châtiment retombe sur moi et sur les miens. Nous avons péché ! Nous ne t'avons pas écouté ! Il y avait partout des pauvres et des souffrants ! On les foulait aux pieds et je gardais le silence ! Je prêchais une folie acceptable par tous. — Mon Dieu ! Quelle folie ! — alors que j'aurais dû me lever quand même la mort m'eût été réservée, et appeler le monde à la repentance... à la repentance !... Les oppresseurs des pauvres et des malheureux !... Le pressoir du Seigneur[51]...

Puis soudain, il en revenait à la nourriture que je maintenais hors de sa portée, et il me priait, me suppliait, pleurait et finalement menaçait. Bientôt, il prit un ton fort élevé — je l'invitai à crier moins fort ; alors, il vit que par ce moyen il aurait prise sur moi. Il me menaça de crier plus fort encore et d'attirer sur nous l'attention des Martiens. J'avoue que cela m'effraya un moment ; mais la moindre concession eût diminué, dans une trop grande proportion, nos chances de salut. Je le mis au défi, bien que je ne fusse nullement certain qu'il ne mît sa menace à exécution. Mais ce jour-là du moins il ne le fit pas. Il continua à parler, haussant insensiblement le ton, pendant les huitième et neuvième journées presque entières, débitant des menaces, des supplications, au milieu d'un torrent de phrases où il exprimait une repentance, à moitié stupide et toujours futile, d'avoir négligé le service du Seigneur, et je me sentis une grande pitié pour lui. Il finit par s'endormir quelque temps, mais il reprit bientôt avec une nouvelle ardeur, criant si fort qu'il devint absolument nécessaire pour moi de le faire taire par tous les moyens.

— Restez tranquille, implorai-je.

Il se mit sur ses genoux, car jusqu'alors il avait été accroupi dans les ténèbres, près de la batterie de cuisine.

— Il y a trop longtemps que je reste tranquille ! hurla-t-il, sur un ton qui dut parvenir jusqu'au cylindre. Maintenant je dois aller porter mon témoignage ! Malheur à cette cité infidèle ! Malédiction ! Malheur ! Anathème[52] ! Malheur ! Malheur aux habitants de la terre : à cause des autres voix de la trompette[53] !...

— Taisez-vous ! pour l'amour de Dieu ! dis-je en me mettant debout et terrifié à l'idée que les Martiens pouvaient nous entendre.

— Non ! cria le vicaire de toutes ses forces, se levant aussi et étendant les bras. Parle ! Il faut que je parle ! La parole du Seigneur est sur moi.

En trois enjambées, il fut à la porte de la cuisine.

— Il faut que j'aille apporter mon témoignage. Je pars. Je n'ai déjà que trop tardé.

J'étendis le bras et j'atteignis dans l'ombre un couperet suspendu au mur. En un instant, j'étais derrière lui, affolé de peur. Avant qu'il n'arrivât au milieu de la cuisine, je l'avais rejoint. Par un dernier sentiment humain, je retournai le tranchant et le frappai avec le dos. Il tomba en avant de tout son long et resta étendu par terre. Je trébuchai sur lui et demeurai un moment haletant. Il gisait inanimé.

Tout à coup, je perçus un bruit au-dehors, des plâtras se détachèrent, dégringolèrent et l'ouverture triangulaire du mur se trouva obstruée. Je levai la tête et aperçus, à travers le trou, la partie inférieure d'une machine à mains s'avançant lentement. L'un de ses membres agrippeurs se déroula parmi les décombres, puis un autre parut, tâtonnant au milieu des poutres écroulées. Je restai là, pétrifié, les yeux fixes. Alors je vis, à travers une sorte de plaque vitrée située près du bord supérieur de l'objet, la face — si l'on peut l'appeler ainsi — et les grands yeux sombres d'un Martien cherchant à pénétrer les ténèbres, puis un long tentacule métallique qui serpenta par le trou en tâtant lentement les objets.

Avec un grand effort je me retournai, me heurtai contre le corps du vicaire et m'arrêtai à la porte de la laverie. Le tentacule maintenant s'était avancé d'un mètre ou deux dans la pièce, se tortillant et se tournant dans tous les sens, avec des mouvements étranges et brusques. Pendant un instant, cette marche lente et irrégulière me fascina. Avec un cri faible et rauque, je me réfugiai tout au fond de la laverie, tremblant violemment et à peine capable de me tenir debout. J'ouvris la porte de la soute à charbon et je restai là dans les ténèbres, examinant le seuil à peine éclairé de la cuisine, écoutant attentivement. Le Martien m'avait-il vu ? Que pouvait-il faire maintenant ?

Derrière cette porte, quelque chose très doucement se mouvait en tous sens ; de temps en temps cela heurtait les cloisons ou reprenait ses mouvements avec un faible tintement métallique, comme le bruit d'un trousseau de clefs. Puis un corps lourd — je savais trop bien lequel — fut traîné sur le carrelage de la cuisine jusqu'à l'ouverture. Irrésistiblement attiré, je me glissai jusqu'à la porte et jetai un coup d'œil dans la cuisine. Par le triangle de clarté extérieure, j'aperçus le Martien dans sa machine aux cent bras examinant la tête du vicaire. Immédiatement, je pensai qu'il allait inférer ma présence par la marque du coup que j'avais asséné.

Je regagnai la soute à charbon, en refermai la porte et me mis à entasser sur moi dans l'obscurité autant que je pus de charbon et de bûches, en tâchant de faire le moins de bruit possible. À tout instant je demeurais rigide, écoutant si le Martien avait de nouveau passé ses tentacules par l'ouverture.

Alors reprit le faible cliquetis métallique. Bientôt, je l'entendis plus proche — dans la laverie, d'après ce que je pus en juger. J'eus l'espoir que le tentacule ne serait pas assez long pour m'atteindre ; il passa, raclant légèrement la porte de la soute. Ce fut un siècle d'attente presque intolérable, puis j'entendis remuer le loquet. Il avait trouvé la porte ! Le Martien comprenait les serrures !

Il ferrailla un instant et la porte s'ouvrit.

Des ténèbres où j'étais, je pouvais juste apercevoir l'objet, ressemblant à une trompe d'éléphant plus qu'à autre chose, s'agitant de mon côté, touchant et examinant le mur, le charbon, le bois, le plancher. Cela semblait être un gros ver noir, agitant de côté et d'autre sa tête aveugle.

Une fois même, il toucha le talon de ma bottine. Je fus sur le point de crier, mais je mordis mon poing. Pendant un moment, il ne bougea plus : j'aurais pu croire qu'il s'était retiré. Tout à coup, avec un brusque déclic, il agrippa quelque chose — je me figurai que c'était moi ! — et parut sortir de la soute. Pendant un instant, je n'en fus pas sûr. Apparemment, il avait pris un morceau de charbon pour l'examiner.

Je profitai de ce moment de répit pour changer de position, car je me sentais engourdi, et j'écoutai. Je murmurais des prières passionnées pour échapper à ce danger.

Soudain, j'entendis revenir vers moi le même bruit lent et net. Lentement, lentement, il se rapprocha, raclant les murs et heurtant le mobilier.

Pendant que je restais attentif, doutant encore, la porte de la soute fut vigoureusement heurtée et elle se ferma. J'entendis le tentacule pénétrer dans l'office ; il renversa des boîtes à biscuits, brisa une bouteille et il y eut encore un choc violent contre la porte de la soute. Puis le silence revint, qui se continua en une attente infinie.

Était-il parti ?
À la fin, je dus conclure qu'il s'était retiré.

Il ne revint plus dans la laverie, mais pendant toute la dixième journée, dans des ténèbres épaisses, je restai enseveli sous les bûches et sous le charbon, n'osant même pas me glisser au-dehors pour avoir le peu d'eau qui m'était si nécessaire. Ce fut le lendemain seulement, le onzième jour, que j'osai me risquer à chercher quelque chose à boire.

V

*Le silence*

Mon premier mouvement, avant d'aller dans l'office, fut de clore la porte de communication entre la cuisine et la laverie. Mais l'office était vide — les provisions avaient disparu jusqu'aux dernières bribes. Le Martien les avait sans doute enlevées le jour précédent. À cette découverte, le désespoir m'accabla pour la première fois. Je ne pris donc pas la moindre nourriture ni le onzième ni le douzième jour.

D'abord ma bouche et ma gorge se desséchèrent et mes forces baissèrent sensiblement. Je restais assis, au milieu de l'obscurité de la laverie, dans un état d'abattement pitoyable. Je ne pouvais penser qu'à manger. Je me figurais que j'étais devenu sourd, car les bruits que j'étais accoutumé à entendre avaient complètement cessé aux alentours du cylindre. Je ne me sentais pas assez de forces pour me glisser sans bruit jusqu'à la lucarne, sans quoi j'y serais allé.

Le douzième jour, ma gorge était tellement endolorie qu'au risque d'attirer les Martiens j'essayai de faire aller la pompe grinçante placée sur l'évier et je réussis à me procurer deux verres d'eau de pluie noirâtre et boueuse. Ils me rafraîchirent néanmoins beaucoup et je me sentis rassuré et enhardi par ce fait qu'aucun tentacule inquisiteur ne suivit le bruit de la pompe.

Pendant tous ces jours, divaguant et indécis, je pensai beaucoup au vicaire et à la façon dont il était mort.

Le treizième jour, je bus encore un peu d'eau ; je m'assoupis et rêvai d'une façon incohérente de victuailles et de plans d'évasion vagues et impossibles. Chaque fois, je rêvais de fantômes horribles, de la mort du vicaire ou de somptueux dîners ; mais endormi ou éveillé, je ressentais de vives douleurs qui me poussaient à boire sans cesse. La clarté qui pénétrait dans l'arrière-cuisine n'était plus grise, mais rouge. À mon imagination bouleversée, cela semblait couleur de sang.

Le quatorzième jour, je pénétrai dans la cuisine et je fus fort surpris de trouver que les pousses de l'Herbe Rouge avaient envahi l'ouverture du mur, transformant la demi-clarté de mon refuge en une obscurité écarlate.

De grand matin, le quinzième jour, j'entendis de la cuisine une suite de bruits curieux et familiers, et, prêtant l'oreille, je crus reconnaître le reniflement et les grattements d'un chien. Je fis quelques pas et j'aperçus un museau qui passait entre les tiges rouges. Cela m'étonna grandement. Quand il m'eut flairé, le chien aboya.

Immédiatement, je pensai que si je réussissais à

l'attirer sans bruit dans la cuisine, je pourrais peut-être le tuer et le manger et que, dans tous les cas, il vaudrait mieux le tuer de peur que ses aboiements ou ses allées et venues ne finissent par attirer l'attention des Martiens.

Je m'avançai à quatre pattes, l'appelant doucement ; mais soudain il retira sa tête et disparut.

J'écoutai — puisque je n'étais pas sourd — et je me convainquis qu'il ne devait plus y avoir personne dans la fosse. J'entendis un bruit de battement d'ailes et un rauque croassement, mais ce fut tout.

Pendant très longtemps, je demeurai à l'ouverture de la brèche, sans oser écarter les tiges rouges qui l'encombraient. Une fois ou deux, j'entendis un faible grincement, comme de pattes de chien allant et venant dans le sable au-dessous de moi ; il y eut encore des croassements, puis plus rien. À la fin, encouragé par le silence, je regardai.

Excepté dans un coin, où une multitude de corbeaux sautillaient et se battaient sur les squelettes des gens dont les Martiens avaient absorbé le sang, il n'y avait pas un être vivant dans la fosse.

Je regardai de tous côtés, n'osant pas en croire mes yeux. Toutes les machines étaient parties. À part l'énorme monticule de poudre gris bleu dans un coin, quelques barres d'aluminium dans un autre, les corbeaux et les squelettes des morts, cet endroit n'était plus qu'un grand trou circulaire creusé dans le sable.

Peu à peu, je me glissai hors de la lucarne entre

les Herbes Rouges et je me mis debout sur un monceau de plâtras. Je pouvais voir dans toutes les directions, sauf derrière moi, au nord, et nulle part il n'y avait la moindre trace des Martiens. Le sable dégringola sous mes pieds, mais un peu plus loin les décombres offraient une pente praticable pour gagner le sommet des ruines. J'avais une chance d'évasion et je me mis à trembler.

J'hésitai un instant, puis dans un accès de résolution désespérée, le cœur me battant violemment, j'escaladai le tas de ruines sous lequel j'avais été enterré si longtemps.

Je jetai de nouveau un regard autour de moi. Vers le nord, pas plus qu'ailleurs, aucun Martien n'était visible.

Lorsque, la dernière fois, j'avais traversé en plein jour cette partie du village de Sheen, j'avais vu une route bordée de confortables maisons blanches et rouges séparées par des jardins aux arbres abondants. Maintenant j'étais debout sur un tas énorme de gravier, de terre et de morceaux de briques où croissaient une multitude de plantes rouges en forme de cactus, montant jusqu'au genou, sans la moindre végétation terrestre pour leur disputer le terrain. Les arbres autour de moi étaient morts et dénudés, mais plus loin un enchevêtrement de filaments rouges escaladait les troncs encore debout.

Les maisons avaient toutes été saccagées, mais aucune n'avait été brûlée ; parfois leurs murs s'élevaient encore jusqu'au second étage, avec des fenêtres arrachées et des portes brisées. L'Herbe

Rouge croissait en tumulte dans leurs chambres sans toits.

Au-dessous de moi était la grande fosse où les corbeaux se disputaient les déchets des Martiens ; quelques autres oiseaux voletaient çà et là parmi les ruines. Au loin, j'aperçus un chat maigre qui s'esquivait en rampant le long d'un mur, mais nulle trace d'homme.

Le jour, par contraste avec mon récent emprisonnement, me semblait d'une clarté aveuglante. Une douce brise agitait mollement les Herbes Rouges qui recouvraient le moindre fragment de sol. Oh ! la douceur de l'air frais qu'on respire !

VI

*L'ouvrage de quinze jours*

Pendant un long moment, je restai debout, les jambes vacillantes sur le monticule, me souciant peu de savoir si j'étais en sûreté. Dans l'infect repaire d'où je sortais, toutes mes pensées avaient convergé sur notre sécurité immédiate. Je n'avais pu me rendre compte de ce qui se passait au-dehors, dans le monde, et je ne m'attendais guère à cet effrayant et peu ordinaire spectacle. Je croyais retrouver Sheen en ruine et je contemplais une contrée sinistre et lugubre qui semblait appartenir à une autre planète.

Je ressentis alors une émotion des plus rares, une émotion cependant que connaissent trop bien les pauvres animaux sur lesquels s'étend notre domination. J'eus l'impression qu'aurait un lapin qui, à la place de son terrier, trouverait tout à coup une douzaine de terrassiers creusant les fondations d'une maison. Un premier indice qui se précisa bientôt m'oppressa pendant de nombreux jours, et j'eus la révélation de mon détrônement, la conviction que je n'étais plus un maître, mais un animal parmi les animaux sous le talon des Martiens. Il en serait de nous comme il en est d'eux ; il nous faudrait sans cesse être aux aguets, fuir et nous cacher ; la crainte et le règne de l'homme n'étaient plus.

Mais, dès que je l'eus clairement envisagée, cette idée étrange disparut, chassée par l'impérieuse faim qui me tenaillait après mon long et horrible jeûne. De l'autre côté de la fosse, derrière un mur recouvert de végétations rouges, j'aperçus un coin de jardin non envahi encore. Cette vue me suggéra ce que je devais faire et je m'avançai à travers l'Herbe Rouge, enfoncé jusqu'aux genoux et parfois jusqu'au cou. L'épaisseur de ces herbes m'offrait, en cas de besoin, une cachette sûre. Le mur avait six pieds de haut ; lorsque j'essayai de l'escalader, je sentis qu'il m'était impossible de me soulever. Je dus donc le contourner et j'arrivai ainsi à une sorte d'encoignure rocailleuse où je pus plus facilement me hisser au faîte du mur et me laisser dégringoler dans le jardin que je convoitais. J'y trouvai quelques oignons, des bulbes de glaïeuls et une certaine quantité de carottes à peine mûres ; je récoltai le tout et, franchissant un pan de muraille écroulé, je continuai mon chemin vers Kew entre des arbres écarlates et cramoisis — on eût dit une promenade dans une avenue de gigantesques gouttes de sang. J'avais deux idées bien nettes : trouver une nourriture plus substantielle, et, autant que mes forces le permettraient, fuir bien loin de cette région maudite et qui n'avait plus rien de terrestre.

Un peu plus loin, dans un endroit où persistait du gazon, je découvris quelques champignons que je dévorai aussitôt, mais ces bribes de nourriture ne réussirent guère qu'à exciter un peu plus ma faim. Tout à coup, alors que je croyais toujours être dans les prairies, je rencontrai une nappe d'eau peu profonde et boueuse qu'un faible courant entraînait. Je fus d'abord très surpris de trouver, au plus fort d'un été très chaud et très sec, des prés inondés, mais je me rendis compte bientôt que cela était dû à l'exubérance tropicale de l'Herbe Rouge. Dès que ces extraordinaires végétaux rencontraient un cours d'eau, ils prenaient immédiatement des proportions gigantesques et devenaient d'une fécondité incomparable. Les graines tombaient en quantité dans les eaux de la Wey et de la Tamise, où elles germaient, et leurs pousses titaniques, croissant avec une incroyable rapidité, avaient bientôt engorgé le cours de ces rivières qui avaient débordé.

À Putney, comme je le vis peu après, le pont disparaissait presque entièrement sous un colossal enchevêtrement de ces plantes, et, à Richmond, les eaux de la Tamise s'étaient aussi répandues en une nappe immense et peu profonde à travers les prairies de Hampton et de Twickenham. À mesure que les eaux débordaient, l'Herbe les suivait, de sorte que les villas en ruine de la vallée de la Tamise furent un certain temps submergées dans le rouge marécage dont j'explorais les bords et qui dissimulait ainsi beaucoup de la désolation qu'avaient causée les Martiens.

Finalement, l'Herbe Rouge succomba presque aussi rapidement qu'elle avait crû. Bientôt une sorte de maladie infectieuse, due, croit-on, à l'action de certaines bactéries, s'empara de ces végétations. Par suite des principes de la sélection naturelle, toutes les plantes terrestres ont maintenant acquis une force de résistance contre les maladies causées par les microbes — elles ne succombent jamais sans une longue lutte. Mais l'Herbe Rouge tomba en putréfaction comme une chose déjà morte. Les tiges blanchirent, se flétrirent et devinrent très cassantes. Au moindre contact, elles se rompaient et les eaux, qui avaient favorisé et stimulé leur développement, emportèrent jusqu'à la mer leurs derniers vestiges.

Mon premier soin fut naturellement d'étancher ma soif. J'absorbai ainsi une grande quantité d'eau, et, mû par une impulsion soudaine, je mâchonnai quelques fragments d'Herbe Rouge. Mais les tiges étaient pleines d'eau et elles avaient un goût métallique nauséeux. L'eau était assez peu profonde pour me permettre d'avancer sans danger bien que l'Herbe Rouge retardât quelque peu ma marche ; mais la profondeur du flot s'accrût évidemment à mesure que j'approchais du fleuve et, retournant sur mes pas, je repris le chemin de Mortlake. Je parvins à suivre la route en m'appuyant sur les villas en ruine, les clôtures et les réverbères que je rencontrais ; bientôt je fus hors de cette inondation et ayant monté la colline de Roehampton, je débouchai dans les communaux[54] de Putney.

Ici le paysage changeait ; ce n'était plus l'étrange et l'extraordinaire, mais le simple bouleversement du familier. Certains coins semblaient avoir été dévastés par un cyclone et, une centaine de mètres plus loin, je traversais un espace absolument paisible et sans la moindre trace de trouble ; je rencontrais des maisons dont les jalousies étaient baissées et les portes fermées, comme si leurs habitants dormaient à l'intérieur ou étaient absents pour un jour ou deux. L'Herbe Rouge était moins abondante. Les troncs des grands arbres qui poussaient au long de la route n'étaient pas envahis par la variété grimpante. Je cherchai dans les branches quelque fruit à manger, sans en trouver ; j'explorai aussi une ou deux maisons silencieuses, mais elles avaient été déjà cambriolées et pillées. J'achevai le reste de la journée en me reposant dans un bouquet d'arbustes, me sentant, dans l'état de faiblesse où j'étais, trop fatigué pour continuer ma route.

Pendant tout ce temps, je n'avais vu aucun être humain, non plus que le moindre signe de la présence des Martiens. Je rencontrai deux chiens affamés, mais malgré les avances que je leur fis, ils s'enfuirent en faisant un grand détour. Près de Roehampton, j'avais aperçu deux squelettes humains — non pas des cadavres, mais des squelettes entièrement décharnés ; dans le petit bois, auprès de l'endroit où j'étais, je trouvai les os brisés et épars de plusieurs chats et de plusieurs lapins et ceux d'une tête de mouton. Bien qu'il ne restât rien après, j'essayai d'en ronger quelques-uns.

Après le coucher du soleil, je continuai péniblement à avancer au long de la route qui mène à Putney, où le Rayon Ardent avait dû, pour une raison quelconque, faire son œuvre. Au-delà de Roehampton, je recueillis, dans un jardin, des pommes de terre à peine mûres, en quantité suffisante pour apaiser ma faim. De ce jardin, la vue s'étendait sur Putney et sur le fleuve. Sous le crépuscule, l'aspect du paysage était singulièrement désolé : des arbres carbonisés, des ruines lamentables et noircies par les flammes, et, au bas de la colline, le fleuve débordé et les grandes nappes d'eau teintées de rouge par l'herbe extraordinaire. Sur tout cela, le silence s'étendait et, pensant combien rapidement s'était produite cette désolante transformation, je me sentis envahi par une indescriptible terreur.

Pendant un instant, je crus que l'humanité avait été entièrement détruite et que j'étais maintenant, debout dans ce jardin, le seul être humain qui ait survécu. Au sommet de la colline de Putney, je passai non loin d'un autre squelette dont les bras étaient disloqués et se trouvaient à quelques mètres du corps. À mesure que j'avançais, j'étais de plus en plus convaincu que, dans ce coin du monde et à part quelques traînards comme moi, l'extermination de l'humanité était un fait accompli. Les Martiens, pensais-je, avaient continué leur route, abandonnant la contrée désolée et cherchant ailleurs leur nourriture. Peut-être même étaient-ils maintenant en train de détruire Berlin ou Paris, ou bien, il pouvait se faire aussi qu'ils aient avancé vers le nord...

## VII

## L'homme de Putney Hill

Je passai la nuit dans l'auberge située au sommet de la côte de Putney, où, pour la première fois depuis que j'avais quitté Leatherhead, je dormis dans des draps. Je ne m'attarderai pas à raconter quelle peine j'eus à pénétrer par une fenêtre dans cette maison, peine inutile puisque je m'aperçus ensuite que la porte d'entrée n'était fermée qu'au loquet, ni comment je fouillai dans toutes les chambres, espérant y trouver de la nourriture, jusqu'à ce que, au moment même où je perdais tout espoir, je découvris, dans une pièce qui me parut être une chambre de domestique, une croûte de pain rongée par les rats et deux boîtes d'ananas en conserve. La maison avait été déjà explorée et vidée. Dans le bar, je finis par mettre la main sur des biscuits et des sandwiches qui avaient été oubliés. Les sandwiches n'étaient plus mangeables, mais avec les biscuits j'apaisai ma faim et je garnis mes poches. Je n'allumai aucune lumière, de peur d'attirer l'attention de quelque Martien en quête de nourriture et explorant, pendant la nuit, cette partie de Londres. Avant de me mettre au lit, j'eus un moment de grande agitation et d'inquiétude, rôdant de fenêtre en fenêtre et cherchant à apercevoir dans l'obscurité quelque indice des monstres. Je dormis peu. Une fois au lit, je pus réfléchir et mettre quelque suite dans mes idées — chose que je ne me rappelais pas avoir faite depuis ma dernière discussion avec le vicaire. Depuis lors, mon activité mentale n'avait été qu'une succession précipitée de vagues états émotionnels ou bien une sorte de stupide réceptivité. Mais, pendant la nuit, mon cerveau, fortifié sans doute par la nourriture que j'avais prise, redevint clair et je pus réfléchir.

Trois pensées surtout s'imposèrent tour à tour à mon esprit : le meurtre du vicaire, les faits et gestes des Martiens et le sort possible de ma femme. La première de ces préoccupations ne me laissait aucun sentiment d'horreur ni de remords ; je me voyais alors, comme je me vois encore maintenant, amené fatalement et pas à pas, lui assener ce coup irréfléchi, victime, en somme, d'une succession d'incidents et de circonstances qui entraînèrent inévitablement ce résultat. Je ne me condamnais aucunement et cependant ce souvenir, sans s'exagérer, me hanta. Dans le silence de la nuit, avec cette sensation d'une présence divine qui s'empare de nous parfois dans le calme et les ténèbres, je supportai victorieusement cet examen de conscience, la seule expiation qu'il me fallût subir pour un moment de rage et d'affolement. Je me retraçai d'un bout à l'autre la suite de nos relations depuis l'instant où je l'avais trouvé accroupi auprès de moi, ne faisant aucune attention à ma soif et m'indiquant du doigt les flammes et la fumée qui s'élevaient des ruines de Weybridge. Nous avions été incapables de nous entendre et de nous aider mutuellement — le hasard sinistre ne se soucie guère de cela. Si j'avais pu le prévoir, je l'aurais abandonné à Halliford. Mais je n'avais rien deviné — et le crime consiste à prévoir et à agir. Je raconte ces choses, comme tout le reste de cette histoire, telles qu'elles se passèrent. Elles n'eurent pas de témoin — j'aurais pu les garder secrètes, mais je les ai narrées afin que le lecteur puisse se former un jugement à son gré.

Puis lorsque j'eus à grand-peine chassé l'image de ce cadavre gisant la face contre terre, j'en vins au problème des Martiens et au sort de ma femme. En ce qui concernait les Martiens, je n'avais aucune donnée et je ne pouvais qu'imaginer mille choses ; je ne pouvais guère mieux faire non plus quant à ma femme. Cette veillée bientôt devint épouvantable ; je me dressai sur mon lit, mes yeux scrutant les ténèbres et je me mis à prier, demandant que, si elle avait dû mourir, le Rayon Ardent ait pu la frapper brusquement et la tuer sans souffrance. Depuis la nuit de mon retour à Leatherhead je n'avais pas prié. En certaines extrémités désespérées, j'avais murmuré des supplications, des invocations fétichistes, formulant mes prières comme les païens murmurent des charmes conjurateurs. Mais cette fois je priai réellement, implorant avec ferveur la Divinité, face à face avec les ténèbres. Nuit étrange, et plus étrange encore en ceci, qu'aussitôt que parut l'aurore, moi, qui m'étais entretenu avec la Divinité, je me glissai hors de la maison comme un rat quitte son trou — créature à peine plus grande, animal inférieur qui, selon le caprice passager de nos maîtres, pouvait être traqué et tué. Les Martiens, eux aussi, invoquaient peut-être Dieu avec confiance. À coup sûr, si nous ne retenons rien d'autre de cette guerre, elle nous aura cependant appris la pitié — la pitié pour ces âmes dépourvues de raison qui subissent notre domination.

L'aube était resplendissante et claire ; à l'orient, le ciel, que sillonnaient de petits nuages dorés, s'animait de reflets roses. Sur la route qui va du haut de la colline de Putney jusqu'à Wimbledon traînaient un certain nombre de vestiges pitoyables, restes de la déroute qui, dans la soirée du dimanche où commença la dévastation, dut pousser vers Londres tous les habitants de la contrée. Il y avait là une petite voiture à deux roues sur laquelle était peint le nom de Thomas Lobbe, fruitier à New Malden ; une des roues était brisée et une caisse de métal gisait auprès, abandonnée ; il y avait aussi un chapeau de paille piétiné dans la boue, maintenant séchée, et, au sommet de la côte de West Hill, je trouvai un tas de verre écrasé et taché de sang, auprès de l'abreuvoir en pierre qu'on avait renversé et brisé. Mes plans étaient de plus en plus vagues et mes mouvements de plus en plus incertains ; j'avais toujours l'idée d'aller à Leatherhead, et pourtant j'étais convaincu que, selon toutes les probabilités, ma femme ne pouvait s'y trouver. Car, à moins que la mort ne les ait surpris à l'improviste, mes cousins et elle avaient dû fuir dès les premières menaces de danger. Mais je m'imaginais que je pourrais, tout au moins, apprendre là de quel côté s'étaient enfuis les habitants du Surrey. Je savais que je voulais retrouver ma femme, que mon cœur souffrait de son absence et du manque de toute société, mais je n'avais aucune idée bien claire quant au moyen de la retrouver, et je sentais avec une intensité croissante mon entier isolement. Je parvins alors, après avoir traversé un taillis d'arbres et de buissons, à la lisière des communaux de Wimbledon, dont les haies, les arbres et les prés s'étendaient au loin sous mes yeux.

Cet espace encore sombre s'éclairait, par endroits, d'ajoncs et de genêts jaunes. Je ne vis nulle part d'Herbe Rouge, et tandis que je rôdais entre les arbustes, hésitant à m'aventurer à découvert, le soleil se leva, inondant tout de lumière et de vie. Dans un pli de terrain marécageux, entre les arbres, je tombai au milieu d'une multitude de petites grenouilles. Je m'arrêtai à les observer, tirant de leur obstination à vivre une leçon pour moi-même. Soudain, j'eus la sensation bizarre que quelqu'un m'épiait et, me retournant brusquement, j'aperçus dans un fourré quelque chose qui s'y blottissait. Pour mieux voir, je fis un pas en avant. La chose se dressa : c'était un homme armé d'un coutelas. Je m'approchai lentement de lui et il me regarda venir, silencieux et immobile.

Quand je fus près de lui, je remarquai que ses vêtements étaient aussi déguenillés et aussi sales que les miens. On eût dit, vraiment, qu'il avait été traîné dans des égouts. De plus près, je distinguai la vase verdâtre des fossés, des plaques pâles de terre glaise séchée et des reflets de poussière de charbon. Ses cheveux, très bruns et longs, retombaient en avant sur ses yeux. Sa figure était noire et sale, et il avait les yeux tirés, de sorte qu'au premier abord je ne le reconnus pas. De plus, une balafre récente lui coupait le bas du visage.

— Halte ! cria-t-il quand je fus à dix mètres de lui.

Je m'arrêtai. Sa voix était rauque

— D'où venez-vous ? demanda-t-il.

Je réfléchis un instant, l'examinant avec attention.

— Je viens de Mortlake, répondis-je. Je me suis trouvé enterré auprès de la fosse que les Martiens ont creusée autour de leur cylindre, et j'ai fini par m'échapper.

— Il n'y a rien à manger par ici, dit-il. Ce coin m'appartient, toute la colline jusqu'à la rivière, et là-bas jusqu'à Clapham, et ici jusqu'à l'entrée des communaux. Il n'y a de la nourriture que pour un seul. De quel côté allez-vous ?

Je répondis lentement :

— Je ne sais pas... Je suis resté sous les ruines d'une maison pendant treize ou quatorze jours, et je ne sais rien de ce qui est arrivé pendant ce temps-là.

Il m'écoutait avec un air de doute ; tout à coup, il eut un sursaut et son expression changea.

— Je n'ai pas envie de m'attarder ici, dis-je. Je pense aller à Leatherhead pour tâcher d'y retrouver ma femme.

— C'est bien vous, dit-il en étendant le bras vers moi. C'est vous qui habitiez à Woking. Vous n'avez pas été tué à Weybridge ?

Je le reconnus au même moment.

— Vous êtes l'artilleur qui se cachait dans mon jardin...

— En voilà une chance ! dit-il. C'est tout de même drôle que ce soit vous.

Il me tendit sa main et je la pris.

— Moi, continua-t-il, je m'étais glissé dans un fossé d'écoulement. Mais ils ne tuaient pas tout le monde. Quand ils furent partis, je m'en allai à travers champs jusqu'à Walton. Mais... il y a quinze jours à peine... et vous avez les cheveux tout gris.

Il jeta soudain un brusque regard en arrière.

— Ce n'est qu'une corneille, dit-il. Par le temps qui court, on apprend à connaître que les oiseaux ont une ombre. Nous sommes un peu à découvert. Installons-nous sous ces arbustes et causons.

— Avez-vous vu les Martiens ? demandai-je. Depuis que j'ai quitté mon trou, je...

— Ils sont partis à l'autre bout de Londres, dit-il. Je pense qu'ils ont établi leur quartier général par là. La nuit, du côté d'Hampstead, tout le ciel est plein des reflets de leurs lumières. On dirait la lueur d'une grande cité, et on les voit aller et venir dans cette clarté. De jour, on ne peut pas. Mais je ne les ai pas vus de plus près depuis... — il compta sur ses doigts... — cinq jours. Oui. J'en ai vu deux qui traversaient Hammersmith en portant quelque chose d'énorme... et l'avant-dernière nuit, ajouta-t-il d'un ton étrangement sérieux, dans le pêle-mêle des reflets, j'ai vu quelque chose qui montait très haut dans l'air. Je crois qu'ils ont construit une machine volante et qu'ils sont en train d'apprendre à voler.

Je m'arrêtai, surpris, sans achever de m'asseoir sous les buissons.

À voler !

— Oui, dit-il, à voler !

Je trouvai une position confortable et je m'installai.

— C'en est fait de l'humanité, dis-je. S'ils réussissent à voler, ils feront tout simplement le tour du monde, en tous sens...

— Mais oui, approuva-t-il en hochant la tête. Mais... ça nous soulagera d'autant par ici, et d'ailleurs, fit-il en se tournant vers moi, quel mal voyez-vous à ce que ça en soit fini de l'humanité ? Moi, j'en suis bien content. Nous sommes écrasés, nous sommes battus.

Je le regardai, ahuri. Si étrange que ce fût, je ne m'étais pas encore rendu compte de toute l'étendue de la catastrophe — et cela m'apparut comme parfaitement évident dès qu'il eut parlé. J'avais conservé jusque-là un vague espoir, ou, plutôt, c'était une vieille habitude d'esprit qui persistait.

Il répéta ces mots qui exprimaient une conviction absolue :

— Nous sommes battus.

« C'est bien fini, continua-t-il. Ils n'en ont perdu qu'*un*, rien qu'*un*. Ils se sont installés dans de bonnes conditions, et ils ne s'inquiètent nullement des armes les plus puissantes du monde. Ils nous ont piétinés. La mort de celui qu'ils ont perdu à Weybridge n'a été qu'un accident, et il n'y a que l'avant-garde d'arrivée. Ils continuent à venir ; ces étoiles vertes — je n'en ai pas vu depuis cinq ou six jours — je suis sûr qu'il en tombe une quelque part toutes les nuits. Il n'y a rien à faire. Nous avons le dessous, nous sommes battus. »

Je ne lui répondis rien. Je restais assis le regard fixe et vague, cherchant en vain à lui opposer quelque argument fallacieux et contradictoire.

— Ça n'est pas une guerre, dit l'artilleur. Ça n'a jamais été une guerre, pas plus qu'il n'y a de guerre entre les hommes et les fourmis.

Tout à coup, me revinrent à l'esprit les détails de la nuit que j'avais passée dans l'observatoire.

— Après le dixième coup, ils n'ont plus tiré — du moins jusqu'à l'arrivée du premier cylindre.

Je lui donnai des explications et il se mit à réfléchir.

— Quelque chose de dérangé dans leur canon, dit-il. Mais qu'est-ce que ça peut faire ? Ils sauront bien le réparer, et quand bien même il y aurait un retard quelconque, est-ce que ça pourrait changer la fin ? C'est comme les hommes avec les fourmis. À un endroit, les fourmis installent leurs cités et leurs galeries ; elles y vivent, elles font des guerres et des révolutions, jusqu'au moment où les hommes les trouvent sur leur chemin, et ils en débarrassent le passage. C'est ce qui se produit maintenant — nous ne sommes que des fourmis. Seulement...

— Eh bien ?

— Eh bien, nous sommes des fourmis comestibles.

Nous restâmes un instant là, assis, sans rien nous dire.

— Et que vont-ils faire de nous, questionnai-je.

— C'est ce que je me demande, dit-il ; c'est bien ce que je me demande. Après l'affaire de Weybridge, je m'en allai vers le sud, tout perplexe. Je vis ce qui se passait. Tout le monde s'agitait et braillait ferme. Moi, je n'ai guère de goût pour le remue-ménage. J'ai vu la mort de près une fois ou deux ; ma foi, je ne suis pas un soldat de parade, et, au pire et au mieux — la mort, c'est la mort. Il n'y a que celui qui garde son sang-froid qui s'en tire. Je vis que tout le monde s'en allait vers le sud, et je me dis : « De ce côté-là, on ne mangera plus avant qu'il soit longtemps », et je fis carrément volte-face. Je suivis les Martiens comme le moineau suit l'homme. Par là-bas, dit-il en agitant sa main vers l'horizon, ils crèvent de faim par tas en se battant et en se trépignant...

Il vit l'expression d'angoisse de ma figure, et il s'arrêta, embarrassé.

— Sans doute, poursuivit-il, ceux qui avaient de l'argent ont pu passer en France.

Il parut hésiter et vouloir s'excuser, mais rencontrant mes yeux, il continua :

— Ici, il y a des provisions partout. Des tas de choses dans les boutiques, des vins, des alcools, des eaux minérales. Les tuyaux et les conduites d'eau sont vides. Mais je vous racontais mes réflexions : nous avons affaire à des êtres intelligents, me dis-je, et ils semblent compter sur nous pour se nourrir. D'abord, ils vont fracasser tout — les navires, les machines, les canons, les villes, tout ce qui est régulier et organisé. Tout cela aura une fin. Si nous avions la taille des fourmis, nous pourrions nous tirer d'affaire ; ça n'est pas le cas et on ne peut arrêter des masses pareilles. C'est là un fait bien certain, n'est-ce pas ?

Je donnai mon assentiment.

— Bien ! c'est une affaire entendue — passons à autre chose, alors. Maintenant, ils nous attrapent comme ils veulent. Un Martien n'a que quelques milles à faire pour trouver une multitude en fuite. Un jour, j'en ai vu un près de Wandsworth qui saccageait les maisons et massacrait le monde. Mais ils ne continueront pas de cette façon-là. Aussitôt qu'ils auront fait taire nos canons, détruit nos chemins de fer et nos navires, terminé tout ce qu'ils sont en train de manigancer par là-bas, ils se mettront à nous attraper systématiquement, choisissant les meilleurs et les mettant en réserve dans des cages et des enclos aménagés dans ce dessein. C'est là ce qu'ils vont entreprendre avant longtemps. Car, comprenez-vous ? ils n'ont encore rien commencé, en somme.

— Rien commencé ! m'écriai-je.

— Non, rien ! Tout ce qui est arrivé jusqu'ici, c'est parce que nous n'avons pas eu l'esprit de nous tenir tranquilles, au lieu de les tracasser avec nos canons et autres sottises ; c'est parce qu'on a perdu la tête et qu'on a fui en masse, alors qu'il n'était pas plus dangereux de rester où l'on était. Ils ne veulent pas encore s'occuper de nous. Ils fabriquent leurs choses, toutes les choses qu'ils n'ont pu apporter avec eux, et ils préparent tout pour ceux qui vont bientôt venir. C'est probablement à cause de cela qu'il ne tombe plus de cylindres pour le moment, de peur d'atteindre ceux qui sont déjà ici. Au lieu de courir partout à l'aveuglette, en hurlant, et d'essayer vainement de les faire sauter à la dynamite, nous devons tâcher de nous accommoder du nouvel état de choses. C'est là l'idée que j'en ai. Ça n'est pas absolument conforme à ce que l'homme peut ambitionner pour son espèce, mais ça peut s'accorder avec les faits, et c'est le principe d'après lequel j'agis. Les villes, les nations, la civilisation, le progrès — tout ça, c'est fini. La farce est jouée. Nous sommes battus.

— Mais s'il en est ainsi, à quoi sert-il de vivre ?

L'artilleur me considéra un moment.

— C'est évident, dit-il. Pendant un million d'années ou deux, il n'y aura plus ni concerts, ni salons de peinture, ni parties fines au restaurant. Si c'est de l'amusement qu'il vous faut, je crains bien que vous n'en manquiez. Si vous avez des manières distinguées, s'il vous répugne de manger des petits pois avec un couteau ou de ne pas prononcer correctement les mots, vous ferez aussi bien de laisser tout cela de côté, ça ne vous sera plus guère utile.

— Alors vous voulez dire que...

— Je veux dire que les hommes comme moi réussiront à vivre, pour la conservation de l'espèce. Je vous assure que je suis absolument décidé à vivre, et si je ne me trompe, vous serez bien forcé, vous aussi, de montrer ce que vous avez dans le ventre, avant qu'il soit longtemps. Nous ne serons pas tous exterminés, et je n'ai pas l'intention, non plus, de me laisser prendre pour être apprivoisé, nourri et engraissé comme un bœuf gras. Hein ! voyez-vous la joie d'être mangé par ces sales reptiles.

— Mais vous ne prétendez pas que...

— Mais si, mais si ! Je continue : mes plans sont faits, j'ai résolu la difficulté. L'humanité est battue. Nous ne savions rien, et nous avons tout à apprendre maintenant. Pendant ce temps, il faut vivre et rester indépendants, vous comprenez ? Voilà ce qu'il y aura à faire.

Je le regardais, étonné et profondément remué par ses paroles énergiques.

— Sapristi ! vous êtes un homme, vous ! m'écriai-je, en lui serrant vigoureusement la main.

— Eh bien, dit-il, les yeux brillants de fierté, est-ce pensé, cela, hein !

— Continuez, lui dis-je.

— Donc, ceux qui ont envie d'échapper à un tel

sort doivent se préparer. Moi, je me prépare. Comprenez bien ceci : nous ne sommes pas tous faits pour être des bêtes sauvages, et c'est ce qui va arriver. C'est pour cela que je vous ai guetté. J'avais des doutes : vous êtes maigre et élancé. Je ne savais pas que c'était vous et j'ignorais que vous aviez été enterré. Tous les gens qui habitaient ces maisons et tous ces maudits petits employés qui vivaient dans ces banlieues, tous ceux-là ne sont bons à rien. Ils n'ont ni vigueur, ni courage, ni belles idées, ni grands désirs ; et Seigneur ! un homme qui n'a pas tout cela peut-il faire autre chose que trembler et se cacher ? Tous les matins, ils se trimbalaient vers leur ouvrage — je les ai vus, par centaines —, emportant leur déjeuner, s'essoufflant à courir pour prendre les trains d'abonnés, avec la peur d'être renvoyés s'ils arrivaient en retard ; ils peinaient sur des ouvrages qu'ils ne prenaient pas même la peine de comprendre ; le soir, du même train-train, ils retournaient chez eux avec la crainte d'être en retard pour dîner ; n'osant pas sortir, après leur repas, par peur des rues désertes ; dormant avec des femmes qu'ils épousaient, non parce qu'ils avaient besoin d'elles, mais parce qu'elles avaient un peu d'argent qui leur garantissait une misérable petite existence à travers le monde ; ils assuraient leurs vies, et mettaient quelques sous de côté par peur de la maladie ou des accidents ; et le dimanche — c'était la peur de l'au-delà, comme si l'enfer était pour les lapins ! Pour ces gens-là, les Martiens seront une bénédiction : de jolies cages spacieuses, de la nourriture à discrétion ; un élevage soigné et pas de soucis. Après une semaine ou deux de vagabondage à travers champs, le ventre vide, ils reviendront et se laisseront prendre volontiers. Au bout de peu de temps, ils seront entièrement satisfaits. Ils se demanderont ce que les gens pouvaient bien faire avant qu'il y ait eu des Martiens pour prendre soin d'eux. Et les traîneurs de bars, les tripoteurs, les chanteurs — je les vois d'ici, ah ! oui, je les vois d'ici ! s'exclama-t-il avec une sorte de sombre contentement. C'est là qu'il y aura du sentiment et de la religion ; mais il y a mille choses que j'avais toujours vues de mes yeux et que je ne commence à comprendre clairement que depuis ces derniers jours. Il y a des tas de gens, gras et stupides, qui prendront les choses comme elles sont, et des tas d'autres aussi se tourmenteront à l'idée que le monde ne va plus et qu'il faudrait y faire quelque chose. Or, chaque fois que les choses sont telles qu'un tas de gens éprouvent le besoin de s'en mêler, les faibles, et ceux qui le deviennent à force de trop réfléchir, aboutissent toujours à une religion du Rien-Faire, très pieuse et très élevée, et finissent par se soumettre à la persécution et à la volonté du Seigneur. Vous avez déjà dû remarquer cela aussi. C'est de l'énergie à l'envers dans une rafale de terreur. Les cages de ceux-là seront pleines de psaumes, de cantiques et de piété, et ceux qui sont d'une espèce moins simple se tourneront sans doute vers — comment appelez-vous cela ? — l'érotisme.

Il s'arrêta un moment, puis il reprit.

— Très probablement, les Martiens auront des favoris parmi tous ces gens ; ils leur enseigneront à faire des tours et, qui sait ? feront du sentiment sur le sort d'un pauvre enfant gâté qu'il faudra tuer. Ils en dresseront, peut-être aussi, à nous chasser.

— Non, m'écriai-je, c'est impossible. Aucun être humain...

— À quoi bon répéter toujours de pareilles balivernes ? dit l'artilleur. Il y en a beaucoup qui le feraient volontiers. Quelle blague de prétendre le contraire !

Et je cédai à sa conviction.

— S'ils s'en prennent à moi, dit-il, bon Dieu ! s'ils s'en prennent à moi !... et il s'enfonça dans une sombre méditation.

Je réfléchissais aussi à toutes ces choses, sans rien trouver pour réfuter les raisonnements de cet homme. Avant l'invasion, personne n'eût mis en doute ma supériorité intellectuelle, et cependant cet homme venait de résumer une situation que je commençais à peine à comprendre.

— Qu'allez-vous faire ? lui demandai-je brusquement. Quels sont vos plans ?

Il hésita.

— Eh bien, voici ! dit-il. Qu'avons-nous à faire ? Il nous faut trouver un genre de vie qui permette à l'homme d'exister et de se reproduire, et d'être suffisamment en sécurité pour élever sa progéniture. Oui — attendez, et je vais vous dire clairement ce qu'il faut faire à mon avis. Ceux que les Martiens domestiqueront deviendront bientôt comme tous les animaux domestiques. D'ici à quelques générations, ils seront beaux et gros, ils auront le sang riche et le cerveau stupide — bref, rien de bon. Le danger que courent ceux qui resteront en liberté est de redevenir sauvages, de dégénérer en une sorte de gros rat sauvage... Il nous faudra mener une vie souterraine, comprenez-vous ? J'ai pensé aux égouts. Naturellement, ceux qui ne les connaissent pas se figurent des endroits terribles ; mais sous le sol de Londres, il y en a pendant des milles et des milles de longueur, des centaines de milles ; quelques jours de pluie sur Londres abandonné en feront des logis agréables et propres. Les canaux principaux sont assez grands et assez aérés pour les plus difficiles. Puis, il y a les caves, les voûtes et les magasins souterrains qu'on pourrait joindre aux égouts par des passages faciles à intercepter ; il y a aussi les tunnels et les voies souterraines de chemin de fer. Hein ? Vous commencez à y voir clair ? Et nous formons une troupe d'hommes vigoureux et intelligents, sans nous embarrasser de tous les incapables qui nous viendront. Au large, les faibles !

— C'est pour cela que vous me chassiez tout à l'heure.

— Mais... non..., c'était pour entamer la conversation.

— Ce n'est pas la peine de nous quereller là-dessus. Continuez.

— Ceux qu'on admettra devront obéir. Il nous faut aussi des femmes vigoureuses et intelligentes

— des mères et des éducatrices. Pas de belles dames minaudières et sentimentales — pas d'yeux langoureux. Il ne nous faut ni incapables ni imbéciles. La vie est redevenue réelle, et les inutiles, les encombrants, les malfaisants succomberont. Ils devraient mourir, oui, ils devraient mourir de bonne volonté. Après tout, il y a une sorte de déloyauté à s'obstiner à vivre pour gâter la race, d'autant plus qu'ils ne pourraient pas être heureux. D'ailleurs, mourir n'est pas si terrible, c'est la peur qui rend la chose redoutable. Et puis nous nous rassemblerons dans tous ces endroits. Londres sera notre district. Même, on pourrait organiser une surveillance afin de pouvoir s'ébattre en plein air, quand les Martiens n'y seraient pas — jouer au cricket, par exemple. C'est comme cela qu'on sauvera la race. N'est-ce pas ? Tout cela est possible ? Mais sauver la race n'est rien ; comme je l'ai dit, ça consiste à devenir des rats. Le principal, c'est de conserver notre savoir et de l'augmenter encore. Alors, c'est là que des gens comme nous deviennent utiles. Il y a des livres, il y a des modèles. On aménagerait des locaux spéciaux, en lieu sûr, très profonds, et on y réunirait tous les livres qu'on trouverait ; pas de sottises, ni romans, ni poésie, rien que des livres d'idées et de science. On pourrait s'introduire dans le British Museum et y prendre tous les livres de ce genre. Il nous faudrait spécialement maintenir nos connaissances scientifiques — les étendre encore. On observerait ces Martiens. Quelques-uns d'entre nous pourraient aller les espionner, quand ils auraient tout organisé ; j'irai peut-être moi-même. Il faudrait se laisser attraper, pour mieux les approcher, je veux dire. Mais le grand point, c'est de laisser les Martiens tranquilles ; ne jamais rien leur voler même. Si on se trouve sur leur passage, on leur fait place. Il faut montrer que nous n'avons pas de mauvaises intentions. Oui, je sais bien ; mais ce sont des êtres intelligents, et s'ils ont tout ce qu'il leur faut, ils ne nous réduiront pas aux abois et se contenteront de nous considérer comme une vermine inoffensive.

L'artilleur s'arrêta et posa sa main bronzée sur mon bras.

— Après tout, continua-t-il, il ne nous reste peut-être pas tellement à apprendre avant de... Imaginez-vous ceci : quatre ou cinq de leurs machines de combat qui se mettent en mouvement tout à coup — les Rayons Ardents dardés en tous sens — et sans que les Martiens soient dedans. Pas de Martiens dedans, mais des hommes — des hommes qui auraient appris à les conduire. Ça pourrait être de mon temps, même — ces hommes ! Figurez-vous pouvoir manœuvrer l'un de ces charmants objets avec son Rayon Ardent, libre et bien manié, et se promener avec ! Qu'importerait de se briser en mille morceaux, au bout du compte, après un exploit comme celui-là ? Je réponds bien que les Martiens en ouvriraient de grands yeux. Les voyez-vous, hein ? Les voyez-vous courir, se précipiter, haleter, s'essouffler et hurler, en s'installant dans leurs autres mécaniques ? On aurait tout désengrené à l'avance et pif, paf, pan, uitt, uitt, au moment où ils veulent s'installer dedans, le Rayon Ardent passe et l'homme a repris sa place.

L'imagination hardie de l'artilleur et le ton d'assurance et de courage avec lequel il s'exprimait dominèrent complètement mon esprit pendant un certain temps. J'admettais, sans hésitation, à la fois ses prévisions quant à la destinée de la race humaine et la possibilité de réaliser ses plans surprenants. Le lecteur qui suit l'exposé de ces faits, l'esprit tranquille et attentif, voudra bien, avant de m'accuser de sottise et de naïveté, considérer que j'étais craintivement blotti dans les buissons, l'esprit plein d'anxiété et d'appréhension. Nous conversâmes de cette façon pendant une bonne partie de la matinée, puis, après nous être glissés hors de notre cachette et avoir scruté l'horizon pour voir si les Martiens ne revenaient pas dans les environs, nous nous rendîmes en toute hâte à la maison de Putney Hill dont il avait fait sa retraite. Il s'était installé dans une des caves à charbon et quand je vis l'ouvrage qu'il avait fait en une semaine — un trou à peine long de dix mètres par lequel il voulait aller rejoindre une importante galerie d'égout — j'eus mon premier indice du gouffre qu'il y avait entre ses rêves et son courage. J'aurais pu en faire autant en une journée, mais j'avais en lui une foi suffisante pour l'aider, toute la matinée et assez tard dans l'après-midi, à creuser son passage souterrain. Nous avions une brouette et nous entassions la terre contre le fourneau de la cuisine. Nous réparâmes nos forces en absorbant le contenu d'une boîte de tête de veau à la tortue et une bouteille de vin. Après la démoralisante étrangeté des événements, j'éprouvais à travailler ainsi un grand soulagement. J'examinais son projet et bientôt des objections et des doutes m'assaillirent, mais je n'en continuais pas moins mon labeur, heureux d'avoir un but vers lequel exercer mon activité. Peu à peu, je commençai à spéculer sur la distance qui nous séparait encore de l'égout et sur les chances que nous avions de l'atteindre. Ma perplexité actuelle était de savoir pourquoi nous creusions ce long tunnel, alors qu'on pouvait s'introduire facilement dans les égouts par un regard[55] quelconque, et de là, creuser une galerie pour revenir jusqu'à cette maison. Il me semblait aussi que cette retraite était assez mal choisie et qu'il faudrait, pour y revenir, une inutile longueur de tunnel. Au moment même où tout cela m'apparaissait clairement, l'artilleur s'appuya sur sa bêche et me dit :

— Nous faisons là du bon ouvrage. Si nous nous reposions un moment ? D'ailleurs, je crois qu'il serait temps d'aller faire une reconnaissance sur le toit de la maison.

J'étais d'avis de continuer notre travail et, après quelque hésitation, il reprit son outil. Alors, une idée soudaine me frappa. Je m'arrêtai, et il s'arrêta aussi immédiatement.

— Pourquoi vous promeniez-vous dans les communaux, ce matin, au lieu d'être ici ? demandai-je.

— Je prenais l'air, répondit-il, et je rentrais. On est plus en sécurité, la nuit.

— Mais votre ouvrage... ?

— Oh ! on ne peut pas toujours travailler, dit-il.

À cette réponse, j'avais jugé mon homme. Il hésita, toujours appuyé sur sa bêche.

— Nous devrions maintenant aller faire une reconnaissance, dit-il, parce que si quelqu'un s'approchait, on entendrait le bruit de nos bêches et on nous surprendrait.

Je n'avais plus envie de discuter. Nous montâmes ensemble et, de l'échelle qui donnait accès sur le toit, nous explorâmes les environs. Nulle part on n'apercevait les Martiens, et nous nous aventurâmes sur les tuiles, nous laissant glisser jusqu'au parapet qui nous abritait.

De là, un bouquet d'arbres nous cachait la plus grande partie de Putney, mais nous pouvions voir, plus bas, le fleuve, le bouillonnement confus de l'Herbe Rouge et les parties basses de Lambeth inondées. La variété grimpante de l'Herbe Rouge avait envahi les arbres qui entourent le vieux palais[56], et leurs branches s'étendaient mortes et décharnées, garnies parfois encore de feuilles sèches, parmi tout cet enchevêtrement. Il était étrange de constater combien ces deux espèces de végétaux avaient besoin d'eau courante pour se propager. Autour de nous, on n'en voyait pas trace. Des cytises, des épines roses, des boules-de-neige montaient verts et brillants au milieu des massifs de lauriers et d'hortensias ensoleillés. Au-delà de Kensington, une fumée épaisse s'élevait qui, avec une brume bleuâtre, empêchait d'apercevoir les collines septentrionales.

L'artilleur se mit à parler de l'espèce de monde qui était restée dans Londres.

— Une nuit de la semaine dernière, dit-il, quelques imbéciles réussirent à rétablir la lumière électrique dans Regent Street et Piccadilly, où se pressa bientôt une multitude d'ivrognes en haillons, hommes et femmes, qui dansèrent et hurlèrent jusqu'à l'aurore. Quelqu'un qui s'y trouvait m'a conté la chose. Quand le jour parut, ils aperçurent une machine de combat martienne qui, toute droite dans l'ombre, les observait avec curiosité. Sans doute elle était là depuis fort longtemps. Elle s'avança alors au milieu d'eux et en captura une centaine trop ivres ou trop effrayés pour s'enfuir.

Incidents burlesques et tragiques d'une époque troublée qu'aucun historien ne pourra relater fidèlement !

Par une suite de questions, je le ramenai à ses plans grandioses. Son enthousiasme le reprit. Il exposa, avec tant d'éloquence, la possibilité de capturer une machine de combat que cette fois encore je le crus à moitié. Mais je commençais à connaître la qualité de son courage, et je comprenais maintenant pourquoi il attachait tant d'importance à ne rien faire précipitamment. D'ailleurs, il n'était plus du tout question qu'il dût s'emparer personnellement de la grande machine et s'en servir lui-même pour combattre les Martiens.

Bientôt, nous redescendîmes dans la cave. Nous ne paraissions disposés ni l'un ni l'autre à reprendre notre travail et, quand il proposa de faire une collation, j'acceptai sans hésiter. Il devint soudain très généreux ; puis le repas terminé, il sortit et revint quelques moments après avec d'excellents cigares. Nous en allumâmes chacun un et son optimisme devint éblouissant. Il inclinait à considérer ma venue comme une merveilleuse bonne fortune.

— Il y a du champagne dans la cave voisine, dit-il.

— Nous travaillerons mieux avec ce bourgogne, répondis-je.

— Non, non, vous êtes mon hôte, aujourd'hui. Bon Dieu ! nous avons assez de besogne devant nous. Prenons un peu de repos, pour rassembler nos forces, pendant que c'est possible. Regardez-moi toutes ces ampoules !

Poursuivant son idée de s'accorder un peu de répit, il insista pour que nous fissions une partie de cartes. Il m'enseigna divers jeux et, après nous être partagé Londres, lui s'attribuant la rive droite, et moi gardant la rive gauche, nous prîmes chaque paroisse comme enjeu. Si bêtement ridicule que cela paraisse au lecteur sérieux, le fait est absolument exact, et, chose plus surprenante encore, c'est que je trouvai ce jeu, et plusieurs autres auxquels nous jouâmes aussi, extrêmement intéressants.

Quel étrange esprit que celui de l'homme ! L'espèce entière était menacée d'extermination ou d'une épouvantable dégradation, nous n'avions devant nous d'autre claire perspective que celle d'une mort horrible, et nous pouvions, tranquillement assis à fumer et à boire, nous intéresser aux chances que représentaient ces bouts de carton peints, et plaisanter avec un réel plaisir. Ensuite il m'enseigna le poker et je lui gagnai tenacement trois longues parties d'échecs. Quand la nuit vint, nous étions si acharnés que nous nous risquâmes d'un commun accord à allumer une lampe.

Après une interminable série de parties, nous soupâmes et l'artilleur acheva le champagne. Nous ne cessions de fumer des cigares, mais rien ne restait de l'énergique régénérateur de la race humaine que j'avais écouté le matin de ce même jour. Il était encore optimiste, mais son optimisme était plus calme et plus réfléchi. Je me souviens qu'il proposa, dans un discours incohérent et peu varié, de boire à ma santé. Je pris un cigare et montai aux étages supérieurs, pour tâcher d'apercevoir les lueurs verdâtres dont il avait parlé.

Tout d'abord, mes regards errèrent à travers la vallée de Londres. Les collines du nord étaient enveloppées de ténèbres ; les flammes qui montaient de Kensington rougeoyaient et, de temps à autre, une langue de flamme jaunâtre s'élançait et s'évanouissait dans la profonde nuit bleue. Tout le reste de l'immense ville était obscur. Alors, plus près de moi, j'aperçus une étrange clarté, une sorte de fluorescence, d'un pâle violet pourpre, que la brise nocturne faisait frissonner. Pendant un moment, je ne pus comprendre quelle était la cause de cette faible irradiation, puis je pensai qu'elle était produite par l'Herbe Rouge. Avec cette idée, une curiosité qui n'était qu'assoupie s'éveilla en moi avec le sens de la proportion des choses. Mes yeux, alors, cherchèrent dans le ciel la planète Mars, qui resplendissait rouge et claire à l'ouest, puis longuement et fixement, mes regards s'attachèrent aux ténèbres qui s'étendaient sur Hampstead et Highgate.

Je restai longtemps sur le toit, l'esprit déconcerté par les tribulations de la journée. Je me souvenais de mes divers états d'esprit, depuis le besoin de prier que j'avais éprouvé la nuit précédente jusqu'à cette soirée stupidement passée à jouer aux cartes. Tous mes sentiments se révoltèrent, et je me rappelle avoir jeté au loin mon cigare avec un geste de destruction symbolique. Ma folie m'apparut sous un aspect monstrueusement exagéré. Il me semblait que j'avais trahi ma femme et l'humanité, et je me sentais plein de remords. Je décidai d'abandonner à ses breuvages et à sa gloutonnerie cet étrange et fantaisiste rêveur de grandes choses, et de pénétrer dans Londres. Là, me semblait-il j'aurais de meilleures chances d'apprendre ce que faisaient les Martiens et quel était le sort de mes semblables. Quand la lune tardive se leva, j'étais encore sur le toit.

## VIII

## *Londres mort*

Lorsque j'eus quitté l'artilleur, je descendis la colline, et, suivant la grand-rue, je traversai le pont qui mène à Lambeth. La végétation tumultueuse de l'Herbe Rouge le rendait alors impraticable, mais les tiges blanchissaient déjà par endroits, symptômes de la maladie qui se propageait et devait si rapidement détruire cette plante envahissante.

Au coin de la rue qui va vers la gare de Putney Bridge, je trouvai un homme étendu à terre. Il était encore vivant, mais tout couvert de poussière noire, sale comme un ramoneur, et de plus ivre à ne pouvoir ni se tenir ni parler. Je ne pus tirer de lui que des injures et des menaces, mais, s'il n'avait pas eu une physionomie aussi brutale, je serais resté avec lui.

Au long de la route, à partir du pont, il y avait partout une couche de poussière noire qui, dans Fulham, devenait fort épaisse. Une effrayante tranquillité régnait dans les rues. Dans une boulangerie, je trouvai du pain, suri, dur et moisi, mais encore mangeable. Du côté de Walham Green, la poussière noire avait disparu et je passai devant un groupe de maisons blanches qui brûlaient ; le crépitement des flammes me fut un réel soulagement, mais dans Brompton les rues redevinrent silencieuses.

Bientôt, la poussière noire tapissa de nouveau les rues, recouvrant les cadavres épars. J'en vis une douzaine en tout, au long de la grand-rue de Fulham. Ils devaient être là depuis plusieurs jours, de sorte que je ne m'attardai pas auprès d'eux. La poussière noire qui les enveloppait adoucissait leurs contours, mais quelques-uns avaient été dérangés par les chiens.

Dans tous les endroits que n'avait pas envahis la poussière noire, les boutiques closes, les maisons fermées, les jalousies baissées, l'abandon et le silence faisaient penser à un dimanche dans la Cité. En certains lieux, les pillards avaient laissé des traces, mais rarement ailleurs qu'aux boutiques de victuailles et aux tavernes. Une vitrine de bijoutier avait été brisée, mais le voleur avait dû être dérangé, car quelques chaînes d'or et une montre étaient tombées sur le trottoir. Je ne pris pas la peine d'y toucher. Plus loin, une femme déguenillée était affalée sur un seuil ; une de ses mains, qui pendait, était toute tailladée, le sang tachait ses haillons fangeux et une bouteille de champagne brisée avait fait une mare sur le trottoir. Elle paraissait dormir, mais elle était morte.

Plus j'avançais vers l'intérieur de Londres, plus profond devenait le silence. Ce n'était pas tellement le silence de la mort que l'attente de choses prochaines et tenues en suspens. À tout instant, les destructeurs qui avaient déjà dévasté les banlieues nord-ouest de la métropole et anéanti Ealing et Kilburn pouvaient fondre sur ces maisons et les transformer en un monceau de ruines fumantes. C'était une cité condamnée et désertée...

Dans les rues de South Kensington, je ne rencontrai ni cadavres ni poussière noire. Non loin de là, j'entendis pour la première fois une sorte de hurlement qui, d'abord, parvint d'une façon presque imperceptible à mes oreilles. On eût dit un sanglot alterné sur deux notes : « Oul-la, oul-la, oul-la, oul-la », sans la moindre interruption. Quand je passais devant les rues montant au nord, les deux lamentables notes croissaient de volume, puis les maisons et les édifices semblaient de nouveau les amortir et les intercepter. Au bas d'Exhibition Road, je les entendis dans toute leur ampleur. Je m'arrêtai, les yeux tournés vers Kensington Gardens, me demandant quelle pouvait bien être cette étrange et lointaine lamentation. On eût pu croire que ce désert immense d'édifices avait trouvé une voix pour exprimer sa désolation et sa solitude.

« Oulla, oulla, oulla, oulla », gémissait la voix surhumaine, en puissantes vagues sonores qui parcouraient la large rue ensoleillée, entre les hauts édifices. Surpris, je tournai à gauche, me dirigeant vers les grilles de fer de Hyde Park. Il me vint à l'idée de m'introduire dans le Muséum d'histoire naturelle et de monter jusqu'au sommet des tours, d'où je pourrais voir ce qui se passait dans le parc. Mais je me décidai à ne pas quitter le sol, où il était possible de se cacher promptement, et je m'engageai dans Exhibition Road. Toutes les spacieuses maisons qui bordent cette large voie étaient vides et silencieuses, et l'écho de mes pas se répercutait de façade en façade. Au bout de la rue, près de la grille d'entrée du parc, un spectacle inattendu frappa mes regards — un omnibus renversé et un squelette de cheval absolument décharné. Je m'arrêtai un instant, surpris, puis je continuai jusqu'au pont de la Serpentine. La voix devenait de plus en plus forte, bien que je ne pusse voir, par-dessus les maisons, du côté nord du parc, autre chose qu'une brume enfumée.

« Oulla, oulla, oulla, oulla », pleurait la voix qui venait, me semblait-il, des environs de Regent's Park. Ce cri navrant agit bientôt sur mon esprit, et la surexcitation qui m'avait soutenu passa ; cette lamentation s'empara de tout mon être et je me sentis absolument épuisé, les pieds endoloris, et de nouveau, maintenant, torturé par la faim et la soif.

Il devait être plus de midi. Pourquoi errais-je seul dans cette cité morte ? Pourquoi vivais-je seul quand tout Londres, enveloppé d'un noir suaire, était prêt à être inhumé ? Ma solitude me parut intolérable. Des souvenirs me revinrent d'amis que j'avais oubliés depuis des années. Je pensai aux poisons que contenaient les boutiques des pharmaciens et aux liqueurs accumulées dans les caves des marchands. Je me rappelai les deux êtres de désespoir, qui, autant que je le supposais, partageaient la ville avec moi.

J'arrivai dans Oxford Street par Marble Arch ; là de nouveau, je trouvai la poussière noire et des cadavres épars ; de plus, une odeur mauvaise et de sinistre augure montait des soupiraux des caves de certaines maisons. Pendant cette longue course, la chaleur m'avait grandement altéré et, après beaucoup de peine, je réussis à m'introduire dans une taverne, où je trouvai à boire et à manger. Lorsque j'eus mangé, je me sentis très las et, pénétrant dans un petit salon, derrière la salle commune, je m'étendis sur un sofa de moleskine et m'endormis.

Lorsque je m'éveillai, la lugubre lamentation retentissait encore à mes oreilles. La nuit tombait et, muni de quelques biscuits et de fromage — il y avait un garde-viande, mais il ne contenait plus que des vers —, je traversai les places silencieuses, bordées de beaux hôtels, jusqu'à Baker Street et je débouchai enfin dans Regent's Park. De l'extrémité de Baker Street, je vis, par-dessus les arbres, dans la sérénité du couchant, le capuchon d'un géant martien, et de là semblait sortir cette lamentation. Je ne ressentis aucune terreur. Le voir là me paraissait la chose la plus simple du monde, et pendant un moment je l'observai sans qu'il fît le moindre mouvement. Rigide et droit, il hurlait sans que je pusse voir pour quelle cause.

J'essayai de combiner un plan d'action. Ce bruit perpétuel : « Oulla, oulla, oulla », emplissait mon esprit de confusion. Peut-être étais-je trop las, pour être vraiment effrayé. À coup sûr, j'éprouvais, plutôt qu'une réelle peur, une grande curiosité de connaître la raison de ce cri monotone. Voulant contourner le parc, j'avançai au long de Park Road, sous l'abri des terrasses, et j'arrivai bientôt en vue du Martien immobile et hurlant. Tout à coup, j'entendis un chœur d'aboiements furieux, et je vis bientôt accourir vers moi un chien qui avait à la gueule un morceau de viande en putréfaction et que poursuivaient une bande de roquets affamés. Il fit un brusque écart pour m'éviter, comme s'il eût craint que je fusse un nouvel amateur. À mesure que les aboiements se perdaient dans la distance, j'entendis derechef le long gémissement.

À mi-chemin de la gare de St. John's Wood, je trouvai soudain les restes d'une machine à mains. D'abord, je crus qu'une maison s'était écroulée en travers de la route, et ce ne fut qu'en escaladant les ruines que j'aperçus, avec un sursaut, le monstre mécanique, avec ses tentacules rompus, tordus, faussés, gisant au milieu des dégâts qu'il avait faits. L'avant-corps était fracassé, comme si la machine s'était heurtée en aveugle contre la maison et qu'elle eût été écrasée par sa chute. Il me vint alors à l'idée que le mécanisme avait dû échapper au contrôle du Martien qui l'habitait. Il y aurait eu quelque danger à grimper sur ces ruines pour l'examiner de près, et le crépuscule était déjà si avancé qu'il me fut difficile même de voir le siège de la machine tout barbouillé du sang et des restes cartilagineux du Martien que les chiens avaient abandonnés.

Plus surpris que jamais par tous ces spectacles, je continuai mon chemin vers Primrose Hill. Au loin, par une trouée entre les arbres, j'aperçus un second Martien, debout et silencieux, dans le parc, près des Jardins zoologiques. Un peu au-delà des ruines de la machine à mains, je tombai de nouveau au milieu de l'Herbe Rouge, et le canal[57] n'était qu'une masse spongieuse de végétaux rouge sombre.

Soudain, comme je traversais le pont, les lamentables oulla, oulla, oulla, cessèrent, coupés, supprimés d'un seul geste pour ainsi dire, et le silence tomba comme un coup de tonnerre.

Les hautes maisons, autour de moi, étaient imprécises et vagues ; les arbres du côté du parc s'obscurcissaient. Partout, l'Herbe Rouge envahissait les ruines, se tordant et s'enchevêtrant pour me submerger. La Nuit, mère de la peur et du mystère, m'enveloppait. Tant que j'avais entendu la voix lamentable, la solitude et la désolation avaient été tolérables ; à cause d'elle, Londres avait paru vivre encore, et cette illusion de vie m'avait soutenu. Puis, tout à coup, un changement, le passage de je ne sais quoi, et un silence, une mort qu'on pouvait toucher, et rien d'autre que cette paix mortelle.

Toute la ville semblait me regarder avec des yeux de spectre. Les fenêtres des maisons blanches étaient des orbites vides dans des crânes, et mon imagination m'entourait de mille ennemis silencieux. La terreur, l'horreur de ma témérité s'emparèrent de moi. La rue qu'il me fallait suivre devint affreusement noire, comme un flot de goudron, et j'aperçus, au milieu du passage, une forme contorsionnée. Je ne pus me résoudre à m'avancer plus loin. Je tournai par la rue de St. John's Wood et, à toutes jambes, je m'enfuis vers Kilburn, loin de cette intolérable tranquillité. Je me cachai, pour échapper à l'obscurité et au silence, jusque bien longtemps après minuit, dans le kiosque d'une station de voitures de Harrow Road. Mais, avant l'aube, mon courage me revint, et, les étoiles scintillant encore au ciel, je repris le chemin de Regent's Park. Je me perdis dans la confusion des rues, mais j'aperçus bientôt, au bout d'une longue avenue, la pente de Primrose Hill. Au sommet de la colline, se dressant jusqu'aux étoiles qui pâlissaient, était un troisième Martien, debout et immobile comme les autres.

Une volonté insensée me poussait. Je voulais en finir, dussé-je y rester, et je voulais même m'épargner la peine de me tuer de ma propre main. Je m'avançai insouciant vers le Titan ; comme j'approchais et que l'aube devenait plus claire, je vis une multitude de corbeaux qui s'attroupaient et volaient en cercles autour du capuchon de la machine. À cette vue, mon cœur bondit et je me mis à courir.

Je traversai précipitamment un fourré d'Herbe Rouge qui obstruait St. Edmund's Terrace, barbotai, jusqu'à mi-corps, dans un torrent qui s'échappait des réservoirs de distribution des eaux, et avant que le soleil ne se fût levé, je débouchai sur les pelouses. Au sommet de la colline, d'énormes tas de terre avaient été remués, formant une sorte de formidable redoute : c'était le dernier et le plus grand des camps qu'établirent les Martiens. De derrière ces retranchements, une mince colonne de fumée montait vers le ciel. Contre l'horizon, un chien avide passa et disparut. La pensée qui m'avait frappé devenait réelle, devenait croyable. Je ne ressentais aucune crainte, mais seulement une folle exultation qui me faisait frissonner, tandis que je gravissais, en courant, la colline vers le monstre immobile. Hors du capuchon pendaient des lambeaux bruns et flasques que les oiseaux carnassiers déchiraient à coups de bec.

En un instant, j'eus escaladé le rempart de terre, et, debout sur la crête, je pus voir l'intérieur de la redoute ; c'était un vaste espace où gisaient, en désordre, des mécanismes gigantesques, des monceaux énormes de matériaux et des abris d'une étrange sorte. Puis, épars çà et là, quelques-uns dans leurs machines de guerre renversées ou dans les machines à mains, rigides maintenant, et une douzaine d'autres silencieux, roides et alignés, étaient des Martiens — *morts* — tués par les bacilles des contagions et des putréfactions, contre lesquels leurs systèmes n'étaient pas préparés ; tués comme l'était l'Herbe Rouge, tués, après l'échec de tous les moyens humains de défense, par les infimes créatures que la divinité, dans sa sagesse, a placées sur la Terre.

Car tel était le résultat, comme j'aurais pu d'ailleurs, ainsi que bien d'autres, le prévoir, si l'épouvante n'avait pas affolé nos esprits. Les germes des maladies ont, depuis le commencement des choses, prélevé leur tribut sur l'humanité — sur nos ancêtres préhistoriques, dès l'apparition de toute vie. Mais, en vertu de la sélection naturelle, notre espèce a depuis lors développé sa force de résistance ; nous ne succombons à aucun de ces germes sans une longue lutte, et contre certains autres — ceux, par exemple, qui amènent la putréfaction des matières mortes — notre carcasse vivante jouit de l'immunité. Mais il n'y a pas, dans la planète Mars, la moindre bactérie, et dès que nos envahisseurs martiens arrivèrent, aussitôt qu'ils absorbèrent de la nourriture, nos alliés microscopiques se mirent à l'œuvre pour leur ruine. Quand je les avais vus et examinés, ils étaient déjà irrévocablement condamnés, mourant et se corrompant, à mesure qu'ils s'agitaient. C'était inévitable. L'homme a payé, au prix de millions et de millions de morts, sa possession héréditaire du globe terrestre : il lui appartient contre tous les intrus, et il serait encore à lui, même si les Martiens étaient dix fois plus puissants. Car l'homme ne vit ni ne meurt en vain.

Les Martiens, une cinquantaine en tout, étaient là, épars, dans l'immense fosse qu'ils avaient creusée, surpris par une mort qui dut leur sembler absolument incompréhensible. Moi-même, alors, je n'en devinais pas la cause. Tout ce que je savais, c'est que ces êtres, qui avaient été vivants et si terribles pour les hommes, étaient morts. Un instant, je m'imaginai que la destruction de Sennachérib[58] s'était reproduite : Dieu s'était repenti, et l'ange de la mort les avait frappés pendant la nuit.

Je restais là debout, contemplant le gouffre. Soudain le soleil levant enflamma le monde de ses rayons étincelants, et mon cœur bondit de joie. La fosse était encore obscure ; les formidables engins, d'une puissance et d'une complexité si grandes et si surprenantes, si peu terrestres par leurs formes tortueuses et bizarres, montaient, sinistres, étranges et vagues, hors des ténèbres, vers la lumière. J'entendais une multitude de chiens qui se battaient autour des cadavres, gisant dans l'ombre, au fond de la cavité. Sur l'autre bord, plate, vaste et insolite, était la grande machine volante qu'ils expérimentaient dans notre atmosphère plus dense, quand la maladie et la mort les avaient arrêtés. Et cette mort ne venait pas trop tôt. Un croassement me fit lever la tête, et mes regards rencontrèrent l'immense machine de guerre, qui ne combattrait plus jamais, et les lambeaux de chair rougeâtre qui pendaient des sièges des machines renversées, sur le sommet de Primrose Hill.

Me tournant vers le bas de la pente, j'aperçus, auréolés de vols de corbeaux, les deux autres géants que j'avais vus la veille, et tels encore que la mort les avait surpris. Celui dont j'avais entendu les cris et les appels était mort. Peut-être fut-il le dernier à mourir, et son gémissement s'était continué sans interruption jusqu'à l'épuisement de la force qui activait sa machine. Maintenant, tripodes inoffensifs de métal brillant, ils étincelaient dans la gloire du soleil levant.

Tout autour de cette fosse, sauvée comme par miracle d'une éternelle destruction, s'étendait la grande métropole. Ceux qui n'ont vu Londres que voilé de ses sombres brouillards fumeux peuvent difficilement s'imaginer la clarté et la beauté qu'avait son désert silencieux de maisons.

Vers l'est, au-dessus des ruines noircies d'Albert Terrace et de la flèche rompue de l'église, le soleil scintillait, éblouissant, dans un ciel clair, et ici et là, quelque vitrage, dont l'immensité des toits reflétait les rayons avec une aveuglante intensité. Il inondait de clarté les quais et les immenses magasins circulaires de la gare de Chalk Farm, les vastes espaces, veinés auparavant de rails noirs et brillants, rouges maintenant de la rouille rapide de quinze jours de repos, et il y avait sur tout cela quelque chose du mystère de la beauté.

Au nord, vers l'horizon bleu, Kilburn et Hampstead s'étendaient, avec leurs multitudes de maisons. À l'ouest, la grande cité était encore dans l'ombre, et vers le sud, au-delà des Martiens, les prés verts de Regent's Park, le Langham Hotel, le dôme de l'Albert Hall, l'Institut impérial, les maisons géantes de Brompton Road se détachaient avec précision dans le soleil levant tandis que les ruines de Westminster surgissaient d'une légère brume. Plus loin encore s'élevaient les collines bleues du Surrey et les tours du Palais de Cristal[59] étincelantes comme deux baguettes d'argent. La masse de St. Paul's faisait une tache sombre sur le ciel, et sur le côté ouest du dôme, je vis alors un immense trou béant.

En contemplant cette vaste étendue de maisons, de magasins, d'églises, silencieuse et abandonnée, en songeant aux espoirs et aux efforts infinis, aux multitudes innombrables de vies qu'il avait fallu pour édifier ce récif humain, à la soudaine et impitoyable destruction qui avait menacé tout cela, quand je compris nettement que la menace n'avait pas été accomplie, que de nouveau les hommes allaient parcourir ces rues et que cette vaste cité morte, qui m'était si chère, retrouverait sa vie et sa richesse, je ressentis une émotion telle que je me mis à pleurer.

Le supplice avait pris fin. Dès ce jour même, la guérison allait commencer. Tout ce qu'il survivait de gens dans les provinces, sans direction, sans loi, sans vivres, comme des troupeaux sans bergers, et ceux qui avaient fui par mer allaient revenir ; la vie, de plus en plus puissante et active, animerait encore les rues vides, et se répandrait dans les squares déserts. Quoi qu'ait pu faire la destruction, la main du destructeur s'était arrêtée. Tous les décombres géants, les squelettes noircis des maisons, qui paraissaient si lugubres par-delà les flancs gazonnés et ensoleillés de la colline, retentiraient bientôt du bruit des marteaux et des truelles. À cette idée, j'étendis les mains vers le ciel, en un élan de gratitude pour la Divinité. Dans un an, pensai-je, dans un an...

Puis, avec une force irrésistible, mes pensées revinrent vers moi, vers ma femme, vers l'ancienne existence d'espoir et de tendresse qui avait cessé pour toujours...

IX

## *Le désastre*

Voici maintenant la chose la plus étrange de mon récit, bien qu'elle ne soit pas sans doute absolument surprenante. Je me rappelle clairement, froidement, vivement, tout ce que je fis ce jour-là, jusqu'au moment où j'étais debout au sommet de Primrose Hill pleurant et remerciant Dieu. Après cela, je ne sais plus rien...

Des trois jours qui suivirent, il ne me reste le moindre souvenir. Depuis lors, j'ai appris que, bien loin d'avoir été le premier à découvrir la destruction des Martiens, plusieurs autres vagabonds, errant comme moi, avaient déjà fait cette découverte la nuit précédente. Un homme — le premier — avait été à Saint-Martin-le-Grand, et, tandis que j'étais caché dans le kiosque de la station de cabs, il avait trouvé le moyen de télégraphier à Paris. De là, la joyeuse nouvelle avait parcouru le monde entier ; mille cités, effarées par d'horribles appréhensions, s'étaient livrées, au milieu d'illuminations folles, à des manifestations frénétiques ; on savait la chose à Dublin, à Edimbourg, à Manchester, à Birmingham, pendant que j'étais au bord du talus à examiner la fosse. Déjà des hommes pleurant de joie chantaient, interrompant leur travail pour se serrer les mains et pousser des vivats, formaient des trains qui redescendaient vers Londres. Les cloches, qui s'étaient tues depuis une quinzaine, proclamèrent tout à coup la nouvelle, et ce ne fut, dans toute l'Angleterre, qu'un seul carillon. Des hommes à bicyclette, maigres et débraillés, s'essoufflaient sur toutes les routes, criant partout la délivrance inattendue aux gens désemparés, rôdant à l'aventure, la face décharnée et les yeux effarés. Et les vivres ! Par la Manche, par la mer d'Islande, par l'Atlantique, le blé, le pain, la viande accouraient à notre aide. Tous les vaisseaux du monde semblaient alors se diriger vers Londres. Mais de tout cela je n'ai gardé le moindre souvenir. J'errai par la ville — en proie à un accès de démence, et revenant à la raison, je me trouvai chez des braves gens qui m'avaient recueilli, alors que, depuis trois jours, je vagabondais, pleurant de rage, à travers les rues de St. John's Wood. Ils me racontèrent par la suite que je chantais une sorte de complainte, des phrases incohérentes, telles que : *Le dernier homme vivant ! Hurrah ! Le dernier homme en vie*. Préoccupés comme ils devaient l'être de leurs propres affaires, ces gens, dont je ne saurais même donner ici le nom, malgré mon vif désir de leur exprimer ma reconnaissance, ces gens s'encombrèrent néanmoins de moi, me donnèrent asile et me protégèrent contre ma propre fureur.

Apparemment j'avais dû, pendant ce laps de temps, leur conter des bribes de mon histoire.

Quand mon égarement eut cessé, ils m'annoncèrent, avec beaucoup de ménagements, ce qu'ils avaient appris du sort de Leatherhead. Deux jours après mon emprisonnement, la ville, avec tous ses habitants, avait été détruite par un Martien, qui l'avait saccagée de fond en comble, semblait-il, sans aucune provocation, comme un gamin bouleverserait une fourmilière, pour le simple caprice de faire étalage de sa force.

Je me trouvais sans famille et sans foyer, et ils furent très bons pour moi. J'étais seul et triste et ils me supportèrent avec indulgence. Je passai avec eux les quatre jours qui suivirent ma guérison. Pendant tout ce temps, je sentis un désir inexplicable et de plus en plus vif de revoir, une fois encore, ce qui restait de ma petite existence passée, qui avait paru si brillante et si heureuse. C'était un désir sans espoir, un besoin de me repaître de ma misère. Ils firent tout ce qu'ils purent pour me dissuader et me distraire de cette pensée morbide. Mais bientôt je ne pus résister plus longtemps à cette impulsion ; leur promettant de revenir fidèlement, et, je l'avoue, me séparant de ces amis de quatre jours avec des larmes dans les yeux, je m'aventurai derechef par les rues qui récemment avaient été si sombres, si insolites, si vides.

Déjà, elles étaient emplies de gens qui revenaient ; à certains endroits même, des boutiques étaient ouvertes et j'aperçus une fontaine Wallace[60] où coulait un filet d'eau.

Je me souviens combien ironiquement brillant semblait le jour, au moment où j'entreprenais ce mélancolique pèlerinage à la petite maison de Woking, combien étaient affairées les rues, et vivante l'animation qui m'entourait.

Partout les gens, innombrables, étaient dehors, empressés à mille occupations, et l'on ne pouvait croire qu'une grande partie de la population avait été massacrée. Mais je remarquai alors combien les faces des gens que je rencontrais étaient jaunes, combien longs et hérissés les cheveux des hommes, combien grands et brillants leurs yeux, tandis que la plupart étaient encore revêtus de leurs habits en haillons. Sur les figures, on ne voyait que deux expressions : une joie et une énergie exultantes, ou une farouche résolution. À part l'expression des visages, Londres semblait une ville de mendiants et de chemineaux. En grande confusion, on distribuait partout le pain qu'on nous avait envoyé de France. Les rares chevaux qu'on rencontrait avaient les côtes horriblement apparentes. Des agents spécialement engagés, l'air hagard, un insigne blanc au bras, se tenaient au coin des rues. Je ne vis pas grand-chose des méfaits des Martiens avant d'arriver à Wellington Street, où l'Herbe Rouge grimpait par-dessus les piles et les arches du pont de Waterloo.

Au coin du pont, je rencontrai un des contrastes baroques, habituels en ces occasions. Un grand papier, fixé à une tige, s'étalait contre un fourré d'Herbe Rouge. C'était une affiche du premier journal qui ait repris sa publication ; j'en payai un exemplaire avec un shilling tout noirci, que je retrouvai dans une poche. La plus grande partie du journal était en blanc, mais le compositeur s'était amusé à remplir la dernière page avec une collection d'annonces fantaisistes. Le reste était une suite d'impressions et d'émotions personnelles rédigées à la hâte ; le service des nouvelles n'était pas encore réorganisé. Je n'appris rien de nouveau, sinon qu'en une seule semaine l'examen des mécanismes martiens avait donné des résultats surprenants. Parmi d'autres choses, on affirmait — ce que je ne puis croire encore — qu'on avait découvert le « secret de voler ». À la gare de Waterloo, je trouvai des trains qui ramenaient gratis les gens chez eux. Le premier flot s'étant déjà écoulé, il n'y avait heureusement que peu de voyageurs dans le train et je ne me sentais guère disposé à soutenir une conversation occasionnelle. Je m'installai seul dans un compartiment, et, les bras croisés, je contemplai, par la portière ouverte, le lamentable spectacle de toute cette dévastation ensoleillée. Au sortir de la gare, le train cahota sur une voie temporaire. De chaque côté les maisons n'étaient que des ruines noircies. À l'embranchement de Clapham, Londres apparut tout barbouillé par la poussière de la Fumée Noire, malgré les deux derniers jours d'orages et de pluies. Là aussi, une partie de la voie avait été détruite, et des centaines d'ouvriers — commis sans emploi et gens de magasins — travaillaient à côté des terrassiers ordinaires et nous fûmes encore cahotés sur une voie provisoire, hâtivement établie.

Tout au long de la ligne, l'aspect de la contrée était désolé et bouleversé. Wimbledon avait particulièrement souffert ; Walton, grâce à ses bois de sapins qui n'avaient pas été incendiés, parut être la localité la moins endommagée. La Wandle, la Mole, tous les cours d'eau n'étaient que des masses enchevêtrées d'Herbe Rouge. Les forêts de pins du Surrey étaient des endroits trop secs pour que ces végétations les envahissent. Après la gare de Wimbledon, on voyait, des fenêtres du train, dans des pépinières, les masses de terre remuées par la chute du sixième cylindre. Un certain nombre de gens se promenaient là, et des troupes du génie travaillaient alentour. Un pavillon anglais flottait joyeusement à la brise du matin. Les pépinières étaient partout envahies par les végétations écarlates, une immense étendue aux teintes livides, coupées d'ombres pourpres et très pénibles à l'œil. Le regard, avec un infini soulagement, se portait des grès roussâtres et des rouges lugubres du premier plan, vers la douceur verte et bleue des collines de l'Est.

À Woking, la ligne était encore en réparation. Je dus descendre à Byfleet et prendre la route de Maybury, en passant par l'endroit où l'artilleur et moi avions causé aux hussards, et par la lande où un Martien m'était apparu pendant l'orage. Là, poussé par la curiosité, je fis un détour pour chercher, dans un fouillis d'Herbe Rouge, le dog-cart renversé et brisé, les os blanchis du cheval, épars et rongés. Je demeurai là un instant, à examiner ces vestiges.

Puis, je repris mon chemin à travers le bois de sapins, en certains endroits enfoncé jusqu'au cou dans l'Herbe Rouge ; le cadavre de l'hôtelier du Chien-Tigré n'était plus à la place où je l'avais vu, et je pensai qu'il avait déjà dû être enterré ; je revins ainsi chez moi en passant par College Arms. Un homme, debout contre la porte ouverte d'un cottage, me salua par mon nom, quand je passai devant lui.

Avec un éclair d'espoir, qui se dissipa immédiatement, je regardai ma maison. La porte avait été forcée ; elle ne tenait plus fermée, et, au moment où j'approchai, elle s'ouvrit lentement.

Elle se referma soudain en claquant. Les rideaux de mon cabinet flottaient au courant d'air de la fenêtre ouverte, la fenêtre de laquelle l'artilleur et moi avions guetté l'aurore. Depuis lors, personne ne l'avait fermée. Les bouquets d'arbustes écrasés étaient encore tels que je les avais laissés quatre semaines auparavant. Je trébuchai dans le vestibule et la maison sonna le vide. L'escalier était taché et sale à l'endroit où, trempé jusqu'aux os par l'orage, je m'étais laissé tomber, la nuit de la catastrophe. En montant, je trouvai les traces boueuses de nos pas.

Je les suivis jusqu'à mon cabinet ; là, sous la sélénite[61] qui me servait de presse-papiers, étaient encore les feuilles du manuscrit que j'avais laissé interrompu, l'après-midi où le cylindre s'ouvrit. Je parcourus ma dissertation inachevée. C'était un article sur « Le développement des Idées morales et les Progrès de la Civilisation ». La dernière phrase commençait prophétiquement ainsi : « Nous pouvons espérer que dans deux cents ans... » Brusquement, mon travail en restait là ; je me rappelai l'incapacité où je m'étais trouvé de fixer mon esprit, ce matin d'il y avait à peine un mois, et avec quel plaisir je m'étais interrompu pour aller recevoir la *Daily Chronicle* des mains du petit porteur de journaux. Je me souvins que j'étais allé au-devant de lui jusqu'à la grille du jardin, et que j'avais écouté avec une surprise incrédule son étrange histoire des « hommes tombés de Mars ».

Je redescendis dans la salle à manger, j'y retrouvai, tels que l'artilleur et moi les avions laissés, le gigot et le pain en fort mauvais état, et une bouteille de bière renversée. Mon foyer était désolé. Je compris combien était fou le faible espoir que j'avais si longtemps caressé. Alors, quelque chose d'étrange se produisit.

— C'est inutile, disait une voix ; la maison est vide — depuis plus de dix jours sans doute. Ne restez pas là à vous torturer. Vous seule avez échappé.

J'étais frappé de stupeur. Avais-je pensé tout haut ? Je me retournai. Derrière moi, la porte-fenêtre était restée ouverte et, m'approchant, je regardai au-dehors.

Là, stupéfaits et effrayés, autant que je l'étais moi-même, je vis mon cousin et ma femme — ma femme livide et les yeux sans larmes. Elle poussa un cri étouffé.

— Je suis venue, dit-elle... Je savais... Je savais bien...

Elle porta la main à sa gorge et chancela. Je fis un pas en avant et la reçus dans mes bras.

X

*Épilogue*

En terminant mon récit, je regrette de n'avoir pu contribuer qu'en une si faible mesure à jeter quelque clarté sur maintes questions controversées et qu'on discute encore. Sous un certain rapport, j'encourrai certainement des critiques, mais mon domaine particulier est la philosophie spéculative, et mes connaissances en physiologie comparée se bornent à un ou deux manuels. Cependant, il me semble que les hypothèses de Carter, pour expliquer la mort rapide des Martiens, sont si probables qu'on peut les considérer comme une conclusion démontrée, et je me suis rangé à cette opinion, dans le cours de mon récit.

Quoi qu'il en soit, on ne retrouva, dans les cadavres martiens qui furent examinés après la guerre, aucun bacille autre que ceux connus déjà comme appartenant à des espèces terrestres. Le fait qu'ils n'enterraient pas leurs morts, et les massacres qu'ils perpétrèrent avec tant d'indifférence, prouvent qu'ils ignoraient entièrement les dangers de la putréfaction. Mais, si concluant que cela soit, ce n'est en aucune façon un argument irréfutable et catégorique.

La composition de la Fumée Noire, que les Martiens employèrent avec des effets si meurtriers, est encore inconnue, et le générateur du Rayon Ardent demeure un mystère. Les terribles catastrophes, qui se produisirent pendant des recherches aux laboratoires d'Ealing et de South Kensington, ont découragé les chimistes, qui n'osent se livrer à de plus amples investigations. L'analyse spectrale de la Poussière Noire indique, sans possibilité d'erreur, la présence d'un élément inconnu, qui forme, dans le vert du spectre, un groupe brillant de trois lignes ; il se peut que cet élément se combine avec l'argon, pour former un composé qui aurait un effet immédiat et mortel sur quelque partie constitutive du sang. Mais des spéculations aussi empiriques n'intéressent guère l'ordinaire lecteur, auquel s'adresse ce récit. On n'avait naturellement pas pu examiner l'écume brunâtre qui descendit la Tamise après la destruction de Shepperton, et on n'aura plus l'occasion de le faire.

J'ai déjà donné les résultats de l'examen anatomique des Martiens, autant qu'un tel examen était possible sur les restes laissés par les chiens errants. Tout le monde a pu voir le magnifique spécimen, presque complet, qui est conservé dans l'alcool au Muséum d'histoire naturelle, ou les innombrables dessins et reproductions qui en furent faits ; mais, en dehors de cela, l'intérêt qu'offrent leur physiologie et leur structure demeure purement scientifique.

Une question, d'un intérêt plus grave et plus universel, est la possibilité d'une nouvelle attaque des Martiens. Je suis d'avis que l'on n'a pas accordé suffisamment d'attention à cet aspect du problème. À présent, la planète Mars est en conjonction[62], mais pour moi, à chaque retour de son opposition, je m'attends à une nouvelle tentative. En tout cas, nous devrons être prêts. Il me semble qu'il serait possible de déterminer exactement la position du canon avec lequel ils nous envoient leurs projectiles, d'établir une surveillance continuelle de cette partie de la planète et d'être avertis de leur prochaine invasion.

On pourrait alors détruire le cylindre, avec de la dynamite ou d'autres explosifs, avant qu'il ne soit suffisamment refroidi pour permettre aux Martiens d'en sortir ; ou bien, on pourrait les massacrer à coups de canon, dès que le couvercle serait dévissé. Il me paraît que, par l'échec de leur première surprise, ils ont perdu un avantage énorme, et peut-être aussi voient-ils la chose sous le même jour.

Lessing a donné d'excellentes raisons de supposer que les Martiens ont effectivement réussi à faire une descente sur la planète Vénus. Il y a sept mois, Vénus et Mars étaient sur une même ligne avec le Soleil, c'est-à-dire que, pour un observateur placé sur la planète Vénus, Mars se trouvait en opposition. Peu après, une trace particulièrement sinueuse et lumineuse apparut sur l'hémisphère obscur de Vénus, et, presque simultanément, une trace faible et sombre, d'une similaire sinuosité, fut découverte sur une photographie du disque martien. Il faut voir les dessins qu'on a faits de ces signes, pour apprécier pleinement leurs caractères remarquablement identiques.

En tout cas, que nous attendions ou non une nouvelle invasion, ces événements nous obligent à modifier grandement nos vues sur l'avenir des destinées humaines. Nous avons appris, maintenant, à ne plus considérer notre planète comme une demeure sûre et inviolable pour l'homme : jamais nous ne serons en mesure de prévoir quels biens ou quels maux invisibles peuvent nous venir tout à coup de l'espace. Il est possible que, dans le plan général de l'univers, cette invasion ne soit pas pour l'homme sans utilité finale ; elle nous a enlevé cette sereine confiance en l'avenir, qui est la plus féconde source de la décadence ; elle a fait à la science humaine des dons inestimables, et contribué dans une large mesure à avancer la conception du bien-être pour tous, dans l'humanité. Il se peut qu'à travers l'immensité de l'espace les Martiens aient suivi le destin de leurs pionniers, et que, profitant de la leçon, ils aient trouvé dans la planète Vénus une colonie plus sûre. Quoi qu'il en soit, pendant bien des années encore, on continuera de surveiller sans relâche le disque de Mars, et ces traits enflammés du ciel, les étoiles filantes, en tombant, apporteront à tous les hommes une inéluctable appréhension.

Il serait difficile d'exagérer le merveilleux développement de la pensée humaine, qui fut le résultat de ces événements. Avant la chute du premier cylindre, il régnait une conviction générale qu'à travers les abîmes de l'espace aucune vie n'existait, sauf à la chétive surface de notre minuscule sphère. Maintenant, nous voyons plus loin. Si les Martiens ont pu atteindre Vénus, rien n'empêche de supposer que la chose soit possible aussi pour les hommes. Quand le lent refroidissement du soleil aura rendu cette terre inhabitable, comme cela arrivera, il se peut que la vie, qui a commencé ici-bas, aille se continuer sur la planète sœur. Aurons-nous à la conquérir ?

Obscure et prodigieuse est la vision que j'évoque de la vie, s'étendant lentement, de cette petite serre chaude du système solaire, à travers l'immensité vide de l'espace sidéral. Mais c'est un rêve lointain. Il se peut aussi, d'ailleurs, que la destruction des Martiens ne soit qu'un court répit. Peut-être est-ce à eux et nullement à nous que l'avenir est destiné.

Il me faut avouer que la détresse et les dangers de ces moments ont laissé, dans mon esprit, une constante impression de doute et d'insécurité. J'écris, dans mon bureau, à la clarté de la lampe, et soudain, je revois la vallée, qui s'étend sous mes fenêtres, incendiée et dévastée, je sens la maison autour de moi vide et désolée. Je me promène sur la route de Byfleet, et je croise toutes sortes de véhicules, une voiture de boucher, un landau de gens en visite, un ouvrier à bicyclette, des enfants s'en allant à l'école, et soudain, tout cela devient vague et irréel, et je crois encore fuir avec l'artilleur, à travers le silence menaçant et l'air brûlant. La nuit, je revois la Poussière Noire obscurcissant les rues silencieuses, et, sous ce linceul, des cadavres grimaçants ; ils se dressent devant moi, en haillons et à demi dévorés par les chiens ; ils m'invectivent et deviennent peu à peu furieux, plus pâles et plus affreux, et se transforment enfin en affolantes contorsions d'humanité. Puis je m'éveille, glacé et bouleversé, dans les ténèbres de la nuit.

Je vais à Londres ; je me mêle aux foules affairées de Fleet Street et du Strand, et ces gens semblent être les fantômes du passé, hantant les rues que j'ai vues silencieuses et désolées, allant et venant, ombres dans une ville morte, caricatures de vie dans un corps pétrifié. Il me semble étrange, aussi, de grimper, ce que je fis la veille du jour où j'écrivis ce dernier chapitre, au sommet de Primrose Hill, pour voir la concentration de maisons, vagues et bleuâtres, à travers un voile de fumée et de brume, disparaissant au loin dans le ciel bas et sombre, de voir les gens se promener dans les allées bordées de fleurs, au flanc de la colline, d'observer les curieux venant voir la machine martienne, qu'on a laissée là encore, d'entendre le tapage des enfants qui jouent, et de me rappeler que je vis tout cela, ensoleillé et clair, triste et silencieux, à l'aube de ce dernier grand jour...

Et le plus étrange de tout, encore, est de penser, tandis que j'ai dans la mienne sa main mignonne, que ma femme m'a compté, et que je l'ai comptée, elle aussi, parmi les morts.

# NOTES

Les notes suivantes éclairent les difficultés qu'un bon dictionnaire ne résout pas toujours.

1 *(p. 7)*. « *But who shall dwell [...] made for man ?* » : « Mais qui peut habiter ces Mondes, s'ils sont habités ?... Qui sont les Maîtres de l'Univers, eux ou nous ?... Et comment toutes choses ne seraient-elles faites que pour l'homme ? » (Kepler, cité par Robert Burton).

2 *(p. 12)*. *Hypothèse des nébuleuses* : hypothèse due à l'astronome, mathématicien et physicien français Laplace (1749-1827), selon laquelle le Soleil et son système sont issus ensemble, il y a 4,6 milliards d'années, d'un nuage gazeux, nébuleuse primitive qui, en se condensant, a donné des anneaux fractionnés ensuite en différentes planètes. Une autre hypothèse, dite « sans anneaux », prévaut aujourd'hui.

3 *(p. 15)*. *Opposition* : situation de la planète Mars quand elle se trouve exactement opposée au Soleil par rapport à la Terre. Ceci se produit en moyenne tous les 2 ans 50 jours. C'est alors que Mars est visible au mieux de la Terre. Si l'opposition a lieu fin août, la distance Mars-Terre peut tomber à 55 millions de kilomètres.

4 *(p. 15)*. *Fils transmetteurs* : fils télégraphiques.

5 *(p. 18)*. *Siphon* : bouteille hermétique contenant de l'eau gazéifiée sous pression, avec un bouchon muni d'un levier pour la servir.

6 *(p. 22)*. *Jalousies* : à l'origine, treillis de bois ou de métal

permettant de voir au-dehors sans être vu. Désigne aujourd'hui un volet mobile formé de lamelles orientables.

7 *(p. 28). Sur la lande* : le titre original est « On Horsell Common », c'est-à-dire : sur le terrain communal de Horsell.

8 *(p. 28). À chat* : à chat perché.

9 *(p. 30). Voitures de louage, cabriolet, landau* : il s'agit bien sûr de voitures attelées à des chevaux.

10 *(p. 36). Gorgonesque* : adjectif formé sur Gorgone, monstre de la mythologie grecque à chevelure de serpents.

11 *(p. 42). Épée de flammes* : allusion biblique. Dans le livre de la Genèse, Adam chassé du jardin d'Éden s'en voit interdire l'accès par une telle arme.

12 *(p. 46). Fleureter* : conter fleurette, courtiser. On peut rapprocher de *flirter*, qui vient de l'anglais *to flirt*, bien que les deux verbes soient probablement sans rapport de parenté étymologique.

13 *(p. 57). Canard* : fausse nouvelle dans la presse.

14 *(p. 58). Trucks* : mot anglais passé dans le vocabulaire ferroviaire, désignant des wagons à plate-forme.

15 *(p. 59). Baraquements* : traduction discutable de *barracks* ; il faut comprendre « caserne ».

16 *(p. 60). Maxims* : type de mitrailleuses, du nom de l'inventeur Hiram Maxim.

17 *(p. 66). Pièce de campagne* : canon léger de l'artillerie de campagne, destiné à appuyer l'infanterie en opération. À distinguer des canons d'artillerie lourde, comme les « pièces de siège », page 145.

18 *(p. 67). Dog-cart* : carriole avec deux sièges opposés dos à dos.

19 *(p. 71). En pleine mêlée* : le titre original « In the storm » signifie, au sens premier, « dans l'orage », « dans la tempête ». Mais *storm*, au sens militaire, peut signifier aussi l'assaut.

20 *(p. 72). Les deux lanternes* : il s'agit des lanternes accrochées à la voiture à cheval et tenant lieu d'éclairage (terme conservé pour désigner les feux de position, ou veilleuses, d'une automobile).

21 *(p. 82). Réflexions* : reflets, images reflétées.

22 *(p. 85 et 86). Pièce d'artillerie, avant-train, caisson* : le canon léger (voir note 17) est amené à pied d'œuvre au moyen d'un train d'artillerie, c'est-à-dire d'un attelage conduit par les servants de pièce. Le caisson est le chariot dans lequel sont transportées les munitions.

**23** *(p. 109)*. *Le tremblement de terre qui détruisit Lisbonne* : la capitale du Portugal fut ravagée par un tremblement de terre en 1755. Cette catastrophe émut considérablement les contemporains. Voltaire lui consacra un *Poème* célèbre où il pose le problème du mal qui frappe aveuglément, et critique la croyance en la Providence.

**24** *(p. 124)*. *Lungs* : littéralement, poumons. Au sens figuré, espaces de plein air dans une ville ou à sa proximité.

**25** *(p. 124)*. *Salutistes* : membres de l'Armée du Salut, association religieuse charitable fondée à Londres en 1865 par William Booth.

**26** *(p. 125)*. *Fleet Street* : rue où se trouvent les directions de la plupart des journaux nationaux et agences de presse britanniques.

**27** *(p. 127)*. *Le Strand* : l'une des artères les plus vivantes de Londres. S'étirant entre Charing Cross Station et Fleet Street, elle relie Westminster à la City.

**28** *(p. 131)*. *Marteaux de porte* : heurtoirs.

**29** *(p. 141)*. *Un vaste Moscou en flammes* : épisode de la campagne de Russie, en 1812. À l'entrée des troupes napoléoniennes, l'immense cité de bois fut dévastée par des incendies sans doute allumés à l'instigation du gouverneur Rostopchine (père de la future comtesse de Ségur).

**30** *(p. 142)*. *Kopjes* : petites collines en Afrique du Sud.

**31** *(p. 156)*. *Souverains* : pièces de monnaie valant une livre sterling ou 25 francs avant 1914.

**32** *(p. 163)*. *Voiture de maître* : voiture appartenant à son utilisateur, par opposition aux voitures de louage (voir p. 30).

**33** *(p. 171)*. *Pool* : au sens premier, flaque, mare. Désigne ensuite la partie d'une rivière où l'eau est calme et profonde ; ici, la section de la Tamise entre London Bridge, à l'ouest, et Tower Bridge, à l'est, où autrefois venaient relâcher un très grand nombre de bateaux.

**34** *(p. 171)*. *Steamboat* : équivalent de *steamer*, navire à vapeur.

**35** *(p. 171)*. *Crocs* : le mot *gaffes* traduirait ici plus justement *boathooks*.

**36** *(p. 173)*. *Primrose Hill* : au nord de Regent's Park.

**37** *(p. 174)*. *La Naze* : nom d'une presqu'île au nord de la côte d'Essex, en dessous de Harwich.

**38** *(p. 176)*. *Steamer à aubes* : bateau à vapeur propulsé par deux roues à aubes.

**39** *(p. 177). Œuvres mortes* : partie du bateau située au-dessus de la ligne de flottaison.

**40** *(p. 182). Lisses* : garde-fou sur le pavois du bateau.

**41** *(p. 190). Ce linceul de cendre [...] destruction de Pompéi* : allusion aux corps figés par la lave dans leur ultime posture lors de l'éruption du Vésuve qui détruisit Pompéi en 79 apr. J.-C.

**42** *(p. 190). Hampton Court* : résidence royale.

**43** *(p. 194). Laverie* : buanderie.

**44** *(p. 197). Gravures primes* : dans l'original, *coloured supplements*, illustrations offertes en supplément dans un magazine.

**45** *(p. 202). Poupard de carton* : dans l'original, *dutch doll*, poupée représentant un bébé gros et joufflu.

**46** *(p. 208). Antémartienne* : sur le modèle de antédiluvien (avant le Déluge).

**47** *(p. 209). Substratum* : substrat.

**48** *(p. 211). Cycles, patins de route, machines volantes Lilienthal* : pour les deux premières expressions, comprendre « bicyclettes », « patins à roulettes ». Otto Lilienthal (1848-1896), ingénieur allemand inspiré par l'observation des oiseaux, fut un des pionniers du vol à voile. Il réussit plus de deux mille vols planés avant de s'écraser.

**49** *(p. 217). Voies de fait* : on traduira plus simplement le mot anglais *blows* par « coups » !

**50** *(p. 225). Battit la campagne* : déraisonna, divagua.

**51** *(p. 226). Le pressoir du Seigneur* : allusion au « pressoir mystique », dans la tradition chrétienne. L'image des raisins écrasés pour donner un vin délectable traduit la purification, la spiritualisation de l'homme à travers les épreuves.

**52** *(p. 227). Anathème* : employé ici comme exclamation, synonyme de « Malédiction ! » (C'est le sens du mot grec *anathêma*.)

**53** *(p. 227). Voix de la trompette* : autre allusion biblique. Sept « messagers » sonnent de la trompette dans le récit de l'Apocalypse de Jean (fin du 1er siècle apr. J.-C.).

**54** *(p. 240). Communaux* : terrains d'une commune (équivalent du *common* anglais, traduit par « la lande » dans le livre I · voir note 7).

**55** *(p. 264). Regard* : ouverture dans un égout, une canalisation, etc. pour faciliter les visites, les réparations.

**56** *(p. 266). Le vieux palais* : le palais de Lambeth a été pendant sept cents ans la résidence à Londres des archevêques de Canterbury.

57 *(p. 276). Le canal* : le Grand Union Canal qui traverse Regent's Park au nord.

58 *(p. 280). La destruction de Sennachérib* : ce roi assyrien (705-681 av. J.-C.) détruisit Babylone qui s'était soulevée contre lui en 689. La ville fut rasée, incendiée et transformée en marécage. L'allusion n'est pas très claire. Y a-t-il un amalgame involontaire avec la prise de Babylone en 539 par le roi perse Cyrus, et la mort du régent Balthazar, prophétisées par la fameuse inscription divine *Mane, thecel, pharès* (livre de Daniel, V) ?

59 *(p. 281). Le Palais de Cristal* : cet édifice à structure métallique et à parois de verre, érigé à Hyde Park pour l'Exposition universelle de 1851, fut transporté ensuite à Sydenham, à une douzaine de kilomètres au sud.

60 *(p. 287). Une fontaine Wallace* : dans l'original, *a drinking fountain*. Le philanthrope britannique Wallace dota Paris de cinquante fontaines publiques en 1872.

61 *(p. 290). Sélénite* : le presse-papiers représente une habitante supposée de la Lune (*Selênê*, en grec).

62 *(p. 295). Conjonction* : situation de Mars opposée cette fois à la Terre par rapport au Soleil. Elle est alors au maximum de son éloignement et invisible de notre planète puisque dissimulée par le Soleil.

# LIVRE PREMIER
# L'ARRIVÉE DES MARTIENS

| | | |
|---|---|---|
| I. | *À la veille de la guerre* | 11 |
| II. | *Le météore* | 22 |
| III. | *Sur la lande* | 28 |
| IV. | *Le cylindre se dévisse* | 33 |
| V. | *Le Rayon Ardent* | 38 |
| VI. | *Le Rayon Ardent sur la route de Chobham* | 45 |
| VII. | *Comment je rentrai chez moi* | 49 |
| VIII. | *Vendredi soir* | 56 |
| IX. | *La lutte commence* | 61 |
| X. | *En pleine mêlée* | 71 |
| XI. | *À la fenêtre* | 81 |
| XII. | *Ce que je vis de la destruction de Weybridge et de Shepperton* | 91 |
| XIII. | *Par quel hasard je rencontrai le vicaire* | 109 |
| XIV. | *À Londres* | 118 |
| XV. | *Les événements dans le Surrey* | 136 |

| xvi. *La panique* | 149 |
| xvii. *« Le Fulgurant »* | 169 |

## LIVRE SECOND
## LA TERRE AU POUVOIR DES MARTIENS

| i. *Sous le talon* | 187 |
| ii. *Dans la maison en ruine* | 199 |
| iii. *Les jours d'emprisonnement* | 215 |
| iv. *La mort du vicaire* | 224 |
| v. *Le silence* | 232 |
| vi. *L'ouvrage de quinze jours* | 237 |
| vii. *L'homme de Putney Hill* | 244 |
| viii. *Londres mort* | 270 |
| ix. *Le désastre* | 284 |
| x. *Épilogue* | 293 |
| Notes | 299 |

# DOSSIER
par Jean-François Dubois

Ce dossier pédagogique, qui s'adresse à la classe tout entière, professeur et élèves, n'est pas un commentaire continu et dogmatique de l'œuvre. Des informations et des analyses (en caractères maigres) y alternent avec des invitations à la réflexion et des consignes (en caractères gras) pour des travaux écrits ou oraux, individuels ou collectifs. Dans les deux sections principales — « Aspects du récit » et « Thématique » — l'analyse peut laisser une place plus grande à l'initiative et à la recherche du lecteur. Pour faciliter l'élaboration des exposés oraux ou la rédaction des travaux écrits (cf. la dernière section « Divers »), on trouvera en marge les repères suivants :

 qui renvoie aux sujets concernant l'espèce humaine ;

 qui renvoie aux sujets concernant les Martiens ;

 qui renvoie aux sujets concernant l'art de l'écrivain.

# 1. CONTEXTES

Repères chronologiques ■ Genèse ■ Contexte historique et idéologique ■ Wells et la littérature de science-fiction.

## Repères chronologiques

**1866** La reine Victoria règne sur la Grande-Bretagne et l'Irlande depuis 1837. Naissance, le 21 septembre, à Bromley (Kent), de Herbert George Wells, dernier-né de trois fils et une fille. Sa mère, Sarah Neal, ancienne femme de chambre, et son père, Joseph, ancien jardinier et par ailleurs joueur de cricket professionnel, tiennent un petit magasin de porcelaine.

**1874** Le jeune Wells se casse une jambe. Période d'immobilisation meublée par des lectures passionnées et diverses : romans d'aventures, volumes sur les pays du monde, collections reliées des magazines satiriques *Punch* et *Fun*, une *Histoire naturelle*, etc.

**1880-1883** Le commerce familial périclite. Sarah Wells reprend du service comme gouvernante auprès de son ancienne patronne, son mari conserve le magasin tout en exerçant les fonctions d'entraîneur de cricket.

Comme ses frères avant lui, Herbert doit quitter l'école et entrer en apprentissage. Il occupe divers petits emplois à contrecœur. En 1883, devenu surveillant dans un lycée du Sussex, il reprend ses études en autodidacte.

**1884** Ayant obtenu une bourse, Wells entre à l'École normale des sciences de Kensington, à Londres. Il est fortement impressionné par les cours du biologiste Thomas Henry Huxley (grand-père d'Aldous Huxley, le futur auteur du roman *Le meilleur des mondes*) sur les théories évolutionnistes de Darwin.

**1886** Fonde le *Science Schools Journal* où paraissent plusieurs de ses premiers contes (dont une esquisse de la future *Machine à explorer le temps*). Mais son échec à l'examen de sortie de l'école le contraint de nouveau à travailler par correspondance tout en faisant fonction de répétiteur.

**1887** Enseigne les sciences dans une école de Wrexham.

**1890-1894** Est reçu licencié ès sciences de l'université de Londres avec la meilleure mention. Donne des cours par correspondance, écrit un manuel de biologie. Publie des contes, des articles de prospective (comme « Le passé et l'avenir de la race humaine », « La fin de l'homme »).

Parution en feuilleton de *La machine à explorer le temps*.

Épouse en 1891 sa cousine Isabel dont il se séparera au bout de deux ans. Débute en 1894 la vie commune avec Amie Catherine Robbins qu'il épousera après son divorce en 1895.

**1895** Parution en volume de *La machine à explorer le temps*, qui obtient un énorme retentissement. C'est le début d'une série de publications qui assoient sa réputation de romancier d'anticipation.

**1896** *L'île du docteur Moreau*.

**1897** *L'homme invisible*.

**1898** *La guerre des mondes*.

**1899** *Quand le dormeur s'éveillera*.

**1901** Mort de la reine Victoria, début du règne d'Édouard VII, jusqu'en 1910. Paraissent *Les premiers hommes dans la Lune* et *Anticipations*. Ce second ouvrage, malgré son titre, n'est pas un roman dans la lignée des précédents, mais inaugure une veine nouvelle où Wells tente de prévoir l'évolution du monde dans les années à venir.

Son œuvre prend aussi une autre direction avec des romans à tendances sociale et autobiographique, évoquant la société anglaise victorienne ou édouardienne : *L'amour et M. Lewisham* (1900), *Kipps* (1905), *Tono-Bungay* et *Ann Veronica* (1909), *L'histoire de M. Polly* (1910).

**1903** Adhère à la Société des fabiens, club de réflexion socialiste fondé en 1884 par un groupe d'intellectuels de la classe moyenne. Wells quittera l'organisation en 1908 après avoir tenté en vain d'en faire un instrument politique au service d'un État mondial.

**1908** *La guerre dans les airs* raconte une guerre mondiale aérienne déclenchée par l'Allemagne.

**1914** *The World Set Free (La libération du monde)* décrit la destruction de Berlin par un bombardement atomique. La déclaration de la vraie guerre mondiale provoque d'abord chez Wells une explosion de militarisme patriotique qui éloigne de lui une partie de son public.

**1917** Dans *Dieu, le roi invisible,* Wells, qui traverse une crise religieuse, propose le recours à une divinité assez vague, justifiant sa propagande en faveur de l'État mondial pour lequel il milite depuis 1903. La même année, il salue la révolution russe dans une lettre au *Times*.

**1920** Rencontre Lénine. L'*Esquisse de l'histoire universelle,* hymne au héros humain, doublé d'un credo rationaliste et matérialiste, est un succès commercial sans précédent. Désormais, jusqu'à sa mort, Wells multipliera les ouvrages de propagande, les œuvres didactiques et les articles sur les sujets les plus divers.

**1934** *Une tentative d'autobiographie.*

**1938** 30 octobre : Orson Welles, le futur grand cinéaste, en diffusant une adaptation radiophonique très réaliste de *La guerre des mondes,* provoque une panique dans l'État américain du New Jersey.

**1942** Wells soutient une thèse de doctorat de sciences.

**1945** Dans *Fin de course (A Mind at the End of its Tether),* Wells annonce la fin de notre monde pour un avenir très proche.

**1946** 13 août : mort de H. G. Wells.

# Genèse

● D'après le témoignage de l'auteur, on peut situer la **rédaction de *La guerre des mondes* dans le courant de 1895-1896.** À cette époque, Wells et sa seconde femme habitent Woking, dans le Surrey, pratiquement aux portes sud-ouest de Londres. Voici, extraits d'*Une tentative d'autobiographie,* les passages significatifs concernant les circonstances d'écriture du roman : « [...] une petite maison à moitié indépendante, avec une serre minuscule, dans Maybury Road, en face du chemin de fer, où toute la nuit les trains de marchandises passaient avec un grand fracas, sans effet sérieux sur notre robuste sommeil. À cette époque, il y avait, tout près, un joli canal, rarement utilisé, au milieu d'un bois de pins, un canal [...] sur lequel on pouvait s'amuser pendant des heures dans un canot de louage ; une lande de bruyère déserte s'étendait dans toutes les directions où on pouvait se promener à pied ou faire de longs tours à bicyclette [...] C'est là que j'ai écrit *La guerre des mondes*, *Les roues de la fortune* et *L'homme invisible.* J'appris à parcourir à bicyclette des chemins ensablés avec personne, sauf Dieu, pour m'aider [...] j'ai parcouru les alentours à la recherche des endroits appropriés pour la destruction de mes Martiens [sic] ».

■ **Rechercher à la fin du chap. I et au chap. II, livre I les détails qui recoupent ce témoignage : Woking et ses alentours, vie intime, usage de la bicyclette, etc.**

● C'est probablement aussi durant cette période que se place l'anecdote qui aurait donné au romancier **l'idée de son invasion martienne.** Pierre Versins (voir « Conseils de lecture ») la rapporte ainsi : « Wells se promenait un jour avec son frère et ils parlaient des Tasmaniens, sans doute pour tomber d'accord sur le fait que l'arrivée des Européens dans l'île lointaine avait été un véritable cataclysme pour eux. C'est alors que Frank Wells lui dit : "Imagine que des êtres venus d'une autre planète se mettent à tomber du ciel et s'installent ?" »

De la Tasmanie occupée par les Britanniques au début du XIX$^e$ siècle à la Grande-Bretagne envahie par les Martiens à la fin du même siècle, il n'y avait qu'un pas.

■ **Rechercher dans le chap. I, livre I, l'allusion aux Tasmaniens, écho de la discussion entre les deux frères. Se renseigner sur les conditions de la colonisation de cette île australe.**

● Pierre Versins précise encore : « Wells eut le génie, reprenant le schéma de *Bataille de Dorking* (par sir

George Chesney, 1871), de nous faire assister à tout par les yeux d'un petit personnage que les événements sans cesse dépassent [...]. Récit, pas romantique pour deux sous, qu'un volontaire fait à ses petits-enfants, cinquante ans plus tard, d'une invasion allemande en Grande-Bretagne. L'Angleterre, mal préparée, mal équipée, résiste à peine. »

Wells connaissait sans doute cette longue nouvelle d'anticipation, inspirée par la guerre franco-prussienne de 1870, qu'il put lire quelques années après sa parution. Elle avait soulevé à l'époque une réelle émotion par son ton catastrophique.

■ **Recherche en bibliothèque.** Un exemple très célèbre de point de vue d'un « petit personnage » sur un événement historique : la bataille de Waterloo dans le roman de Stendhal, *La Chartreuse de Parme*, chap. III. (une équipe pourra présenter et commenter le passage en classe).

**Pour récapituler** les étapes de la création de *La guerre des mondes* a) une idée de départ fournie par un tiers ; b) l'« installation » de l'événement dans un cadre contemporain et familier ; c) le choix d'un point de vue de narration individuel qui renforce l'impact de l'action sur le lecteur et favorise l'identification avec le narrateur.

# Contexte historique et idéologique

● Les années 1890 marquent la fin de l'« ère victorienne », période qui a correspondu au sommet de **la puissance britannique.**

> *Au milieu du XIX$^e$ siècle, la Grande-Bretagne, maîtresse du charbon et des routes maritimes, était devenue la première puissance économique, ayant étendu son territoire dans le monde entier par la colonisation. Cette expansion triomphante atteignit symboliquement son apogée en 1876 lorsque Victoria (1819-1901), reine du Royaume-Uni, fut proclamée impératrice des Indes. Mais, en même temps que vieillit la souveraine, le pays voit peu à peu diminuer son emprise économique mondiale, est dépassé industriellement par les États-Unis et l'Allemagne, concurrencé commercialement sur les mers. Sur le plan intérieur, la question irlandaise et le développement du mouvement ouvrier provoquent de sérieuses turbulences sans toutefois compromettre la stabilité politique : les conservateurs se maintiennent au pouvoir pendant vingt ans (1886-1906).*

Au total, le dernier quart du siècle apparaît comme une période d'anxiété dont l'atmosphère se retrouve dans une littérature où se mêlent écrivains réalistes, esthètes et penseurs préoccupés de problèmes sociaux.

En revanche, pour des raisons tant économiques et stratégiques que sentimentales, un quasi-consensus national salue les nouveaux développements de **l'expansion coloniale.** L'Empire britannique étend encore sa domination en Asie et dans le continent africain. Plus de neuf millions de kilomètres carrés sont acquis entre 1884 et 1896. Cette année-là, le poète et romancier Rudyard Kipling chante **la souveraineté britannique sur tous les océans** dans un recueil de vers triomphaux, The Seven Seas.

Et la même année, à peu près, un autre écrivain de sa génération, H. G. Wells, imagine de lancer au plein cœur de l'Empire une volée de cylindres martiens, comme autant d'« écharde[s] empoisonnée[s] » (chap. VIII, p. 59).

■ **Dans le chap. I, livre I, rechercher le passage où l'auteur parle de la colonisation. Vise-t-il nommément la Grande-Bretagne ?**

● Londres, à la fin du XIXe siècle, est **une agglomération gigantesque** pour l'époque, la première ville mondiale, où vit un Anglais sur cinq ; elle compte déjà six millions d'habitants. Le guide Baedeker de 1890 mentionne « une extension de 14 miles d'est en ouest », une superficie de 316 kilomètres carrés, un dédale de 7 800 rues « formant une longueur totale de plus de 4 800 kilomètres ».

Remodelée en son cœur par le chemin de fer, elle compte six gares terminales de grandes lignes, quinze gares au total en 1899. Ses monuments plus ou moins récents, aujourd'hui emblématiques, sont en place : le dôme de St. Paul's Cathedral (p. 282), « la tour de l'Horloge et le palais du Parlement » (p. 124-125), sans oublier, non cité par Wells, mais ouvert en 1894, le Tower Bridge qui barre la Tamise et marque la limite entre la City et la zone immense des Docks.

Avec sa population composite, nourrie d'apports provinciaux et étrangers, avec sa terrible ségrégation sociale que matérialise l'opposition entre le West End aristocratique et bourgeois, et l'East End prolétarien, Londres, capitale de la Grande-Bretagne et métropole de son Empire, est **une Babylone des temps modernes** dont les sociologues et les réformateurs dénoncent les aspects inégalitaires effrayants. Elle inspire aussi les sombres visions futuristes de Wells dans deux textes publiés en 1899 : le *Récit des temps futurs* (dans *Deux nouvelles d'anticipation*, Aubier-Flammarion, 1973) et *Quand le dormeur s'éveillera*.

■ **La place de Londres dans le roman : consulter la table des chapitres (à noter : le chap. XVI, livre I, s'intitule dans le texte anglais « The Exodus from London ».**

# Wells et la littérature de science-fiction

On s'accorde généralement à reconnaître en **Wells l'un des pionniers, avec Jules Verne, du roman d'anticipation** ou, comme on dit en Amérique depuis la fin des années vingt, de « science-fiction » (terme - à l'origine « scientifiction » — forgé par Hugo Gernsback) Wells, lui, utilisait le terme de *scientific romances*, c'est-à-dire romans d'aventures scientifiques

> *Pour essayer de définir rapidement la science-fiction (ou S. F.), nous citerons le romancier américain Lyon Sprague De Camp qui fait la distinction suivante à propos de ce qu'il appelle la « fiction imaginative » : elle peut être « divisée en fantastique, lequel comprend les récits fondés sur des hypothèses surnaturelles (esprits, magie, vie après la mort, etc.) et science-fiction, cette dernière groupant les récits qui se basent sur des suppositions scientifiques ou pseudo-scientifiques (voyage à travers l'espace ou le temps, vies extra-terrestres, robots, etc.). Il existe des récits qui se classeraient entre ces deux groupes, ou qui combinent des attributs de l'un avec ceux de l'autre » (Lorris Murail ; voir « Conseils de lecture »).*

Il n'est pas douteux que les romans les plus connus de Wells illustrent à merveille **les thèmes devenus les plus représentatifs de la littérature de S. F.** : voyage dans le temps et sociétés du futur (*La machine à explorer le temps, Quand le dormeur s'éveillera*), voyage dans l'espace et rencontre avec des extra-terrestres (*La guerre des mondes, Les premiers hommes dans la Lune*), pouvoirs et dérapages de la science (*L'île du docteur Moreau, L'homme invisible*). Pas une de ses grandes œuvres de début de carrière qui ne **marie ainsi l'imaginaire romanesque avec l'anticipation scientifique**.

Quant à la comparaison avec Jules Verne, amateurs et spécialistes n'en finissent pas de gloser dessus. À leur façon, les intéressés ont un peu alimenté la dispute. Jules Verne jugeait son jeune confrère sans nuance : « Je ne puis apercevoir de point de comparaison entre son œuvre et la mienne. Nos procédés sont tout à fait différents. Il m'apparaît que ses histoires ne reposent pas sur des bases bien scientifiques. » De son côté, sur la fin de sa vie, déçu de n'être reconnu qu'à travers ses romans d'anticipation, Wells nommait son aîné, de façon amère et dépréciative : « Jules Verne anglais, tel est mon principal titre de gloire » !

- ■ **Travaux de groupe. Lectures comparées des deux fondateurs de la S. F. : le voyage interplanétaire dans *De la Terre à la Lune* et *Les premiers hommes dans la Lune*; le « voyage au centre de la Terre » dans le roman vernien qui porte ce titre, et les univers souterrains décrits par Wells dans *La machine à explorer le temps* et dans *Les premiers hommes dans la Lune*.**
- ■ **Recherches pouvant donner lieu à des exposés. Les différentes « branches » du genre : S. F. proprement dite, mais aussi Space-Opera, Heroic-Fantasy, Politic-Fiction, Speculative-Fiction (voir « Conseils de lecture »).**

# 2. ASPECTS DU RÉCIT

**Titres ▪ Structure ▪ Temporalité ▪ Espace ▪ Narration ▪ Quelques pistes pour l'étude des personnages.**

## Titres

● *La guerre des mondes* est la traduction littérale de *The War of the Worlds*. Quatre syllabes (avec l'élision des *e* muets) contre cinq : le titre français, plus ramassé, a-t-il un impact plus fort ? On peut rétorquer que celui de l'anglais n'est pas moindre, voire supérieur grâce aux effets de répétition de l'article, aux parentés phonétiques des deux noms (phonèmes [w] et [r]), à la prononciation plus marquée, quasi explosive du second, à l'articulation bien accentuée de la préposition centrale.

■ Fortune d'un mot . en 1638 paraissait un traité de John Wilkins intitulé *Discovery of a World in the Moone* ; en 1686, les célèbres *Entretiens sur la pluralité des mondes habités* de Fontenelle. Le terme *world/monde* n'allait pas cesser d'être repris et de faire rêver en anglais et en français sur l'habitabilité de l'univers ! Rechercher dans le dictionnaire Robert les nombreuses valeurs sémantiques de *monde*. Laquelle s'applique ici ?

■ Quel(s) titre(s) de remplacement pourrait-on proposer ? Justifier ce(s) choix.

Voici quelques titres d'œuvres littéraires et/ou historiques utilisant le mot « guerre ». Rendre à chacune son auteur parmi les noms de la liste qui suit. (Les réponses sont à la fin du dossier, p. 356.)

1. *Histoire de la guerre du Péloponnèse.*
2. *Guerre du temps (Guerra del tiempo).*
3. *La guerre des Gaules (De Bello Gallico).*
4. *La guerre des boutons.*
5. *La guerre des salamandres.*
6. *La guerre de Jugurtha (Bellum Jugurthinum).*
7. *La guerre des mouches.*

A. Thucydide (vers 465-395 av. J.-C.), historien grec.
B. Louis Pergaud (1882-1915), écrivain français, prix Goncourt 1910 (pour *De Goupil à Margot*), mort... à la guerre !
C. Salluste (86-35 av. J.-C.), historien romain.
D. Jacques Spitz (1896-1963), écrivain français de S. F.
E. Jules César (faut-il le présenter ?).
F. Alejo Carpentier (1904-1980), écrivain cubain.
G. Karel Kapek (1890-1938), écrivain tchèque, inventeur du mot « robot ».

● Les titres intérieurs (parties, chapitres) conditionnent notre lecture, comme les manchettes des journaux qui condensent l'information en une formule-choc ayant un effet d'« accroche » sur le lecteur.

■ **Relever des titres de chapitres qui révèlent par avance des événements dramatiques. Proposer des titres de remplacement moins explicites.**

■ **Sur l'ensemble des titres, quelle impression domine ? Quel**

dénouement pour l'espèce humaine induisent-ils ? Qu'en est-il en réalité dans le roman ?
■ Vérifier le sens du mot « épilogue », titre du chapitre final. Quel est son antonyme ? Celui-ci pourrait-il s'appliquer au chap. I, livre I ?

# Structure

La structure du récit résulte du **découpage en deux livres** : « L'arrivée des Martiens », regroupant dix-sept chapitres, et « La Terre au pouvoir des Martiens », qui en compte seulement dix. Cent soixante-douze pages contre cent onze : c'est-à-dire une première partie une fois et demie plus importante en volume imprimé que la seconde.

Cette proportion, mise en rapport avec les titres généraux et le contenu de chaque série de chapitres, pourrait être interprétée comme **une matérialisation des deux phases** de la « guerre des mondes » :

▶ une première partie lente, d'un mouvement dramatique ascendant, correspondant à l'irrésistible attaque martienne et à la déroute des humains ;

▶ une seconde partie développant plus rapidement, en decrescendo, les conséquences de l'invasion jusqu'au dénouement imprévisible.

■ L'analyse thématique confirme cette opposition. Voici quelques couples à étudier (la liste pourra en être augmentée) :
— résistance/impuissance,
— circulation/enfermement,

— bruit/silence,
— vie/mort...

# Temporalité

## Temporalité externe

Récit de fiction et surtout d'anticipation, le roman devait être **perçu par ses premiers lecteurs comme se déroulant dans un futur plus ou moins éloigné.**

Wells a disposé dans le premier chapitre les éléments nécessaires pour créer cette impression. Dès la première phrase, le lecteur de 1898 reconnaît sa propre époque : « les dernières années du XIXe siècle », et se voit projeté dans le futur pas si lointain de l'action romanesque à la fin du paragraphe : « Et dans les premières années du XXe siècle vint la grande désillusion. »

■ **Deux exemples célèbres de récits d'anticipation vite rattrapés par le temps réel :** *1984* **de Georges Orwell (Folio, n° 822),** *2001, l'Odyssée de l'espace* **de Arthur C. Clarke (J'ai lu). Rechercher leur date de parution initiale. Un débat intéressant : de tels romans sont-ils encore lisibles aujourd'hui comme œuvres d'anticipation ? Leur intérêt est-il strictement lié à ce caractère ?**

De nouveaux indicateurs temporels datent les premiers phénomènes intrigants observés à la surface de Mars : « À l'opposition de 1894 » et « lors des deux oppositions suivantes » (p. 15), puis le lancement du premier cylindre : « Il y a six ans maintenant [...]. Comme la planète Mars approchait de l'opposition » (p. 15).

■ D'après la note 3, p. 15, calculer le nombre d'années et de jours auquel correspondent ces indications. L'expression « dans les premières années du xxᵉ siècle » est-elle tout à fait juste pour situer l'arrivée des Martiens (le texte anglais dit : « *And early in the twentieth century came the great desillusionment* ») ?

■ À quelle date le narrateur est-il censé rédiger son témoignage ? En quoi les mentions « À l'opposition de 1894 » et « Il y a six ans maintenant » contribuent-elles habilement à impliquer le lecteur de 1898 dans l'histoire ?

## Temporalité interne

● Deux notations du livre II nous informent assez précisément sur **le moment de l'année** : « sous l'impitoyable soleil de ce terrible juin » (p. 217), « au plus fort d'un été très chaud et très sec » (p. 239). L'action se déroule donc en gros à la fin du printemps et au début de l'été.

■ **Les deux notations ci-dessus insistent sur la chaleur éprouvante de cette période, qui est un leitmotiv descriptif (p. 24, 31, 61, 65, 72, etc.). Établir le champ lexical de la chaleur sur le plan météorologique, mais aussi à travers tout ce qui caractérise les Martiens (cylindres, « Rayon Ardent », activité sidérurgique...).**

La « guerre » commence au chap. II, livre I, avec l'arrivée du premier cylindre et se termine au chap. VIII, livre II, avec la découverte des envahisseurs morts.

● Le livre I couvre six jours, du « petit matin » d'un vendredi (p. 22) à la tombée de la nuit du mercredi suivant (p. 182).

1. vendredi (voir le titre du chap. VIII) : chap. II à VIII ;
2. samedi : chap. IX à XI ;
3. dimanche : chap. XII à XIV (p. 120-130) ;
4. lundi : chap. XIV (p. 131-135) et XVI ;
5. mardi  
6. mercredi } chap. XVII

■ **Établir un tableau chronologique de l'action.**

▶ Attention ! Le début du chap. XIV (p. 118-120) récapitule les événements depuis le vendredi tels qu'ils sont perçus à Londres. Le chap. XV, lui, nous ramène aux portes de la capitale le dimanche soir.

▶ À ces deux **retours en arrière** s'ajoutent le chap. VI, version « bis » de la scène de massacre précédente, et le récit de l'artilleur, chap. XI. Enfin, on n'oubliera pas que **c'est d'abord le roman dans son ensemble qui constitue un retour en arrière**, mis en place dans le chap. I (« Il y a six ans maintenant »), et rappelé par des notations comme celles-ci : « [...] j'ai su **depuis** qu'une lutte sauvage avait eu lieu » (p. 99) ; « J'ai lu **dans un autre récit de ces événements** » (p. 120).

■ **Relever d'autres notations du même genre.**

▶ Autre procédé qui dynamise le récit : les **changements de rythme de la narration**. Qu'on oppose par exemple les sept chapitres et quarante pages sur lesquels s'étire le vendredi, aux quatorze pages du chap. XVII qui ramassent le mardi et le mercredi suivants.

■ **Retour en arrière, étirement/accélération narratifs : étudier l'intérêt de ces deux techniques sur le plan dramatique.**

● Le livre II raconte la suite des aventures du narrateur et le dénouement de l'invasion sur huit chapitres qui couvrent une période beaucoup plus longue : dix-huit jours, incluant les trois derniers précédemment racontés du point de vue du frère. Le fil narratif se renoue avec la fin du chap. xv, livre I.

1. nuit du dimanche à matin du mardi (5ᵉ jour de l'invasion) : chap. ɪ ;

2. du mardi au lundi matin en quinze (18ᵉ jour de l'invasion) : chap. ɪɪ à v ;

3. du lundi au jeudi (21ᵉ jour de l'invasion) : chap. vɪ à vɪɪɪ.

■ **Établir le tableau chronologique de cette partie. Pour joindre ce tableau au précédent, disposer en correspondance les chap. xɪv à xvɪɪ, livre I, avec les chap. ɪ à ɪɪɪ, livre II, qui couvrent la même période selon deux points de vue différents.**

■ **Étudier, livre II, les techniques signalées ci-dessus à propos du livre I.**

■ **Le chap. ɪx, « Le désastre », raconte la fin des errances du narrateur. Combien de jours couvre-t-il ? Au total, combien en compte le récit, en faisant abstraction des deux chapitres extrêmes ?**

# Espace

● L'action se répartit sur **trois zones**. au sud de Londres, le comté de Surrey ; Londres et sa banlieue ouest ; au nord de Londres, le comté d'Essex.

▶ La première zone se subdivise ainsi ·

— Woking et les « villages » environnants : Ottershaw, Chobham, Horsell, etc.
— La région encore rurale (les mots *prairie, pré, champ, colline, bois,* sont récurrents), à l'habitat à la fois nombreux et espacé, qui s'étend entre Woking et la capitale (le tissu urbain londonien ne commence guère qu'à Putney, d'où le narrateur décide « de pénétrer dans Londres », p. 269).

▶ Le tout suit assez exactement un axe sud-ouest/nord-est traversant la capitale de part en part.

■ **Si l'on s'en tient à événements et personnages, quelle(s) zone(s) présente(nt) le plus d'importance narrative ? Quels sont les deux lieux extrêmes de l'action principale ?**

▶ Les déplacements du narrateur épousent d'abord le mouvement de fuite collective vers Londres. Mais ils correspondent surtout à **une quête** : il s'agit pour lui de retrouver sa femme qu'il croyait avoir mise en sûreté à Leatherhead.

Après sa claustration forcée, il poursuit sa recherche de façon hagarde et machinale, jusqu'au cœur de Londres.

Enfin, la paix revenue, il regagne Woking et c'est là, contre tout espoir, qu'il retrouve sa femme vivante ! La boucle de ses errances est bouclée.

■ **À l'aide d'une carte du sud-ouest de l'Angleterre (Michelin, n° 404), retracer l'itinéraire suivi par le frère du narrateur depuis Londres à travers le comté d'Essex.**

■ **Retrouver, sur la carte p. 329, les lieux habités et parcourus par le narrateur.**

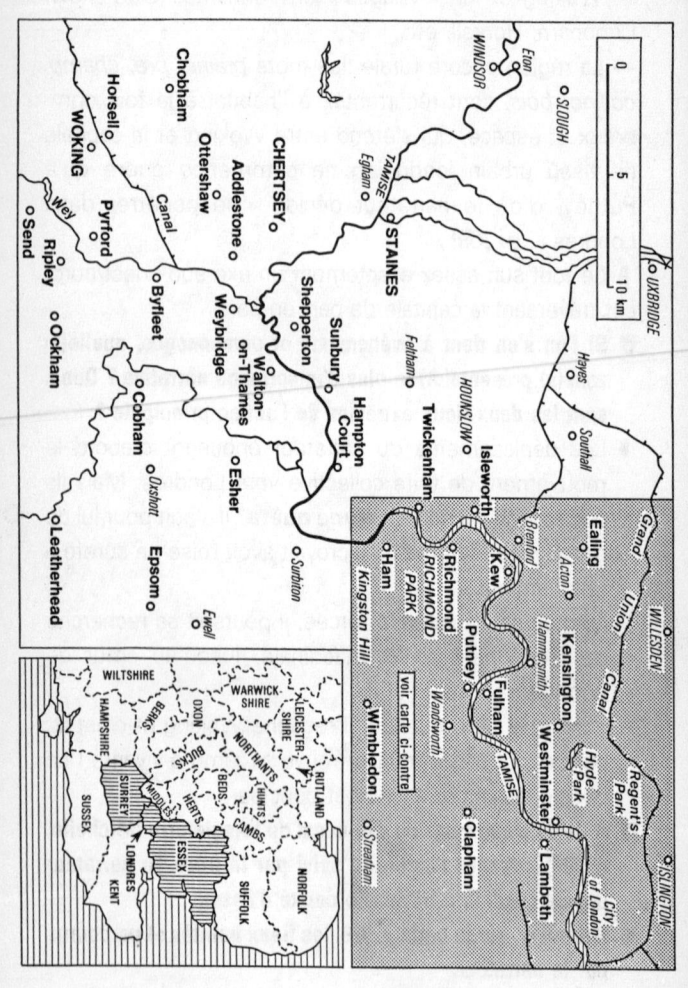

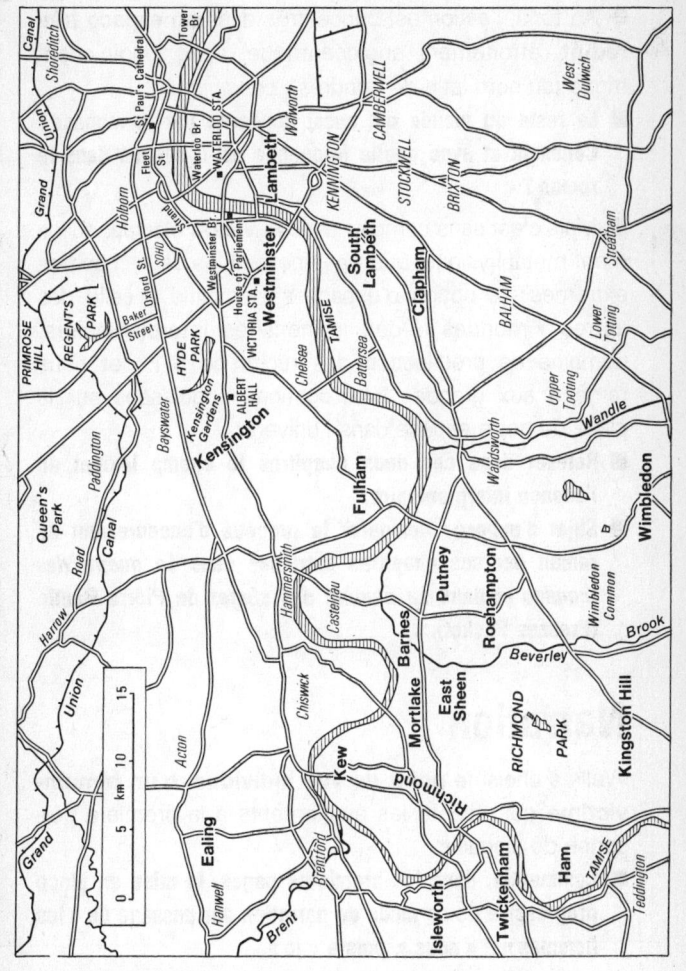

● Au fond, l'action est concentrée dans **un espace très réduit**, étroitement anglocentrique, voire londiniocentrique (du nom latin de Londres : *Londinium*).

■ **Le reste du monde est aussi concerné par la menace ! Comment et avec quelle fréquence est-il évoqué dans le roman ?**

▶ Mais c'est sans compter avec **la vision élargie**, quasiment métaphysique, que transmettent les deux chapitres extrêmes : la notion d'espace s'y amplifie à celle des autres « mondes », des immensités interplanétaires, domaine de prédilection des récits de S. F., et nous ramène aux grandes interrogations angoissées sur la place de notre espèce dans l'univers.

■ **Relever dans ces deux chapitres le champ lexical de l'espace interplanétaire.**

■ **Sujet d'exposé : comparer le procédé d'encadrement du roman par ses chapitres extrêmes dans *La guerre des mondes* et dans *La planète des singes* de Pierre Boulle (Presses Pocket).**

# Narration

Wells a choisi **le point de vue individuel d'un témoin-victime** qui raconte les événements à la première personne du singulier.

■ **Commenter, dans les premières pages, la mise en place progressive de ce mode de narration par passage de « les hommes » à « nous », puis à « je ».**

● Le narrateur nous plonge dans ses aventures, renforçant **l'illusion réaliste** en avouant les « trous », les incertitudes de la narration : « Pour ma part, je ne me rappelle rien de ma fuite » (p. 49) ; « Des trois jours qui suivirent, il ne me reste le moindre souvenir » (p. 284). Toutefois, sa vision des choses est fréquemment **élargie** par divers procédés.

▶ Des passages narratifs à la troisième personne impliquant **d'autres témoins**. Ainsi, la découverte du premier cylindre par l'astronome Ogilvy et le journaliste Henderson (chap. II, livre I), le récit de l'artilleur (chap. XI, livre I) ou les événements à Londres et en Essex tels qu'ils sont vécus par le frère du narrateur (chap. XIV, XVI, XVII, livre I). La présence du narrateur est cependant toujours marquée.

■ **Étudier comment elle se manifeste dans les passages et chapitres mentionnés ci-dessus.**

▶ Des indications dépassant les possibilités d'information et de perception dans le temps et dans l'espace du narrateur. Celui-ci ne raconte pas dans l'instant, mais six ans après (voir p. 15), ce qui lui permet de reconstituer **une certaine vision d'ensemble des événements.**

Par exemple, le début du chap. II, livre I montre le passage du premier cylindre à une soixantaine de kilomètres de Woking. De même, le chap. VIII fait l'état de la situation dans « un cercle d'un rayon de cinq milles autour des carrières de Woking ». Plus tard encore, le chap. XVII proposera, depuis un ballon fictif, une vue aérienne de l'exode des Londoniens.

■ **Dans ce tableau général (p. 169-172), étudier le vocabulaire**

de la vue aérienne, la gradation des paragraphes (qui/qu'est-ce qui est décrit dans chacun ?), l'alternance de la description et du commentaire, le sens de l'évocation dramatique.

Au besoin, **l'imagination** est mise à contribution pour faire partager un épisode auquel personne n'a survécu : ainsi, la fin saisissante des artilleurs d'Esher (p. 147-148).

■ **Étudier les procédés stylistiques utilisés dans ces deux paragraphes : verbes introducteurs, constructions syntaxiques, modes verbaux, champs lexicaux. On pourra faire la comparaison avec le récit du « naufrage de *La Sémillante* », dans *Les lettres de mon moulin* d'Alphonse Daudet (Folio Plus, n° 23).**

▶ Des adresses au lecteur et un ton didactique. Avec le recul, le narrateur fait œuvre à la fois de mémorialiste et de commentateur scientifique. **L'accent est mis sur la fonction de communication**, matérialisée par :

— divers modes d'implication du lecteur : « [...] est-il besoin de le rappeler au **lecteur** ? » (p. 12), « **Vous** pouvez vous imaginer » (p. 46), etc.

— des marques explicites de conduite du récit : « J'aurai à parler plus tard de la chute » (p. 172), « [...] je vais reprendre le récit de mes propres aventures » (p. 187), etc.

— des remarques ou développements à caractère philosophique et/ou scientifique : ainsi les pages d'ouverture du roman faisant le point des connaissances sur Mars ; ou celles exposant la physiologie des Martiens, chap. II, livre II.

■ **Relever d'autres exemples de ces trois procédés.**

■ **Étudier les marques du discours didactique, p. 202-213 : organisation de l'exposé, vocabulaire spécifique, implication du locuteur et de l'auditeur, ton magistral.**

Amplification du regard, distance (ou hauteur) prise régulièrement par rapport à l'action. on peut parler par moments d'un véritable **point de vue omniscient**.

■ **Quels sont les effets de cette souplesse narrative : sur le plan du suspense dramatique ? sur le plan des idées ?**

● Les aventures du frère ne sauraient être mises à l'arrière-plan.

■ **Analyser les aspects suivants qui en montrent l'importance :**
— **place centrale dans le roman,**
— **coupure dans la linéarité narrative,**
— **vision simultanée dans le Surrey et à Londres,**
— **premier aperçu de la situation à Londres,**
— **pointe extrême des récits catastrophiques du livre I,**
— **création d'une attente concernant le sort du narrateur, dans la tradition feuilletonesque.**

# Quelques pistes pour l'étude des personnages

● Le thème du roman entraîne **une simplification des rôles** : face à des envahisseurs brutaux, sans pitié, dotés d'une technologie guerrière invincible, les humains se transforment en une masse aiguillée par la terreur où l'instinct de conservation abolit les distinctions établies par la naissance, la situation sociale, l'âge, le sexe, l'éducation, le quotient intellectuel, etc.

◗ Mais en même temps, la situation de catastrophe révèle **le fond de l'individu** dans sa façon de réagir à l'événement, de concilier plus ou moins son instinct de conservation avec les principes moraux inculqués par son milieu et par la société.

◗ En ce sens — il ne faut donc pas s'attendre à de grandes subtilités psychologiques —, on peut voir se dégager, plus que des personnages, **des types de réaction comportementale**.

● Wells a fait un sort particulier à **trois personnages**.
◗ le narrateur,
◗ l'artilleur (chap. xi-xii, livre I ; chap. vii, livre II),
◗ le vicaire (chap. xiii, livre I ; chap. i à iv, livre II).

■ **Quels grands rôles sociaux représentent-ils ? Quels principes ou croyances dirigent leurs vies ?**

■ **Faire le portrait de chacun des trois :**
— **Portrait physique : est-il très développé ? Pourquoi ? Quelle expression unifie tous les visages ?**
— **Portrait moral : quelle est leur capacité à réagir plus ou moins vite, plus ou moins bien (ou pas du tout), aux événements ? Mettent-ils leur comportement en conformité avec leurs principes ou leurs croyances ?**

■ **Approfondissement (à présenter sous forme d'exposé) :**
— **Le narrateur : ce que doit le personnage à Wells lui-même (biographie, activités professionnelles, préoccupations intellectuelles et morales, réactions).**
— **L'artilleur : son adaptation à la situation, et sa vision de**

l'avenir (chap. VII, livre II) en rapprochement avec les thèses de deux romans-catastrophe de la S. F. française : *Ravage* de René Barjavel (Folio, n° 238, Folio Plus, n° 9) ; *Malevil* de Robert Merle (Folio, n° 1444).
— Le vicaire : à travers ce personnage, que critique Wells ? la religion, l'institution religieuse, la croyance religieuse elle-même ? Quelle conception de Dieu apparaît dans le roman : absent/présent, indifférent/attentif, cruel/bienveillant ?

■ Autres « personnages » pouvant faire l'objet d'une recherche :
— Le trio Ogilvy-Henderson-Stent (chap. I à V, livre I) : leur importance dans le début du roman ; la signification de leur mort.
— La femme du narrateur (chap. I, VII, IX, X, livre I ; chap. IX, livre II) : est-ce un personnage à part entière ? En quoi est-il essentiel sur le plan de l'intrigue ? Ne pourrait-on tenter un rapprochement avec l'histoire d'Orphée et Eurydice (consulter un dictionnaire de la mythologie grecque) ?
— Le frère du narrateur, M$^{me}$ Elphinstone et sa belle-sœur (chap. XIV, XVI, XVII, livre I) : des personnages un peu stéréotypés de roman d'aventures ?

# 3. THÉMATIQUE

**Le bouleversement du familier** ■ **Mars et les Martiens** ■ **La désorganisation sociale** ■ **L'apocalypse** ■ **L'homme et l'animal** ■ **Un récit philosophique.**

## Le bouleversement du familier

● L'univers dans lequel éclate l'invasion martienne est profondément **provincial et campagnard**.

▶ Wells en décrit les éléments familiers de façon minutieuse et réaliste, à travers une multitude de petits **détails pittoresques**, pleins d'authenticité : courte scène entre Ogilvy qui a perdu son chapeau et un charretier (p. 26), détail de la brouette de provisions sur le talus près du premier cylindre (p. 31, 37, 40), simple notation d'une route « entre [ses] haies » (p. 46), silhouette d'un ouvrier « portant un panier » (p. 50), tableau d'un *sweet home* (« l'abat-jour rose, la nappe blanche avec l'argenterie et la verrerie », p. 54), etc.

■ **Relever dans les huit premiers chapitres : topographie, noms propres, métiers et classes sociales, silhouettes, moyens de locomotion.**

▶ Les **comparaisons**, aussi, sont empruntées à l'univers quotidien : un cylindre « ressemblait à un gazomètre rouillé, à demi enfoncé dans le sol » (p. 29), un tripode est comparé à « un tabouret à trois pieds » (p. 75), portant dans le dos quelque chose de « semblable à un gigantesque panier de pêcheur » (p. 76).

■ **Sur l'ensemble du livre I, établir les champs lexicaux de la campagne et de l'univers villageois. Faire la même recherche concernant l'univers urbain londonien dans le chap. XIV.**

● **Deux types d'attitude** caractérisent d'abord les villageois :

▶ la curiosité, la badauderie jusqu'à ce que les Martiens révèlent leurs intentions agressives (du chap. II au début du chap. IV, début du chap. V) ;

▶ l'incrédulité, l'inconscience et même l'assurance suffisante de ceux qui n'ont pas encore été au contact des agresseurs (chap. VII, VIII, début du chap. IX).

■ **Étudier particulièrement les réactions du second type dans le chap. XII. Comparer avec l'attitude des Londoniens dans le chap. XIV.**

● Très vite, décors et objets domestiques basculent dans **l'horreur**, détruits ou miraculeusement préservés ou encore transformés en épaves d'**un naufrage collectif**. Par exemple, « une pendule, une pantoufle, une cuiller d'argent et de pauvres choses précieuses de ce genre » (p. 92), abandonnés sur une route par des fuyards.

■ **Rechercher, dans le livre I, d'autres exemples de cette plongée de l'univers quotidien dans l'horreur, selon les trois aspects : destruction, préservation ou abandon. On pourra encore étudier le même « bouleversement du familier (p. 241) au livre II (chap. VI, début du chap. VII, chap. VIII).**

▧ Le narrateur parle, p. 83, du « petit monde dans lequel [il] avai[t] vécu en sécurité pendant des années ». Un peu plus loin (p. 89), il commente : « Jamais encore, dans l'histoire des guerres, la destruction n'avait été aussi insensée ni aussi indistinctement générale. » Phrases ô combien plus parlantes pour le lecteur de la fin du XX$^e$ siècle ! En quoi cependant prennent-elles leur signification dans l'Angleterre d'il y a cent ans ? Quelles raisons historiques expliquent la stupeur des Anglais dans le roman, et peut-être des lecteurs anglais de l'époque ?

# Mars et les Martiens

● À la fin du XVIII$^e$ siècle, les observations du grand astronome anglais William Herschel commencèrent d'attirer l'attention sur la planète Mars. « L'analogie entre Mars et la Terre est certainement la plus évidente parmi toutes les planètes du système solaire », concluait le savant.

La possibilité d'**une vie martienne** était de plus en plus souvent envisagée quand, au siècle suivant, à l'opposition de 1877, l'astronome italien Schiaparelli conforta cette hypothèse en révélant la présence d'un réseau de « canaux » qui traversaient la surface de la planète rouge.

> *On en arriva bientôt à l'idée — ce fut la théorie développée par l'Américain Lowell à partir de 1895 — que Mars, plus avancé que la Terre dans son vieillissement, était gagné par la désertification et ne disposait que de ses calottes polaires comme réserves*

> *d'eau : les canaux étaient un gigantesque système d'irrigation imaginé, pour leur survie, par des êtres d'une haute intelligence. La preuve de l'existence des Martiens était faite ! Suivit une longue bataille scientifique. Il finit par apparaître que les fameux canaux n'étaient qu'une illusion d'optique due à l'insuffisance des télescopes du moment. Mais l'idée d'une vie intelligente sur Mars, fortement encouragée par l'imaginaire collectif, devait faire rêver encore longtemps les esprits.*

■ **Constituer un dossier (recherche au CDI) concernant l'état actuel des connaissances sur Mars et la possibilité de vie sur Mars, depuis les découvertes des sondes spatiales soviétiques et américaines en 1971 et 1976, jusqu'à Pathfinder et Mars Global Surveyor en 1997.**

Voici les noms des planètes principales du système solaire, classées dans l'ordre d'éloignement progressif du Soleil (avec les dates de découverte des trois plus récemment connues, les autres l'étant depuis la plus haute antiquité) :

1. Mercure, 2. Vénus (Terre), 3. Mars, 4. Jupiter, 5. Saturne, 6. Uranus (1781), 7. Neptune (1846), 8. Pluton (1930).

La Terre mise à part, retrouver les divinités gréco-latines auxquelles ces noms correspondent (Les réponses sont à la fin du dossier, p. 356.).

A. Dieu de la Mer.

B. Dieu du Ciel, de la Lumière, de la Foudre et du Tonnerre.

C. Dieu du Commerce et des Voyageurs.

D. Dieu de la Guerre.

E. Le Ciel étoilé, fils et époux de la Terre, père de H.
F. Dieu des Enfers.
G. Déesse de l'Amour et de la Beauté.
H. Un des Titans, dieu du Temps, père de B.

● Wells ne fait qu'une discrète allusion à Schiaparelli (p. 15), sans même citer la découverte des prétendus canaux, mais il dresse l'état de **ce que son époque connaît ou pressent** des conditions climatiques sur Mars : raréfaction de l'air, diminution de l'eau, refroidissement. Et surtout, l'existence des Martiens n'étant pas mise en doute, il leur prête **des visées expansionnistes** en direction de la Terre.

■ À partir du deuxième paragraphe (« La planète Mars, est-il besoin de le rappeler ») et jusqu'à la fin du quatrième (« un astre plus rapproché du soleil »), analyser les procédés destinés à convaincre : implication du lecteur, enchaînement des arguments, liaisons logiques. En quoi la rigueur du raisonnement vient-elle appuyer le caractère inéluctable, pour ne pas dire humainement compréhensible, de l'invasion martienne ?

● Conformément aux **théories de Darwin**, Wells imagine ensuite l'anatomie et la physiologie de ses extraterrestres en quête d'espace vital.

> *Biologiste et naturaliste anglais, Charles Darwin (1809-1882) exposa sa doctrine évolutionniste dans trois ouvrages dont le premier,* De l'origine des espèces par voie de sélection naturelle, *fut publié*

*en 1859. L'idée centrale est contenue dans le titre : c'est la sélection naturelle s'opérant en faveur des individus les plus aptes qui explique la formation des espèces vivantes et leur évolution progressive par adaptation au milieu. De cette idée, découverte avec enthousiasme pendant ses études scientifiques, le romancier avait déjà tiré, au début des années 1890, un article intitulé « The Man of the Year Million »,*  *qui démontrait que l'homme, en cours d'évolution, verrait progressivement diminuer ses capacités proprement physiques au profit d'un développement du cerveau, jusqu'à devenir une grosse tête avec des tentacules, dotée d'une intelligence puissante, mais dépourvue totalement d'émotions humaines ! (Avec une certaine auto-ironie, Wells fait indirectement allusion à ce texte et à son contenu p. 207-209.)*

- Comparer cette vision de l'homme futur avec le portrait du premier Martien, chap. III, p. 34-37, complété par la scène du chap. IV, livre II, p. 228-230. Quelle impression domine ?
- À partir du chap. II, livre II, établir une fiche signalétique complète du Martien type.
- Recherches complémentaires : les hommes du futur dans *La machine à explorer le temps*, les Sélénites dans *Les premiers hommes dans la Lune*.

# La désorganisation sociale

● À l'arrivée du premier cylindre près de Woking, les humains sont curieux, désireux d'établir le contact avec les visiteurs (chap. II, livre I). Le physique repoussant des Martiens provoque leur panique (chap. IV), mais très vite ils se ressaisissent et une députation s'approche (chap. V).

■ **Qui conduit la députation ? Quelle volonté, quelles intentions faut-il y voir ?**

▶ Après l'échec de cette tentative, devant l'agressivité des Martiens et le caractère terrifiant de leur armement, un grand mouvement collectif se dessine selon deux directions : la fuite des populations civiles ; la convergence des forces militaires pour faire face aux agresseurs

■ **Établir le détail des opérations militaires terrestres du chap. IX au chap. XV : forces et moyens déployés, différentes batailles, issue des combats.**

■ **L'étendue des destructions et des bouleversements : comparer p. 81 (Woking), 102-108 (Weybridge, Shepperton), 144-148 (Street Cobham, etc.), 169-171 (vue aérienne de Londres). Rechercher, dans le livre II, d'autres passages décrivant la désolation.**

▶ Les figures de l'artilleur et du vicaire permettent de représenter la **déroute militaire** et la **déroute morale** dans le camp humain. On y ajoutera la vaste évocation de l'exode londonien (chap. XVI) qui achève de montrer « le soudain écroulement du corps social » (p. 149).

- Relever les différentes manifestations de la folie et de l'anarchie dans ce chapitre.
- Étudier la représentation des différentes classes sociales et la façon dont les barrières sont abolies.
- Quel autre type de déroute symbolise la présence de lord Garrick parmi les fuyards ?
- Quel contraste offre le couple formé par le frère du narrateur et la belle-sœur de Mme Elphinstone ? Que marque leur isolement dans cette multitude ?
- Étudier l'art du conteur : sens de l'observation, du détail concret et significatif ; multiplicité des sensations ; force et ampleur de l'évocation ; réalisme de la description.

# L'apocalypse

● Par la somme des destructions, par la dimension de l'effondrement individuel et collectif, par l'anéantissement de ce qui constituait les certitudes et l'orgueil de toute une nation, l'invasion martienne prend l'apparence d'**une apocalypse**.

> Apocalypse, *qui signifie en grec « dévoilement », « révélation », désigne un type de texte appartenant aux littératures religieuses juive et chrétienne. Dieu s'y manifeste à un élu, l'auteur, et lui donne la vision d'un monde nouveau et harmonieux destiné à remplacer l'actuel, celui-ci étant souvent promis à la destruction par toutes sortes de fléaux. C'est à cet aspect catastrophique (illustré notamment dans*

> *l'Apocalypse de Jean, dernier livre du Nouveau Testament) que l'on réduit couramment et abusivement le sens du mot, qui devient synonyme de fin du monde.*

De ce sens courant témoigne suffisamment le récit de destruction généralisée de Wells, qui semble marquer la fin à la fois de la société organisée, de la civilisation, de l'Angleterre, de l'Empire britannique et de l'espèce humaine.

■ **Le vicaire fait allusion à Sodome et Gomorrhe (p. 114) : relever, dans le texte, d'autres noms de villes détruites par des cataclysmes naturels ou par l'intervention humaine.**

■ **Quels noms serait-on tenté de rajouter aujourd'hui, à la fin du XXᵉ siècle ? Quelle est la cause la plus importante : le déchaînement des éléments ou celui des hommes ?**

● La catastrophe naturelle qui a dévasté Sodome et Gomorrhe est présentée dans la Bible comme **une punition divine**. De cette interprétation, qui ramène à la valeur originelle de l'apocalypse judéo-chrétienne comme manifestation de Dieu, Wells, en bon Anglo-Saxon nourri de culture biblique, fait aussi un large usage, non par foi personnelle, mais pour mieux traduire la réception de l'événement par ses compatriotes.

❱ Tout d'abord, les Martiens sont descendus du ciel, tels des anges exterminateurs.

❱ Leur Rayon Ardent est comparé, p. 42, à l'« epee de flammes » des gardiens du jardin d'Éden

❱ Le vicaire, p. 227, prophétisant la destruction du

monde entier, fait allusion aux sonneries de trompette des « messagers » divins dans l'Apocalypse de Jean.

◗ Londres mort (chap. VIII, livre II) est « une cité condamnée et désertée » (l'expression anglaise « *condemned and derelict* » marque plus fortement qu'elle est délaissée moins par ses habitants que par Dieu — voir le sens de « déréliction » en français).

◗ On peut aussi comprendre le titre du chap. VI, livre II, « L'ouvrage de quinze jours », comme le pendant noir et négatif de l'ouvrage de création du monde en sept jours par Dieu, tel qu'il est rapporté dans la Genèse (premier livre de la Bible, comme l'Apocalypse en est le dernier).

■ **Poursuivre cette lecture biblique (culpabilité humaine-punition divine dans l'Ancien Testament) en analysant en détail les paroles du vicaire.**

■ **Le salutiste aveugle (p. 160-161) : comment comprendre son exclamation obsédante ? La rapprocher des propos du vicaire.**

■ **Comme dans les textes apocalyptiques, toujours écrits à la première personne, quel rôle capital et privilégié le narrateur tient-il ?**

■ **La fin du monde est souvent matérialisée en S. F. par la situation d'un homme qui se retrouve seul dans un monde détruit ou déserté. Étudier ce thème de la solitude dans un endroit dévasté (p. 242 et 270-277).**

# L'homme et l'animal

● Parallèlement au spectacle des gesticulations humaines dans la tourmente, Wells marque assez souvent, en de brèves notations, la présence animale : chevaux attelés (p. 37), chant d'une alouette (p. 61), bœufs paissant (p. 101), passage bourdonnant d'un hanneton (p. 117), vol de chauves-souris (p. 219)...

◗ Saisis dans des attitudes ou des occupations familières, ces animaux paraissent témoigner que **la vie continue pour une partie des êtres vivants** tandis que l'espèce humaine est menacée d'extermination.

■ **En analysant les passages indiqués ci-dessus, remis chacun dans son contexte, montrer quel sentiment l'auteur prête aux animaux, de façon explicite ou sous-entendue.**

■ **Quel enseignement plus positif le narrateur tire-t-il de l'observation des grenouilles (p. 248) ?**

■ **Deux catégories animales à étudier, dans les chap. v à VIII, livre II : chiens et corbeaux. Quelle fonction commune assurent-ils ? En quoi sont-ils des figures à la fois négatives et positives au milieu de ces événements ?**

◗ Le pessimisme de l'auteur concernant **l'avenir du genre humain** s'inscrit ici dans le droit fil des théories darwiniennes : parmi toutes les espèces vivantes, l'homme n'est peut-être pas la plus douée pour s'adapter ni la mieux armée pour survivre !

● C'est encore l'animal qui fournit à Wells **l'image de la condition humaine** telle qu'elle se trouve ravalée par les puissants maîtres martiens.

▶ Ainsi, terrible renversement des rôles, « les Martiens ne faisaient pas plus attention aux gens courant de tous côtés qu'un homme, qui aurait heurté du pied une fourmilière, ne ferait attention à la débandade des fourmis » (p. 102-103).

■ **Relever des reprises de cette analogie avec les fourmis.**

▶ D'autres comparaisons sont établies avec les moutons (p. 48), le lapin (p. 63, 237, 257), les grenouilles (p. 107), les abeilles (p. 140), les guêpes (p. 146), le rat (p. 247).

■ **Sur quel(s) aspect(s) de la vie animale insistent-elles ?**

■ **Relever et commenter toutes les images animales dans les propos de l'artilleur (pp. 251-263). Comment la bipartition domestiques/sauvages se retrouve-t-elle chez les humains ?**

▶ De façon implicite cette fois, certains mots et expressions **suggèrent** combien les hommes sont déchus de leur nature supérieure et réduits à l'échelle et au comportement de l'animal : « petites formes verticales et sombres sur le sol noirâtre » (p. 41) ou « blottis dans des fossés et dans des caves » (p. 88), « confond[ant] de nouveau leurs individualités dans la multitude » (p. 159) ou « fu[yant] dans toutes les directions » (p. 192) pour ne pas être « piétinés » (p. 252).

■ **À quels animaux peuvent faire penser ces descriptions ? Relever d'autres comparaisons implicites avec l'animal.**

■ **Par opposition au gibier humain, établir les champs lexicaux caractérisant le chasseur martien.**

● Ce rapprochement n'est pas seulement la transcription

littéraire d'une expérience traumatisante, il témoigne d'**un regard nouveau porté sur le monde animal**.

▶ De l'identité de situation, de la communauté du danger et de la souffrance naît la faculté de se mettre, en esprit, à la place de l'autre : « Je me demandai, pour la première fois de ma vie, quelle idée pouvait se faire d'une machine à vapeur ou d'un cuirassé un animal inférieur intelligent » (p. 84) ; de le comprendre : « [...] réfléchissons combien nos habitudes carnivores sembleraient répugnantes à un lapin doué d'intelligence » (p. 205) ; enfin, d'éprouver culpabilité et remords à son égard.

■ **Étudier les réflexions du narrateur au moment où il quitte la maison en ruine (« Je ressentis alors une émotion [...] n'étaient plus. » p. 237), puis l'auberge de Putney (« [...] je me glissai hors de la maison [...] notre domination », p. 247). Quels sont les mots, idées, sentiments qui reviennent ? Recopier les formules les plus fortes et les plus significatives.**

▶ Une note d'**humour noir** renforce le sentiment d'identité : de même que l'homme mange les animaux, les Martiens, véritables vampires de la S. F., se nourrissent du sang de l'homme ! Ce que l'artilleur traduit ainsi : « Nous ne sommes que des fourmis. Seulement, nous sommes des fourmis comestibles ».

▶ Remarquons enfin que le premier chapitre du roman contient déjà en germe **l'analogie homme-animal** et le thème de **l'unité du vivant**, entraînant l'appel à la pitié et à la solidarité universelles :

— Rappel des exactions humaines contre le bison, le dodo, les Tasmaniens (p. 14) ;
- **Se renseigner sur ces trois exemples. Quelles furent leurs conséquences humaines, écologiques ?**
- **Que penser de l'expression « races humaines inférieures » ? Peut-on admettre, d'une certaine façon, la mise sur le même plan de deux espèces animales et des Tasmaniens ?**
- **Ces exemples s'intègrent dans une argumentation en deux paragraphes, visant à expliquer (sinon à accepter) l'agression martienne. Comment est construite cette argumentation ?**

— Rapprochements entre l'attitude humaine vis-à-vis des autres espèces vivantes et l'attitude martienne vis-à-vis des hommes (p. 11 et 13).

Plus que la comparaison avec les singes et les lémuriens, celle qui ouvre le livre en assimilant les hommes à des infusoires fait prendre d'emblée conscience au lecteur que la suprématie supposée de l'espèce humaine dans l'univers est toute relative.

- **Le thème de l'infiniment petit se retrouve au début et à la fin du roman :**
— les hommes-infusoires ;
— les agents destructeurs des Martiens. Qui sont-ils ? En quoi l'ironie de ce « jugement dernier » touche-t-elle également l'homme en l'incitant à la plus grande humilité ?
- **Pour prolonger : exposé de présentation de *L'île du docteur Moreau*, que pourra suivre un débat sur les rapports de l'homme et de l'animal, l'utilisation de l'animal dans la recherche scientifique, la vivisection, etc.**

# Un récit philosophique

● « Il y a, n'est-ce pas, une qualité dans la pire de mes œuvres pseudo-scientifiques (ah ! le stupide adjectif) qui la différencie de Jules Verne tout comme Swift se différencie de la fantaisie pure. Il s'est affirmé autre chose dans la série de mes livres que le récit ou le mérite artistique, quelque chose qu'on pourrait considérer comme un nouveau système d'idées, "la pensée". »

Si, dans cette déclaration, Wells mésestime ses *scientific romances*, retenons cette qualité ou cette composante qu'il leur reconnaît à l'égal de ses autres livres. Il l'appelle la pensée, on pourra parler aussi bien de **profondeur de la réflexion** ou de **dimension philosophique**.

■ Le narrateur se définit en passant comme « écrivain philosophique » (p. 54). Relever d'autres indications de cette spécialisation.

■ Retour aux « Repères chronologiques » : remarquer la concurrence, dans les publications, des livres de fiction romanesque et des textes de réflexion. Quelle tendance finit par l'emporter nettement dans l'œuvre ? À partir de quelle époque ?

■ Parcourir, dans un dictionnaire, les articles « philosophe » et « philosophie », puis relever les acceptions qui paraissent correspondre à l'attitude intellectuelle de Wells et de son double romanesque.

■ Débat (à la suite des exposés sur les « branches » de la S. F., voir « Wells et la littérature de science-fiction ») : la S. F. est-elle un genre littéraire (et cinématographique) de distraction ou de réflexion ?

● Pour Wells, en tout cas, le choix paraît clair : fantaisie, péripéties, qualités proprement littéraires du récit sont **des moyens pour développer et illustrer une pensée**, pour faire passer, outre un contenu scientifique, toute **une interrogation morale** sur l'homme, ses pouvoirs, ses savoirs, son devenir.

■ **Quels constats l'invasion martienne entraîne-t-elle ?**
■ **Quelles sont, dans les chapitres extrêmes, les idées principales concernant l'espèce humaine ? Les formuler brièvement, ou relever les phrases clés en leur donnant une formulation commune.**
■ **Quelle impression finale l'épilogue donne-t-il ? Montrer comment elle est traduite de façon concrète dans les souvenirs et le vécu présent du narrateur (trois derniers paragraphes).**
■ **Rechercher, dans les « Repères chronologiques », les marques d'un tiraillement entre optimisme et pessimisme : quel sentiment domine à la fin de la vie de Wells ?**

● Quoi qu'il en soit de la vision du futur chez Wells, restent **une invitation à la vigilance** en même temps qu'**un appel à l'humilité** qui ne sont pas sans évoquer, dans ses objets comme dans ses procédés, la littérature philosophique du XVIIIe siècle. Celle-ci est fille d'une époque marquée par l'essor des sciences, les grands voyages d'exploration, la prééminence donnée à l'exercice de la raison pour vaincre les pesanteurs de la superstition, de la coutume et du préjugé : toutes choses qui ne sont pas sans analogie avec l'atmosphère intellectuelle du XIXe siècle finissant.

Au vicaire qui lui demande « Qui sont ces Martiens ? » le narrateur rétorque « Qui sommes-nous ? » (p. 114). **Démarche dialectique** de prise de conscience qui passe par le déplacement de la perspective, le retournement de l'interrogation, la mise en cause personnelle qui ouvre les yeux sur l'autre en déportant le regard sur soi-même. C'est ainsi, par exemple, que procède Montesquieu dans les *Lettres persanes*, en amenant le lecteur français à se découvrir étranger autant qu'étrange, par les yeux des « visiteurs » (on dirait aujourd'hui touristes) Rica et Usbek.

- **En revenant sur les étapes précédentes de cette partie « Thématique », étudier la double fonction révélatrice (de soi et d'autrui) des « visiteurs » martiens auprès des humains anglais.**
- **Travail de groupe sur le conte de Voltaire, *Micromégas*. Comparer ses extra-terrestres avec ceux de Wells : ressemblances, différences. Dans les deux œuvres, étudier le thème de l'observation de la Terre (première page du roman, chap. III-VI du conte), le thème de la science/ignorance humaine (ensemble du roman, chap. VII du conte).**
- **Exposés de présentation du *Poème sur le désastre de Lisbonne* (voir note 23, p. 109) et du conte *Candide*, deux autres œuvres de Voltaire.**
- **Les dénonciations de l'intolérance, du colonialisme, de l'esclavagisme se sont multipliées au XVIIIe siècle, chez Montesquieu, Voltaire, Diderot, en particulier. Relever toutes les images de l'emprisonnement, de l'asservissement, de l'aliénation dans le roman de Wells.**
- **Autre écrivain du XVIIIe siècle, Irlandais celui-là, Jonathan**

Swift (auquel Wells fait allusion — voir ici p. 350 —) est surtout connu chez nous par ses *Voyages de Gulliver*, satire de la société anglaise et de la civilisation de son époque, à travers les aventures d'un héros qui se retrouve tantôt géant tantôt nain chez des peuples différents.
— Quelle est la part de la satire sociale dans *La guerre des mondes* ?
— Étudier les thèmes liés du gigantisme et du nanisme.
■ L'épigraphe du roman : en quoi ces interrogations de Kepler annoncent-elles le roman ?

# 4. DIVERS

**Wells et le cinéma** ■ **Réponses aux jeux** ■ **Sujets de travail écrit** ■ **Conseils de lecture.**

# Wells et le cinéma

Les grands romans d'anticipation de Wells ont tous inspiré des adaptations cinématographiques : *La machine à explorer le temps* en 1960 (réalisateur : Georges Pal), *L'île du docteur Moreau* en 1932, 1977 et 1997 (Erle C. Kenton, Don Taylor et John Frankenheimer), *L'homme invisible* en 1933 (James Whale), plus quelques « suites » (1940, Joe May ; 1944, Ford Beele).

C'est Byron Haskin qui réalisa, en 1953, l'adaptation de *La guerre des mondes*. Production américaine oblige, l'action est déplacée en Californie, Londres remplacée par Los Angeles ! Les scènes de l'attaque de la ville valurent au film l'Oscar des effets spéciaux et un très gros succès populaire.

*On peut insister sur le fait que ce long métrage est réalisé au début des années cinquante. Le 24 juin 1947, un certain Kenneth Arnold, aux commandes d'un petit avion dans l'État de Washington, avait observé ce que l'on n'appelait pas encore des ovnis. Un journaliste, interprétant faussement le témoignage d'Arnold, parla de « soucoupes volantes ».*

> On pensa, en cette période de guerre froide commençante, à un coup fourré de la Russie soviétique, mais très vite s'imposa l'hypothèse de véhicules aériens pilotés par des extra-terrestres. Engouement ou psychose, le film de Byron Haskin venait à son heure !

■ **Observer l'affiche du film, reproduite en couverture de cette édition. Quelles libertés sont prises avec le roman de 1898 pour l'adapter à l'actualité ? (On notera cependant le caractère prémonitoire de la « machine volante » des Martiens, signalée p. 183, 251, 280.)**

Par ailleurs, Wells signa, d'après son roman, le scénario de *La vie future (Things to Come)*, film réalisé en 1936 en Grande-Bretagne par l'Américain William Cameron Menzies.

> À la Noël 1940, la petite ville d'Everytown est détruite par un raid aérien ; c'est le début d'une guerre mondiale. 1966 : l'Europe est en ruine, mais des scientifiques idéalistes vont refaire le monde ; la dictature à Everytown est renversée par des gaz pacifiques ! 2036 : dans un futur aseptisé et hypertechnologique s'opposent partisans de la modernité et nostalgiques du passé ; deux jeunes gens, nouveaux Adam et Ève, quittent Everytown en proie à l'émeute dans un vaisseau spatial à destination de la Lune.

Il faut signaler le renouvellement du regard porté sur les extra-terrestres par Steven Spielberg dans *Rencontres du troisième type* (1978) et le non moins célèbre, et sympathique, *E.T.* (1982). Même si, parallèlement, de *Alien* (Ridley Scott, 1979) aux plus récents *Mars Attacks !*, *Independence Day* et autres *Men in Black* (en anglais sur l'affiche !) se pérennise la tradition des « visiteurs » diversement verdâtres, monstrueux et agressifs créée par Wells il y a cent ans.

# Réponses aux jeux

Page 321 :
1 A — 2 F — 3 E — 4 B — 5 G — 6 C — 7 D.
Page 339 :
1 C — 2 G — 3 D — 4 B — 5 H — 6 E — 7 A — 8 F.

# Sujets de travail écrit

## Imagination

◆ Première apparition d'un Martien (chap. IV, livre I, à partir de : « J'avais le soleil dans les yeux », p. 34) : imaginez la scène sans le caractère horrible qu'elle présente chez Wells. Vous pourrez vous inspirer des films de Spielberg mentionnés ci-dessus, pour lui donner un caractère impressionnant, émouvant, ou humoristique.

◆ 21 juillet 1969, 3 h 56mn 20s, heure de Paris . l'astronaute Neil Armstrong pose le pied gauche sur le sol lunaire. Imaginez la scène du point de vue des Sélénites !

## Réflexion

◆ Dans une préface à *La guerre des mondes* (Folio Junior, n° 567), Christian Grenier estime que ce roman aujourd'hui pourrait prendre une résonance écologique : « Car l'homme lui-même a parfois tendance à se transformer en Martien sur sa propre Terre où il tente d'imposer sa violente empreinte. Plus patientes et plus tenaces, plus anciennes aussi, d'autres espèces pourraient fort bien survivre à cette race humaine irrévocablement condamnée. » Vous expliquerez cette comparaison, puis vous discuterez la thèse contenue dans la deuxième phrase à la lumière des connaissances actuelles.

◆ Commentez cette définition que Michel Butor donnait en 1953 de la science-fiction : « C'est un fantastique encadré dans un réalisme. »

# Conseils de lecture

◆ De Wells, on trouvera en Folio les œuvres d'anticipation/S.F. suivantes :

*La machine à explorer le temps* (n° 587 ; et n° 23 en Folio Bilingue).

*L'île du docteur Moreau* (n° 2917).

*Les premiers hommes dans la Lune* (n° 1550).

*Le pays des aveugles* (n° 1561).

*Au temps de la comète* (n° 1548).

*La guerre dans les airs* (n° 1549).

*Enfants des étoiles* (n° 1572).

*L'homme invisible* est disponible dans le Livre de Poche (n° 709).

◆ En ce qui concerne les Martiens et autres extra-terrestres, la littérature est abondante depuis *La guerre des mondes*. Citons, dans la catégorie frisson, aventure et réflexion :

Gustave Le Rouge, *Le prisonnier de la planète Mars*, suivi de *La guerre des vampires*, Laffont, coll. Bouquins.

Maurice Renard, *Le péril bleu*, Laffont, coll. Bouquins.

Edgar Rice Burroughs (le créateur de Tarzan), *La princesse de Mars*, Albin Michel.

Ray Bradbury, *Chroniques martiennes* (Denoël, coll. Présence du futur), où ce sont les Terriens qui envahissent Mars.

Alfred Elton Van Vogt, *Invasion galactique*, J'ai lu : encore des « visiteurs » buveurs de sang !

◆ Et, pour rire ou sourire, sans exclure la réflexion :

Fredric Brown, *Martiens go home !* Denoël, coll. Présence du futur.

Philippe Curval, *Regarde, fiston, s'il n'y a pas un extra-terrestre derrière la bouteille de vin*, Denoël, coll. Présence du futur.

René Fallet, *La soupe aux choux*, Folio, n° 1479.

**Pour en savoir davantage :**

Sur Wells (et beaucoup d'autres), sur la S. F. en général, on pourra consulter les ouvrages suivants :

Pierre Versins, *Encyclopédie de l'utopie, des voyages extraordinaires et de la science-fiction*, L'Âge d'Homme, 1972.

Lorris Murail, *Les maîtres de la science-fiction*, Bordas, 1993.

Jean Gattégno, *La sience-fiction*, PUF, coll. Que sais-je ?, n° 1426.

Stan Barets, *Le science-fictionnaire*, Denoël, 1994, vol. 2.

| | |
|---|---|
| **LA GUERRE DES MONDES** | 7 |
| *Notes* | 299 |

DOSSIER

| | |
|---|---|
| **1. Contextes** | 309 |
| Repères chronologiques | 309 |
| Genèse | 312 |
| Contexte historique et idéologique | 315 |
| Wells et la littérature de science-fiction | 317 |
| **2. Aspects du récit** | 320 |
| Titres | 320 |
| Structure | 322 |
| Temporalité | 323 |
| Espace | 326 |
| Narration | 330 |
| Quelques pistes pour l'étude des personnages | 333 |
| **3. Thématique** | 336 |
| Le bouleversement du familier | 336 |
| Mars et les Martiens | 338 |

| | |
|---|---|
| La désorganisation sociale | 342 |
| L'apocalypse | 343 |
| L'homme et l'animal | 346 |
| Un récit philosophique | 350 |

**4. Divers**     354

| | |
|---|---|
| Wells et le cinéma | 354 |
| Réponses aux jeux | 356 |
| Sujets de travail écrit | 356 |
| Conseils de lecture | 357 |

# DU MÊME AUTEUR

*Aux Éditions Gallimard*

UNE TENTATIVE D'AUTOBIOGRAPHIE
LE JOUEUR DE CROQUET (Folio n° 1909)

*Dans la collection Folio*

LA MACHINE À EXPLORER LE TEMPS suivi de L'ÎLE DU DOCTEUR MOREAU, n° 587
LA GUERRE DES MONDES, n° 185
L'HISTOIRE DE M. POLLY, n° 1014
L'AMOUR ET M. LEWISHAM, n° 1050
AU TEMPS DE LA COMÈTE, n° 1548
LA GUERRE DANS LES AIRS, n° 1549
LES PREMIERS HOMMES DANS LA LUNE, n° 1550
LA BURLESQUE ÉQUIPÉE DU CYCLISTE, n° 1560
MISS WATERS, n° 1559
ENFANTS DES ÉTOILES, n° 1572

*Dans la collection L'Imaginaire*

EFFROIS ET FANTASMAGORIES, n° 132

*Composition Euronumérique.*
*Impression Bussière*
*à Saint-Amand (Cher),*
*le 15 janvier 2005.*
*Dépôt légal : janvier 2005.*
*1$^{er}$ dépôt légal dans la collection : mars 1998.*
*Numéro d'imprimeur : 050260/1.*
ISBN 2-07-040334-3./Imprimé en France.

135190